KLAUS ERFMEYER

Der Zweifel

VATERLIEBE Vor zwei Jahren hat Ivelina Kubilski ihre heute fünfjährige Tochter Emilia von Dortmund nach Sofia in Bulgarien entführt. In Deutschland ist sie dafür rechtskräftig wegen Kindesentziehung verurteilt worden. Emilias Vater Pavel beauftragt Rechtsanwalt Stephan Knobel, auf juristischem Weg für die Rückführung des Kindes nach Deutschland zu sorgen, nachdem er seine Tochter zuvor erfolglos in Sofia gesucht hat. Pavel setzt wie Stephan Knobel sein volles Vertrauen in Justiz und Behörden. Einzig ein geheimnisvoller Italiener namens Luca della Rovere prophezeit das Scheitern des legalen Weges. Unverhohlen bietet er an, das Kind aus Bulgarien zu entführen und zu Pavel zurückzubringen. Zu spät erkennt Knobel, dass della Rovere mit seinem Angebot eigene kriminelle Ziele verfolgt, während sich in dem Rückführungsverfahren dessen Prophezeiung zu bewahrheiten droht. Ein ganz und gar ungewöhnlicher Fall, welcher Anwalt und Mandanten an ihre Grenzen bringt und der zugleich einen verstörenden Blick auf die Wirklichkeit so genannter Kindesrückführungsverfahren gewährt.

Klaus Erfmeyer wurde 1964 in Dortmund geboren. Nach Jurastudium und Promotion an der Ruhr-Universität in Bochum begann er 1993 seine Tätigkeit als Rechtsanwalt in Essen. Er ist zugleich Fachanwalt für Familien- sowie Verwaltungsrecht und referiert zudem häufig über Fachthemen bei Unternehmen und Verbänden. Seit 2002 ist er Seniorpartner der Kanzlei Erfmeyer & Wassermeyer in Essen. Neben Romanen veröffentlicht der Autor auch zahlreiche Fachbeiträge. »Der Zweifel« ist sein zehnter Kriminalroman rund um den Rechtsanwalt Stephan Knobel. Erfmeyer wohnt mit seiner Familie in Dorsten.

Bisherige Veröffentlichungen im Gmeiner-Verlag:
Gutachterland (2015)
Rasterfrau (2014)
Drahtzieher (2012)
Irrliebe (2011)
Endstadium (2010)
Tribunal (2010)
Geldmarie (2008)
Todeserklärung (2007)
Karrieresprung (2006)

KLAUS ERFMEYER
Der Zweifel

Kriminalroman

Die Entführung der kleinen Emilia durch ihre Mutter von Deutschland nach Sofia in Bulgarien beruht auf einer wahren Geschichte. Auch die in diesem Roman ganz oder teilweise wiedergegebenen gerichtlichen Entscheidungen, behördlichen Schreiben und Gutachten entsprechen in ihrem Wortlaut – wie der Ausgang des Falles – den Tatsachen. Die Namen, die sonstigen persönlichen Daten der Beteiligten und die übrige Handlung sind hingegen frei erfunden. Insoweit sind Ähnlichkeiten mit lebenden Personen oder Begebenheiten zufällig und nicht beabsichtigt.

Immer informiert

Spannung pur – mit unserem Newsletter informieren wir Sie regelmäßig über Wissenswertes aus unserer Bücherwelt.

Gefällt mir!

Facebook: @Gmeiner.Verlag
Instagram: @gmeinerverlag
Twitter: @GmeinerVerlag

Besuchen Sie uns im Internet:
www.gmeiner-verlag.de

© 2018 – Gmeiner-Verlag GmbH
Im Ehnried 5, 88605 Meßkirch
Telefon 07575/2095-0
info@gmeiner-verlag.de
Alle Rechte vorbehalten
1. Auflage 2018

Lektorat: Claudia Senghaas, Kirchardt
Herstellung: Mirjam Hecht
Umschlaggestaltung: U.O.R.G. Lutz Eberle, Stuttgart
unter Verwendung eines Fotos von: © Anja Greiner Adam / Fotolia.com
Druck: CPI books GmbH, Leck
Printed in Germany
ISBN 978-3-8392-2298-0

Für meine Tochter Liona Merita
und meine Frau Anja

1

Als Stephan Knobel das Dortmunder Landgericht betrat, war es 8.34 Uhr. Wie einem Reflex folgend, sah er immer auf die Uhr seines Handys, wenn er ein Gerichtsgebäude betrat, um abzuschätzen, ob er es rechtzeitig in den Sitzungssaal schaffte, doch als er dieses Mal auf die Uhr sah, wurde ihm bewusst, dass dieses Ritual heute für ihn nicht die übliche Bedeutung hatte.

Es war ein regnerischer Montagmorgen im Februar 2018, an dem die schmale Kaiserstraße vor dem alten dreigeschossigen Justizgebäude mit Autos verstopft war, weil zu dieser Zeit bereits alle Parkplätze belegt waren und der Verkehr unter seiner Dichte zu ersticken drohte.

Im Eingangsbereich des Gerichts standen ungewöhnlich viele Besucher in der Warteschlange, um die Personenschleuse passieren zu können, deren Technik ähnlich der Kontrolleinrichtung auf einem Flughafen unsichtbar in der Kleidung mitgeführte Waffen und andere gefährliche Gegenstände aufzuspüren suchte. Die hier tätigen Justizbeamten fertigten alle Personen mit jener stoischen Ruhe ab, mit der sie tagein, tagaus aus demselben Grund Handtaschen durchleuchteten, Handys in Verwahrung nahmen und in einer für die Betroffenen zermürbenden Prozedur verlangten, Gürtel mit Metallschnallen aus den Hosenschlaufen heraus- und Schuhe auszuziehen, bis die Detektoren keine metallischen Gegenstände mehr registrierten.

Stephan Knobel indes passierte wie alle anderen Anwälte den danebenliegenden separaten Durchlass, der all jenen vorbehalten war, die mit Sonder- oder Dienstausweis das Privileg genossen, allein mit dem Vorzeigen dieses Ausweises ohne weitere Kontrolle das Gebäude betreten zu dürfen. Über die Jahre hatte Stephan die Erkenntnis gewonnen, das sich die Bedeutung seines Anwaltsausweises darin erschöpfte, beschleunigten Zugang zu Gerichtsgebäuden zu bekommen und er in jenen Momenten, in denen er die Plastikkarte in der Größe einer Kreditkarte zückte und ihn ein Justizbeamter mit einer beifälligen Kopfbewegung durchwinkte, in den Augen der Wartenden eine geheimnisvolle und ansonsten belanglose Wichtigkeit erlangte.

Er steckte den Ausweis wieder in sein Portmonee und strebte über die Treppe ins erste Obergeschoss. Aus seinem Büro – besser gesagt: aus seinem Arbeitszimmer in der Wohnung, das seit einigen Jahren seine Kanzlei war –, hatte er eine beliebige Akte mitgenommen und zur Vervollkommnung der Kulisse auch noch seine Robe über seinen linken Arm geworfen, die vom Regen nass geworden war und nun unangenehm muffig roch.

Es war das erste Mal in seiner rund zwölfjährigen Anwaltstätigkeit, dass er ein Gerichtsgebäude nur scheinbar in dem Willen betrat, zu einer Gerichtsverhandlung zu kommen. Er tat nur so, als sei er auf dem Weg zu einem Sitzungssaal. Sein eigentliches Ziel war der Flur vor Saal 136, wo er wie zufällig auf einen Mitarbeiter des Dortmunder Jugendamtes, Ralf Deitmer, treffen würde, mit dem er all dies abgesprochen und von dem er erfahren hatte, dass ein Klient namens Pavel Kubilski dringend anwaltliche Hilfe brauchte. Deitmer nannte alle, die er in seiner amtlichen Funktion betreute oder beriet, Klienten, obwohl sie es im Wortsinne nicht waren. Doch Deitmer benutzte diese Bezeichnung gern, weil er der Ansicht war, dass dieser Begriff am besten signalisierte, dass sich Deitmer wie ein Anwalt für diejenigen einsetzte, die sich ihm anvertrauten. Und tatsächlich schaffte es Deitmer mit dem im Laufe seines Berufslebens erworbenen Wissen, seine Klienten dazu zu bewegen, ihre Interessen auch auf dem Rechtsweg zu verfolgen, wenn es nicht anders ging. Deitmer half bei der Formulierung von Anträgen an das Gericht und begleitete viele seiner Klienten im Hintergrund durch die Verfahren, ohne dass sie auf anwaltliche Hilfe zurückgreifen mussten. Deitmer ging dabei über die Grenzen seiner amtlichen Pflichten und Aufgaben hinaus, ohne dass dies jemanden wirklich störte. Er blieb stets im Hintergrund und ließ sich hierfür auch nie bezahlen. Er erkannte, wenn ein Fall rechtlich zu knifflig wurde. Dann empfahl er seinem Klienten, sich in anwaltliche Beratung zu begeben, und Stephan Knobel gehörte zu den von ihm favorisierten Anwälten, dem er seine Klienten anvertrauen konnte.

Als Stephan vorgestern Abend den überraschenden Anruf von Ralf Deitmer erhielt, ging es in erster Linie darum, warum der Kontakt zwischen Stephan und Pavel Kubilski entgegen sonstiger Gewohnheit scheinbar zufällig zustande kommen sollte. Er erfuhr, dass Pavel Kubilski aus Polen und seine Frau Ivelina aus Bulgarien stammten. Er war Eisenbahningenieur und sie Ärztin in einem Dortmunder Krankenhaus. Sie hatten eine Tochter. Nur um sie würde es gehen, wenn Stephan die Vertretung von Pavel Kubilski übernehmen würde: die heute fünfjährige Emilia.

Deitmer hatte berichtet, dass die Eheleute Kubilski schon seit rund zwei Jahren getrennt lebten. Seinerzeit war Frau Kubilski mit Emilia ausgezogen und hatte im Dortmunder Osten eine Wohnung angemietet, die sie aber offenbar nie bezogen hatte. Lediglich das Türschild deutete darauf hin, dass Ivelina hier wohnte. In Wahrheit waren die Räume leer, was ein auf Deitmers Drängen von Kubilski beauftragter Privatdetektiv herausgefunden hatte. Kubilski hatte sich an das Jugendamt und dort an Ralf Deitmer gewandt, nachdem mit dem Wegzug seiner Frau auch Emilia verschwunden blieb. Seit nun zwei Jahren hatte Kubilski seine Tochter nicht mehr gesehen.

Nach Deitmers telefonischem Bericht hatte Stephan schon im Vorfeld des heutigen scheinbar zufälligen Treffens rechtliche Prüfungen angestellt, um wie aus dem Stegreif Kubilski Empfehlungen geben zu können. Kubilski hatte sich bis jetzt allein mit Deitmers Hilfe und auf dessen Drängen durch die Sache geschlagen und hegte naiv die trügerische Hoffnung, dass sich auch ohne eigene weitere rechtliche Initiative alles zum Guten wenden werde. Pavel Kubilski war nach Deitmers Befund das Musterbeispiel eines unbescholtenen Bürgers, zu dessen Weltanschauung gehörte, Konflikte möglichst nicht vor Gericht auszutragen und den Gang zu einem Anwalt selbst dann noch zu scheuen, wenn er aus vernünftiger Sicht unausweichlich war. Es war allein Deitmers Verdienst, Kubilski dazu gebracht zu haben, überhaupt mit juristischen Mitteln um seine Tochter zu kämpfen, und es war nur der Erfahrung Deitmers und seinem unerschütterlichen Engagement zu verdanken, dass er dies mit dessen fachlicher Unterstützung bisher ohne anwaltliche Hilfe geschafft hatte.

Stephan ging langsam den Flur auf der ersten Etage des Landgerichts entlang. Die bauliche Anlage im Justizgebäude war so wie in vielen anderen Gerichtsgebäuden: Jeder Flur öffnete sich zu beiden Seiten zu einem Treppenhaus, und ungeachtet aller baupolizeilichen Erwägungen, die diese Bauweise notwendig machte, erschien sie gerade hier sinnvoll, weil sie nach dem Ende eines Prozesses den streitenden Parteien gestattete, auf getrennten Wegen zu gehen. Stephan hatte sich von dem Ideal verabschiedet, dass Gerichtsprozesse die Parteien befriedeten.

Schon von Weitem erkannte Stephan den breitschultrigen großen Mann mit den grauen Stoppelhaaren, der von seiner Statur eher an einen grobklotzigen Kampfsportler erinnerte und von seinem Aussehen her nicht auf den Menschen schließen ließ, der er wirklich war: ein feinfühliger Mann, der manchmal wortlos verstand, worum es ging, und sich mit einer Akribie seinen Aufgaben widmete, die man gemeinhin einer Behörde nicht zutraute.

Vor etlichen Jahren waren sich Stephan und Ralf Deitmer zufällig erstmals in einer Kindschaftssache begegnet, und Stephan wusste nur zu gut, dass er seinen anwaltlichen Erfolg in dieser Sache maßgeblich dem Umstand verdankte, dass Deitmer mit Umsicht und großem Sachverstand intervenierte und die zerstrittenen Eltern an einen Tisch bringen konnte, um für ihr Kind wichtige Entscheidungen zu treffen.

Seither waren sich Stephan und Ralf Deitmer immer wieder in verschiedenen Verfahren begegnet, in denen alle Beteiligten davon profitierten, dass der Vertreter des Jugendamtes wie ein Löwe für die Kinder kämpfte und selbst noch da vermittelnde Wege fand, wo alle anderen keinen Ausweg mehr sahen. Doch im Fall Kubilski, so hatte Deitmer Stephan in dem Telefonat erklärt, müsse nun mit anderen Bandagen gekämpft werden.

Scheinbar gedankenverloren ging Stephan an Deitmer vorbei, und als er ihn passiert hatte, hörte er dessen erwartete dröhnende Stimme: »Hallo, Herr Knobel!« Er lachte polternd auf. »Kaum habe ich drei Kilogramm abgenommen, und die Menschen übersehen mich. Ich sollte wieder zu meinen alten Essgewohnheiten zurückkehren.« Es waren auch diese Kalauer, die darüber hinwegtäuschten, dass Deitmer ein sensibler und tiefsinniger Mensch war.

Stephan wandte sich wie überrascht um, und Deitmer löste sich zeitgleich von der Wand, an die er sich gelehnt und mit seiner fülligen Statur einen schmächtigen Mann fast verdeckt hatte, der mit blassem Gesicht ins Leere sah. Deitmer ging einen Schritt auf Stephan zu.

»Sie hier?« Deitmer streckte Stephan lächelnd seine große Hand entgegen, die unvermutet sanft die von Stephan drückte. »Was treibt Sie in diese heiligen Hallen?« Deitmer röchelte dabei, als hätte ihn schon diese kleine Bewegung übermäßig angestrengt.

»Das hier ist Herr Kubilski, ein Klient von mir«, fuhr er etwas ungelenk fort und trat zur Seite. Stephans erster

Eindruck hatte nicht getäuscht: Pavel Kubilski wirkte nicht nur im Vergleich zu der imposanten Statur Deitmers schmächtig; der etwa 40-jährige Mann war ungewöhnlich zierlich und mit geschätzt 1,70 Metern Größe auch kleiner als Stephan und Deitmer. Kubilskis Gesicht war schmal, und sein Blick unruhig und scheu.

»Es ist ein Drama, das sich hier abspielt«, sagte Deitmer. »Ich darf das doch erzählen, Herr Kubilski?« Und ohne die Antwort abzuwarten begann er das Unfassbare zu schildern, das er Stephan bereits am Telefon mitgeteilt hatte, nun aber noch einmal so darbot, als hörte Stephan die Geschichte zum ersten Mal.

»Wir befinden uns hier vor einem Saal, in dem gleich eine Strafverhandlung stattfinden wird«, erklärte Deitmer und wies mit einer flüchtigen Kopfbewegung auf den gläsernen Schaukasten, der neben der Tür zum Sitzungssaal hing. »Genau genommen ist es schon das zweite Verfahren in dieser Sache, denn es geht um eine Berufung gegen ein Urteil des Amtsgerichts. – Schauen Sie mal, Herr Knobel!«, forderte er.

Stephan sah folgsam auf den dort befindlichen Terminzettel: »Strafsache gegen Kubilski, Ivelina, Aktenzeichen 27 Ns 78/17, Verteidiger Rechtsanwalt Jürgen Schmitz«, las er und sah sich dann wie nach einer Drehbuchvorlage fragend zu den beiden anderen um.

»Es geht nicht um meinen Klienten«, stellte Deitmer wie vorgegeben klar, »sondern um seine Frau Ivelina.«

Stephan nickte, während er noch auf den Aushang blickte.

»Heute werden wir diese Frau als Angeklagte vor dem Dortmunder Landgericht erleben – angeklagt wegen

Kindesentziehung. Das Amtsgericht hatte sie zu einer Freiheitsstrafe von einem Jahr und sechs Monaten verurteilt. Ohne Bewährung! Das heißt schon was«, wusste Deitmer. »Ivelina hatte keine Vorstrafe. Aber das Gericht sah bei ihr keine günstige Sozialprognose. Mit anderen Worten: Es ging davon aus, dass sich Ivelina durch das Urteil nicht beeindrucken lässt und die Tochter weiter versteckt hält. Deshalb musste sie sofort wieder in den Knast. Seither sitzt sie ein. Bis heute sind es knapp sieben Monate zuzüglich zwei Monate Untersuchungshaft. Also rund neun Monate insgesamt. Sie hat Berufung gegen das Urteil eingelegt. Darum geht es heute.«

Stephan schaute Pavel Kubilski ungläubig an, und indem er dies tat, forderte er geradezu dessen sichtbares Unbehagen heraus, das darin gründete, mit seiner auf Deitmers Drängen gestellten Strafanzeige gegen Ivelina eine Maschinerie in Gang gesetzt zu haben, die er so gar nicht gewollt zu haben schien, obwohl Ivelina ihm sein Kind genommen und nach Deitmers Worten verdient hatte, bis in alle Ewigkeit nach Sibirien verbannt zu werden. Auf Deitmers Drängen hatte der von Kubilski beauftragte Privatdetektiv Ivelina bei einem ihrer Besuche in Dortmund im Mai 2017 ausfindig gemacht und so ermöglicht, dass der gegen Ivelina erlassene Haftbefehl vollstreckt werden und sie bis zur Hauptverhandlung vor Gericht in Untersuchungshaft genommen werden konnte. Der Detektiv hatte auch herausgefunden, dass Ivelina ihre Stelle als Ärztin in einem Dortmunder Krankenhaus aufgegeben hatte, ohne dass bisher geklärt werden konnte, wo sie nun wohnte und welcher Tätigkeit sie nachging.

»Sie soll nur sagen, wo sich das Kind genau befindet, damit ich es zurückholen kann«, sagte Kubilski. »Sie wird es sagen, wenn sie das Gericht im Gefängnis lässt. Weitere neun Monate wird sie nicht aushalten. Sie soll nur sagen, wo ich Emilia finde. Ich selber will Ivelina nichts Böses.«

Deitmer verdrehte die Augen. »Vielleicht jagen Sie noch eine Fürbitte für Ivelina zum Herrgott, Kubilski«, schnalzte er und schüttelte verärgert den Kopf. »Ivelina hat Emilia nach Bulgarien entführt«, erklärte er für den wie benommen wirkenden Pavel Kubilski. »Das Kind befindet sich wahrscheinlich in Sofia bei der Mutter von Ivelina, also Emilias Großmutter. Als Ivelina und Pavel heirateten, wohnte sie dort. Aber die alte Adresse ist wohl nicht mehr gültig, und eine aktuelle kennen wir nicht. Ivelina hat die Adresse ihrer Mutter nicht genannt, die deutschen Behörden kennen die Adresse nicht und erfahren sie auch nicht von den bulgarischen. Die dortigen Behörden sperren jede Auskunft, weil man sagt, dass dies zum Schutz des Kindes – und auch zum Schutz von Ivelina – erforderlich sei.«

Stephan schwieg. All das hatte ihm Deitmer schon am Telefon erzählt. Was ihn irritierte, war, dass Kubilski gegen seine frühere Frau keine offen ausbrechende Wut hegte, obwohl sie ihm dies angetan hatte.

»Sie müssen sich vorstellen«, setzte Deitmer wieder an, »Pavel hatte inzwischen vom Dortmunder Familiengericht im Wege einer einstweiligen Anordnung vorläufig das alleinige Sorgerecht für Emilia zugesprochen bekommen, nachdem das Gericht zu der Überzeugung gelangt war, dass Ivelina in boshafter Absicht versucht hatte, Pavel das Kind zu entziehen und alle Register zu ziehen, um jeden Kontakt zwischen Pavel und Emilia zu unterbinden. Das Gericht hatte auch entschieden, dass Ivelina das Kind an Pavel herauszugeben habe. Das war schon im Juni 2016, also vier Monate nach ihrem Wegzug und der Entführung Emilias. – All diese Verfahren hat Herr Kubilski gewonnen, nachdem ich darauf gedrängt hatte, dass er die entsprechenden Anträge beim Familiengericht stellte. – Ich habe lediglich bei der Formulierung der Anträge etwas geholfen«, setzte er augenzwinkernd hinzu. »Bereits unmittelbar nach der Trennung hatte Ivelina Besuche der Tochter bei Pavel verweigert. Pavel hatte sich damals an mich, also das Jugendamt, gewandt, und ich habe erst mit Ivelina vermittelnde Gespräche zu führen versucht, aber sie hat mit perfider Dreistigkeit alle Termine ignoriert, gerichtliche Termine platzen lassen, weil sie nicht erschien. Ebenso erschien sie nicht zu den später anberaumten Gerichtsterminen. Sie äußerte sich lediglich per E-Mail in den Verfahren. Die Entscheidungen des Familiengerichts konnten ihr immerhin unter der Anschrift zugestellt werden, unter der sie melderechtlich und ausweislich des Türschildes im Dortmunder Ortsteil Wambel wohnte, obwohl sie sich nicht tatsächlich dort aufhielt. Pavel hatte bis zur Entführung der Kleinen auch ordentlich Kindesunterhalt für Emilia bezahlt. Als die Mutter Emilia entführt hatte, habe ich ihm geraten, nichts mehr zu bezahlen. In solchen Fällen hilft es meist, wenn man den Geldhahn zudreht.«

Stephan hörte deutlich Deitmers Stolz heraus, dass es ihm gelungen war, unter seiner Regie Kubilski zu Maßnahmen veranlasst zu haben, die zwar das Kind bisher nicht zu Kubilski zurückgebracht hatten, aber richtige rechtliche und strategische Schritte markierten.

»Warum hat Ivelina das gemacht?«, fragte Stephan und wollte eher von Kubilski eine Antwort haben, doch statt seiner antwortete Deitmer mit der bereits in dem Telefonat erteilten Information.

»Sie hält an ihrem Vorwurf gegen Pavel fest. Wann und von wo auch immer sie sich per Mail meldet: Stets wiederholt sie dasselbe …«

»Welchen Vorwurf?«, fragte Stephan.

»Sexueller Missbrauch«, sagte Deitmer gedehnt, als sei von vornherein klar, dass dieser Vorwurf jeder Grundlage entbehrte. Doch er spürte, dass Pavel nicht wollte, dass hierüber schnell hinweggegangen wurde, und besserte sofort nach: »Natürlich ist es so, dass jedes Gericht einem solchen Vorwurf nachgehen muss, schon deshalb, um der eigenen Verantwortung gerecht zu werden. Doch wir alle wissen, dass es die schändlichste, aber auch erfolgreichste Karte ist, die in solchen Verfahren von Müttern gespielt werden kann, wenn es nicht darum geht, einen stattge- fundenen Missbrauch anzuprangern, sondern darum, die Gelegenheit zu nutzen, mit einem auf einer Lüge gründenden Vorwurf ein Stigma zu begründen, welches im schlimmsten Fall geeignet ist, mit gerichtlicher Seg- nung die Kontakte zwischen Vater und Tochter zu unter- binden. – Ich darf Ihnen versichern, Herr Knobel, dass Ivelina in dieser Hinsicht mit allen Wassern gewaschen ist, und es ist eine große Genugtuung, dass die Justiz keine Mühen gescheut hat, der Sache auf den Grund zu gehen. Ivelina hatte Pavel wegen sexuellen Missbrauchs angezeigt, insbesondere deshalb, um ihr geplantes Verschwinden mit dem Kind zu legitimieren. Grundlage war eine Äußerung Emilias beim Kinderarzt, wonach Pavel beim Baden des Kindes in seiner Wohnung ›an der Pipi‹ gestreichelt hatte. Wegen dieser Behauptung hatte Ivelina dann auch Strafanzeige bei der Staatsanwaltschaft wegen sexuellen Missbrauchs gestellt. Das war etwa ein Monat, bevor sie mit der kleinen Emilia verschwand.«

»Und?«, fragte Stephan, während sein Blick auf Pavel Kubilski ruhte.

»Ein von der Staatsanwaltschaft eingeholtes aussagepsychologisches Gutachten kam zu dem Ergebnis, dass die Schilderungen der damals rund dreijährigen Tochter nicht auf eigenem Erleben beruhten. Kurz und gut: Das strafrechtliche Ermittlungsverfahren gegen Pavel wurde eingestellt, und das Familiengericht übertrug danach Pavel – wie gesagt – im Wege einer einstweiligen Anordnung vorläufig die alleinige elterliche Sorge für Emilia und ordnete die Herausgabe der Tochter an Pavel an. Aber da war Ivelina schon mit dem Kind über alle Berge, nachdem sie sich ausrechnen konnte, dass sie keine Chance mehr hatte, Pavel das Kind mit dem erfundenen Missbrauch vorzuenthalten.«

»Und in Bulgarien hatte Ivelina ebenfalls Strafanzeige gegen Pavel Kubilski wegen sexuellen Missbrauchs der Tochter gestellt«, vermutete Stephan, »denn sonst wäre es ja nicht zu der Auskunftssperre der bulgarischen Behörden über den Aufenthaltsort des Kindes gekommen«, sagte er und tat, als folgere er dies aus Deitmers Erzählung, der dieses Detail soeben entgegen seiner Schilderung am Telefon vergessen hatte.

»Genau!«, stimmte Deitmer zu. »Ich sehe mit großer Freude, dass Sie sich mit den Details vertraut machen.« Er schaute prüfend auf seine Armbanduhr. »Wann ist Ihr Termin, Herr Knobel?«

»Um neun. Genau wie Ihrer.«

Deitmer überlegte. »Wird Ihr Termin lange dauern?«, fragte er.

»Vielleicht zehn Minuten«, antwortete Stephan wie zuvor verabredet.

»Pavel und ich sind hier nur Zuschauer«, erklärte Deitmer, »Wir wollen sehen, wie es ausgeht.«

»Sie wird heute endlich sagen, wo Emilia ist und sie zurückbringen«, gab sich Pavel plötzlich zuversichtlich. »Sie hatte im Gefängnis neun Monate Zeit zum Überlegen. Ivelina hat Berufung gegen das erste Urteil eingelegt. Es wird die Richter heute gnädig stimmen, wenn sie Emilia freigibt.«

»Aber sicher, Herr Kubilski.« Deitmer verzog die Mundwinkel. Er beugte sich mit hörbarem Seufzen, griff in seine lederne braune Aktentasche und zog einen Hefter heraus, hielt kurz inne und richtete sich nach der körperlichen Anstrengung mit hochrotem Kopf auf. Dann reichte er Stephan die Akte.

»Nehmen Sie sie«, sagte er kurzatmig, »lesen Sie die Akte an einem stillen Ort und kommen Sie nach Ihrem Termin hier in die Sitzung. Ich schätze, dass die Berufungsverhandlung etwa eine Stunde dauern wird. Sie sind doch einverstanden, Herr Kubilski?«

Deitmers Frage überrumpelte Kubilski, aber Stephan verstand, dass nur so eine Chance bestand, dass er einen Schritt nach vorn wagte.

Pavel Kubilski trug einen dunkelgrauen Anzug, darunter ein weißes Hemd und eine rote Krawatte. Seine schwarzen Lederschuhe waren sorgfältig gewachst.

Stephan erinnerte sich an Deitmers Worte in dem Telefonat: »Ich fürchte, dass die Berufungsverhandlung nicht lange dauern und für uns zur Niederlage wird. Und wenn es so kommt, wie ich befürchte, brauche ich Sie jetzt ganz schnell! Denn dann kann nur noch ein Anwalt was machen!«

Stephan nahm den Hefter, den Deitmer ›die Akte‹ nannte. Darin befand sich nur ein Schriftstück: das fünfseitige erstinstanzliche Strafurteil des Amtsgerichts Dortmund gegen Ivelina Kubilski.

»Lesen Sie es!«, hatte Deitmer bereits am Telefon eindringlich gefordert. »Das Urteil fasst den Sachverhalt gut zusammen. Pavel wird Sie jetzt brauchen!«

2

Stephan versprach, so schnell wie möglich von seinem vorgeblichen Termin zurückkehren zu wollen. Dann legte er Deitmers Hefter in seine mitgebrachte Akte und eilte über den Flur davon.

Stephan hatte zunächst überlegt, sich in die Gerichtskantine im Erdgeschoss zurückzuziehen und dort in Ruhe bei einer Tasse Kaffee das Urteil gegen Ivelina Kubilski zu lesen, doch die Kantine war wegen Renovierungsarbeiten geschlossen.

Also wich er auf die Vorhalle vor dem großen Schwurgerichtssaal aus, in der es reichlich Sitzgelegenheiten gab, doch als Stephan dort ankam, tauchte er unversehens in eine aufgeregt schnatternde Menschenmenge ein, die sich vor den noch geschlossenen Türen des Saales drängte. Als Stephan darunter auch viele Medienvertreter erkannte, die durch ihre Kameras, Mikrofone und anderes technisches Gerät auffielen, fiel ihm ein, dass am heutigen Tage der spektakuläre Prozess gegen den von der Presse so bezeichneten ›Schlächter von Dortmund‹ beginnen würde, einen 34-jährigen Versicherungsvertreter, der seine von ihm schwangere Freundin zunächst mit einem Fleischermesser erstochen und ihr dann das zu diesem Zeitpunkt bereits tote Baby aus dem Leib geschnitten hatte. Jetzt war Stephan klar, warum an der Schleuse im Eingangsbereich großer Andrang herrschte.

Die Zuschauerränge im Schwurgerichtssaal würden wie bei allen spektakulären Prozessen bis auf den letzten Platz gefüllt sein und die weitaus meisten Besucher deshalb in der Vorhalle bleiben müssen. Die lokalen Zeitungen hatten über Wochen immer wieder über Täter und Opfer und über den heute beginnenden Prozess berichtet und in Leserbriefen den Ruf nach der Todesstrafe laut werden lassen. Stephan ahnte, dass unter den vielen, die nach Öffnung des Gerichtsgebäudes heute Morgen vor die Pforten des Schwurgerichtssaales gestürmt waren, um einen der Zuschauerplätze zu ergattern, etliche Vertreter einer sonst im Verborgenen bleibenden Volksseele waren. Es waren jene, die das deutsche Strafrecht als zu milde empfanden und allein durch ihre Anwesenheit einen Beitrag dazu zu leisten glaubten, das Gericht wenigstens auf die Verhängung der nach unserem Recht härtesteten Strafe einschwören zu können, während sie im Übrigen ihre Anwesenheit im Gerichtssaal als ergötzlichen Zeitvertreib empfanden.

Das erregte Stimmengewirr in der überfüllten Vorhalle ließ Stephan nicht daran denken, hier aufmerksam das Urteil gegen Ivelina Kubilski lesen zu können, zumal ihm die wegen der regennassen Kleidungen schwüle und abgestandene Luft Schweißperlen auf die Stirn trieb.

Stephan wusste, dass wegen des Gedränges um diesen Prozess ein stiller Ort auch in den Nebenfluren kaum zu finden sein würde. Gleichzeitig trieb ihn die fortschreitende Zeit – es war schon 9.10 Uhr – zur Eile, und im Gedanken an einen *stillen Ort* fiel ihm ein, dass es im dritten Stock des Gebäudes, wo sich keine Sitzungssäle und deshalb keine Wartebänke auf den Fluren, sondern nur

Ausbildungsräume und Dienstzimmer der Richter befanden, eine Toilette gab, die kaum frequentiert wurde und Gelegenheit bot, sich ungestört zurückziehen zu können. Stephan kannte die Anlage aus der Zeit seiner eigenen Ausbildung, als er mit anderen Referendaren dort auf das Zweite Juristische Staatsexamen vorbereitet wurde.

Er fand die Toilettenanlage im dritten Stock unverändert vor. Die rechte der beiden Kabinen war wie damals dauerhaft versperrt, weil sie entgegen ihrer eigentlichen Bestimmung der Aufbewahrung von Putzutensilien diente. Die linke war geöffnet, und Stephan war es nur recht, dass ein handgeschriebenes Pappschild mit der Aufschrift ›Wasserspülung defekt, bitte Toilette im 2. OG benutzen‹ Besucher fernhalten sollte.

Stephan betrat die Kabine, versperrte sie von innen, nahm Deitmers Hefter aus der Akte und legte diese und seine Robe auf den Boden. Dann setzte er sich auf den geschlossenen Toilettendeckel und las das Urteil des Amtsgerichts Dortmund:

IM NAMEN DES VOLKES
Urteil
In der Strafsache
gegen Ivelina Kubilski, geborene Sudova,
geboren am 1. Oktober 1983 in Sofia/Bulgarien,
zurzeit in dieser Sache in Untersuchungshaft in
der JVA Dortmund,
getrennt lebend

wegen Entziehung Minderjähriger

hat das Amtsgericht Dortmund
aufgrund der Hauptverhandlung vom 17.07.2017,
an der teilgenommen haben:

Richter am Amtsgericht Schürmann
als Richter
Staatsanwältin Glockner
als Vertreterin der Staatsanwaltschaft Dortmund
Rechtsanwalt Schmitz aus Düsseldorf als Vertei-
diger der Angeklagten Ivelina Kubilski
Justizsekretärin Holzmeier und Justizbeschäf-
tigte Freesen
als Urkundsbeamtinnen der Geschäftsstelle

für Recht erkannt:

Die Angeklagte wird wegen Entziehung Minder-
jähriger zu einer Freiheitsstrafe von einem Jahr
und 6 Monaten kostenpflichtig verurteilt.
Angewendete Vorschriften: §§ 235 Abs. 2 Nr. 1,
51 StGB –
Gründe:
Die Angeklagte wuchs mit zwei Geschwistern
bei ihren Eltern in Bulgarien auf, die als Leh-
rerin und als Schreiner berufstätig waren. Die
Schulausbildung absolvierte die Angeklagte
nach eigenen Angaben überwiegend in Bulga-
rien, aber auch zum Teil in Deutschland und in
Russland. Bereits im Jahr 1999 habe sie mit knapp
16 Jahren das Abitur gemacht, weil es ihr auf-
grund besonderer schulischer Leistungen gelun-

gen sei, mehrere Klassen zu überspringen. Von 2000-2007 habe sie dann in Stettin Medizin studiert. Seitdem sei sie Ärztin. Inzwischen sei sie auch Fachärztin für Augenheilkunde. An einem Krankenhaus in Solingen habe sie bis November 2015 als Oberärztin gearbeitet.

Seit 2010 lebt die Angeklagte nach eigenen Angaben in Deutschland. Seit dem Jahr 2011 ist sie verheiratet. Zusammen mit ihrem Ehemann habe sie zunächst in Bochum und später dann in Dortmund gelebt. Nach der Geburt der Tochter Emilia sei sie vorübergehend in Lauscha als Ärztin tätig gewesen, während ihr Ehemann in Dortmund geblieben sei. 2014 sei sie dann ins Ruhrgebiet zurückgekehrt.

Die Angeklagte und ihr getrennt von ihr lebender Ehemann Pavel Kubilski, wohnhaft in Dortmund, Melanchthonstraße 73, sind die Eltern der am 5.1.2013 geborenen Emilia. Beide hatten das gemeinsame Sorgerecht für die Tochter, bis das Familiengericht Dortmund die elterliche Sorge im April 2016 vorläufig dem Ehemann übertrug. Bereits kurz nach der im Januar 2016 erfolgten Trennung stritten die Angeklagte und ihr Ehemann über das Umgangsrecht bezüglich der Tochter. Die Angeklagte behauptet insoweit, dass es zum sexuellen Missbrauch der Tochter durch den Kindesvater gekommen sei. Sie erstattete Strafanzeige gegen den Kindesvater. Im Rahmen der Ermittlungen kam die Staatsanwaltschaft Dortmund – auch aufgrund eines von ihr *eingeholten Gutachtens – zu dem Ergebnis, dass die von der Angeklagten erhobenen Vorwürfe gegen ihren Ehemann bezüglich des behaupteten sexuellen Missbrauchs der Tochter haltlos seien. Vielmehr wurde festgestellt, dass die Behauptung des damals etwa dreijährigen Kindes, der Vater habe es ›an der Pipi‹ gestreichelt, von der Angeklagten der Tochter durch gezielte Beeinflussung ›eingepflanzt‹ wurde. Die Staatsanwaltschaft Dortmund stellte das Ermittlungsverfahren gegen den Kindesvater ein.*

Nach Einstellung des gegen den Kindesvater geführten Ermittlungsverfahrens verdichteten sich die Anzeichen, dass die Angeklagte beabsichtigte, gegen den Willen des Kindesvaters mit dem Kind nach Bulgarien zu verschwinden. Auf Antrag des Kindesvaters übertrug das Familiengericht Dortmund dem Kindesvater im Wege einer einstweiligen Anordnung die alleinige elterliche Sorge für Emilia. Obwohl das Familiengericht im Weiteren anordnete, dass die Angeklagte die Tochter an den Kindesvater herauszugeben habe, war sie spätestens seit Mitte Februar 2016 unbekannten Aufenthaltes. Weder dem Kindesvater noch dem Gericht teilte sie die Anschrift des Kindes mit. Sie war mit der Tochter untergetaucht. Postsendungen des Familiengerichts konnten ihr zwar formal unter der von ihr nach außen innegehaltenen Dortmunder Wohnanschrift zugestellt werden, sie wohnte dort jedoch nicht und suchte diese Adresse nur gelegentlich und jeweils zu unklarem

Zweck für jeweils kurze Zeitspannen auf. Ihren Arbeitsplatz als Oberärztin hatte sie gekündigt. Die Tochter Emilia befindet sich mit großer Wahrscheinlichkeit in Bulgarien und wird dort mutmaßlich von der Großmutter, der Mutter der Angeklagten, betreut. Der genaue Aufenthaltsort des Kindes ist unbekannt und kann derzeit nicht ermittelt werden.

Die Angeklagte hat nach eigenen Angaben in Bulgarien ein Sorgerechtsverfahren angestrengt mit der Absicht, alleinige Sorgerechtsinhaberin für ihre Tochter zu werden. Soweit in Bulgarien dieses Verfahren tatsächlich betrieben wird, hat die Angeklagte jedoch die bulgarischen Behörden offensichtlich nicht über das Tätigwerden des Dortmunder Familiengerichts und der Dortmunder Staatsanwaltschaft informiert. Nach Darlegung der Angeklagten dürfe die Tochter Bulgarien derzeit nicht verlassen, weil das Kind für das von ihr angestrengte dortige Verfahren unentbehrlich sei.

Bereits im Juni 2016 erhielt die Tochter der Angeklagten neben der deutschen auch die bulgarische Staatsangehörigkeit. Dies hatte die Angeklagte entsprechend veranlasst. Sie behauptet insoweit, ihr Ehemann habe die Erteilung der bulgarischen Staatsangehörigkeit für Emilia schriftlich beantragt. Der Ehemann bestreitet dies – durchaus glaubhaft – vehement. Insoweit mag gegebenenfalls noch zu überprüfen sein, ob es diesbezüglich zu Urkundsdelikten gekommen ist.

Der vorgenannte Sachverhalt konnte durch die eigene Einlassung der Angeklagten festgestellt werden.

Die Angeklagte ist nicht vorbestraft.

Der Verteidiger der Angeklagten hat bekundet, die Angeklagte erkenne nunmehr, dass sie sich in eine Sackgasse manövriert habe und das Kind der Angeklagten nach Deutschland zurückkehren müsse. Die Angeklagte selbst stimmt dem vordergründig zu, gibt aber zu bedenken, dass die Tochter aufgrund der in Bulgarien betriebenen Verfahren dort unbedingt noch verbleiben müsse. Das Gericht hat in der Hauptverhandlung den Eindruck gewonnen, dass die Angeklagte für die Zukunft die Tochter alleine für sich haben möchte und deshalb wünsche, dass Emilia zunächst in Bulgarien verbleibe.

Das Verhalten der Angeklagten stellt die Entziehung eines Minderjährigen (Vergehen nach § 235 Abs. 2 Nr. 1 StGB) dar.

Bei der Strafzumessung konnte zugunsten der Angeklagten berücksichtigt werden, dass sie nicht vorbestraft ist und sich geständig eingelassen hat. Zulasten der Angeklagten ist zu berücksichtigen, dass sich das Kind schon lange in Bulgarien befindet und entgegen der Weisung des Familiengerichts aus seinem hiesigen Kulturkreis schon lange herausgerissen ist. Zulasten der Angeklagten ist auch zu sehen, dass sie ihr Fehlverhalten von langer Hand vorbereitet und mit erheblicher krimineller Energie durchgeführt hat.

Vor diesem Hintergrund ist zur Einwirkung auf die Angeklagte die Verhängung einer Freiheitsstrafe von einem Jahr und sechs Monaten geboten. Die Vollstreckung der Freiheitsstrafe konnte nicht zur Bewährung (§ 56 StGB) ausgesetzt werden. Der Angeklagten kann die erforderliche positive Prognose für die straffreie Führung in der Zukunft nicht gestellt werden.

Die Angeklagte ist ganz offensichtlich bemüht, ihre Tochter für die Zukunft ausschließlich für sich zu haben. Die Angeklagte verfügt über besondere berufliche Fähigkeiten und spricht angeblich auch viele Sprachen. Vor diesem Hintergrund könnte sie sich im Falle der Haftentlassung mit der Tochter auch aus dem EU-Raum entfernen und damit die Rückführung des Kindes weiter vereiteln. Vor diesem Hintergrund ist es geboten, dass die Angeklagte die verhängte Strafe auch verbüßt.

Die Untersuchungshaft ist anzurechnen (§ 51 StGB).

Die Kostenentscheidung beruht auf § 465 StPO.

Schürmann

Es folgten der Name des Urkundsbeamten der Geschäftsstelle sowie das Dienstsiegel des Gerichts.

Stephan wollte gerade die Kopie des Urteils wieder in seine Akte legen, als er hinter sich ein kurzes Brummen hörte. Er fuhr erschreckt herum, konnte aber nicht feststellen, woher das Geräusch kam, das fast ein Dröhnen war, als stamme es aus einem leeren Raum, der das

Brummen wie in einem Resonanzkörper deutlich verstärkte. Stephan stand auf und betrachtete den Wasserkasten, der hinter dem Toilettentopf an die Wand montiert war. Erst jetzt fiel ihm auf, dass der Deckel nur lose aufgelegt war. Er nahm den Deckel ab und entdeckte ein Handy, das sich mittels einer eingeklebten Vorrichtung unter dem Deckel des ansonsten leeren Spülkastens befand, dessen Wasserzulauf – wie er jetzt feststellte – oberhalb des Kastens von dem aus der Wand kommenden Rohr an einer Verbindungsmuffe abgetrennt und diese mit einer Schraubkappe verschlossen worden war.

Stephan nahm verwundert das Handy aus der Halterung, das jetzt erneut vibrierte, in seinen Händen aber nur ein leises Summen von sich gab. Er blickte auf das Display, das in einer soeben angekommenen SMS-Nachricht Ketten von Zahlen zeigte, hinter denen sich in Klammerzusätzen Plus- oder Minuszeichen befanden. Stephan erkannte blitzschnell aus den ihm geläufigen Zahlen, was vor sich ging: Die lange Zahlen- und Zeichenfolge, beginnend mit 280 I, 241 I, 311 II Nr. 2 (+), 823 I (-), 823 II (-) beschrieb nichts anderes als die Auflistung der die in einer juristischen Fallaufgabe zu prüfenden Paragrafen des Bürgerlichen Gesetzbuches. Ein Pluszeichen signalisierte, das die Vorschrift einschlägig und zu bejahen, während die mit einem Minuszeichen versehenen Vorschriften zwar zu prüfen, aber letztlich als nicht einschlägig zu verneinen seien. Jeder, der sich einmal mit Rechtswissenschaften befasst hatte, kannte diese einem Telegrammstil gleichenden Lösungsskizzen.

Noch während Stephan die Zahlenreihen betrachtete, rüttelte jemand an der versperrten Toilettentür, und als

Stephan, das Handy in der linken Hand haltend, öffnete, war er noch überraschter, Klemens Strauß vor sich zu sehen, der vor einigen Monaten auf Empfehlung eines Anwaltskollegen einen Teil seiner Referendarzeit in Stephans Kanzlei abgeleistet hatte. Die sogenannte Ausbildung von Klemens Strauß in Stephans Kanzlei bestand bei ihm absprachegemäß darin, dass dieser das nach der Ausbildungsordnung erforderliche Minimum an Akten bearbeitete, ansonsten aber von jeglicher Kanzleiarbeit entbunden war, weil er sich auf die Examensklausuren vorbereiten wollte. Als Stephan all dies ins Gedächtnis kam, wurde ihm schlagartig klar, was hier vor sich ging. Doch bevor er etwas sagen konnte, flog die Tür zur Herrentoilette auf. Im Türrahmen stand Lutz Schmechler, Vorsitzender Richter am Dortmunder Landgericht und Stephan bestens und in unangenehmer Weise aus etlichen Zivilprozessen bekannt. Er mochte diesen Richter nicht, der mit augenfälliger Arroganz seine Sitzungen führte und keine Gelegenheit ausließ, Anwälte und ihre Parteien zu demütigen, wenn sich die Chance bot, sie wegen einer schlechten Prozessführung vorzuführen. Schmechler brillierte mit seinem juristischen Können, und er war bis aufs Blut gereizt, wenn es zu dem seltenen Fall kam, dass Anwälte ihn in der Verhandlung mit Zitaten aus obergerichtlichen Entscheidungen überraschten, die selbst Schmechler nicht präsent waren.

Es war Stephans Glück und zugleich sein Pech, Schmechler auf diese Weise vor nicht einmal einem Jahr vorgeführt zu haben, was ihn als Sieger aus dem Prozess hervorgehen ließ und zugleich endgültig die Feindschaft Schmechlers einbrachte, der mit Stephans häufig lockerer Art und insbesondere nicht damit umgehen konnte, dass Stephan in den Sitzungen keine Krawatten mehr trug. Schmechler war schlau genug, sich hier jeder Rüge zu enthalten, weil das Tragen einer Krawatte im Gerichtssaal nicht mehr als ein Brauch, aber eben keine Pflicht war. Und er argwöhnte nicht ohne Grund, dass Stephan ihm unter der geöffneten Robe mit großer Freude das krawattenlose Oberhemd in der Erwartung präsentierte, dass Schmechler sich hierüber erbosen möge. Doch Schmechler tappte nicht in die vorbereitete Falle.

»Ich traue meinen Augen nicht«, entfuhr es dem kleinwüchsigen Schmechler, »Herr Knobel!«

Er blinzelte eigenartig lüstern mit den Augen, die verrieten, dass seine Genugtuung die Empörung überwog. »Zu was haben Sie sich hinreißen lassen?«, bellte er. »Von Ihnen ganz zu schweigen, Kandidat Strauß. Wie dumm muss man sein, sich unmittelbar nach Ausgabe einer Examensklausur bei mir als Aufsichtsperson für einen ersten Toilettenbesuch abzumelden und dann ganze fünf Minuten wegzubleiben? Aber nicht genug: Knapp zehn Minuten später melden Sie sich erneut zur Toilette ab. So viel Harndrang ist auch durch Prüfungsangst nicht erklärbar, Strauß«, diagnostizierte Schmechler mit flatternder Stimme. »Die Sache ist doch klar: Beim ersten Toilettenbesuch haben Sie die Aufgabe hinterlegt, beim zweiten wollten Sie die Lösung entgegennehmen«, folgerte er zutreffend. »Glauben Sie ernsthaft, dass es im Hause unbemerkt geblieben ist, dass die Herrentoilette seit gestern wegen angeblichen Defekts gesperrt ist, obwohl der Hausmeister hiervon nichts wusste? Wenn solche Dinge einen Tag vor einem Examensklausurtermin passieren, schrillen alle Alarmglocken.« Und mit hörbarem Stolz fügte er hinzu: »Wir waren vorbereitet!«

»Es ist nicht so, wie es aussieht«, sagte Stephan, und er setzte mit der zwangsläufig umständlichen Erklärung an, warum er sich hier aufhielt, doch Schmechler fuhr ihm brüsk dazwischen.

»Geschenkt«, lachte er triumphierend, »geben Sie sich keine Mühe! Sie sind für den Kandidaten Strauß der Klausurlöser oder ein Bindeglied zu einer Person draußen.«

Sein Blick fiel auf das Handy in Stephans Hand. »Kein Wunder, dass Strauß unten an der Pforte kein Handy abgenommen werden konnte. Die Justizbeamten hatten ausdrückliche Weisung, jedem Examenskandidaten schon beim Betreten des Gebäudes das Handy abzunehmen. Aber da konnte ja nichts festgestellt werden, denn wahrscheinlich haben Sie es hier reingeschmuggelt, Herr Knobel. Mit dem Anwaltsausweis kommt ein Anwalt notfalls ja auch mit einer Handgranate ins Gericht. Schäbig, einfach nur schäbig.«

Schmechler grunzte verächtlich und gleichermaßen voller Wonne, als er blitzartig vorschnellte und Stephan, der noch immer in der Toilettenkabine stand, unsanft zur Seite stieß. Stephan ließ seine Akte fallen, und Schmechler stürzte sich auf die auf dem Boden liegende Akte wie ein Raubtier auf seine Beute. Er krallte sie an sich, richtete sich auf und fingerte aus der Innentasche seines Jacketts seine Lesebrille hervor.

Schmechlers Hände begannen zu zittern, als er den Akteninhalt überflog, und es schien, als vervollständigte sich seine Beweisführung mit jedem Wort, das er las, bis er mit rotem Kopf verkündete: »Sie haben hier einen Termin, Herr Knobel – wie lächerlich!« Seine Stimme krähte in hoher Tonlage. »Wissen Sie, was das hier ist? Vielleicht wissen Sie das ja nicht einmal, weil es keine Terminakte, sondern nur ein Requisit Ihrer erbärmlichen Vorstellung ist?« Er wedelte triumphierend mit der Akte. »Das …«, grunzte er süffisant zufrieden, »das ist eine Akte über einen Verwaltungsgerichtsprozess beim Verwaltungsgericht Gelsenkirchen. Also eine Akte zu einem Fall, über den in diesem Hause niemals verhandelt würde. Mein Gott, wie peinlich, Herr Rechtsanwalt Knobel!«

»Vielleicht klären Sie mal endlich auf, dass ich mit Ihrem Täuschungsversuch nichts zu tun habe, Herr Strauß«, forderte Stephan barsch.

»Warum sitzen Sie denn über zehn Minuten auf einem Lokus, der nach der Beschilderung defekt ist«, brüllte Schmechler dagegen. »Meine Beisitzerin hat die Herrentoilette ab heute Morgen 8.30 versteckt im Visier, nachdem wir nach der Manipulation der Toilette davon ausgehen mussten, dass hier ein Täuschungsversuch stattfinden sollte. »9.03 Uhr hat sich Strauß zur Toilette abgemeldet, 9.08 kehrte er zurück, 9.10 haben Sie sich auf die Toilette begeben und dort gesessen. 9.17 hat sich Strauß zum Pinkeln abgemeldet, 9.20 bin ich hier reingekommen. Es ist alles sauber protokolliert. Frau Schrader-Mühlenborn hat mir die Zeiten per SMS in den Klausursaal übermittelt. Wem wollen Sie denn erklären, dass Sie sich knapp zehn Minuten auf ein Klo setzen, das defekt ist, Herr Knobel? Das geht doch nur, wenn Sie hier nicht Ihr Geschäft verrichten wollten, sondern ganz andere Dinge vorhatten.«

»Ich habe hier eine andere Akte gelesen«, erklärte Stephan und verwies auf den von Deitmer gefertigten Hefter, der in der Akte lag.

Schmechler, nun ganz Inquisitor, blickte stirnrunzelnd hinein.

»Ein Strafurteil des Amtsgerichts aus dem letzten Jahr«, dröhnte er nach kurzem Lesen. »Das passt genauso wenig hierhin wie die verwaltungsgerichtliche Akte.« Schmechler schnaufte behäbig. »Lupenreine Beweise«, urteilte er, »die ich anderenorts verwenden werde«, wobei er bedeutungsvoll mit den Augen rollte.

»Ich warte noch immer auf Ihre Erklärung, Herr Strauß«, sagte Stephan scharf.

»Herr Knobel war im Referendariat einer meiner Ausbilder. Mehr sage ich jetzt nicht.«

»Ausbilder?«, krähte Schmechler. »Stimmt das?« Er trat in der Gewissheit zur Seite, nun die Beweiskette wasserdicht schließen zu können. »Sie werden von uns hören, Herr Knobel.«

»Nein«, widersprach Stephan ruhig, »Sie werden von mir hören, Herr Schmechler. Darf ich jetzt meine Akten zurückhaben? Ich biete Ihnen im Gegenzug das Handy, das vermutlich Herrn Strauß gehört und im Spülkasten hinterlegt war. Irgendwann werden Sie erkennen, dass Sie hier die entscheidende Weiche hätten stellen können. Morgen kann es zu spät sein.«

Stephan hielt Schmechler das Gerät zum Tausch entgegen.

Schmechler überlegte einen Moment. Doch er war sich sicher, dass Stephan bluffte. »Nichts bekommen Sie«, entschied er spitz.

»Dann gibt's auch kein Handy«, erwiderte Stephan gelassen, als wolle er einem Kind die Folgen seines Trotzes vor Augen führen.

»So nicht, Herr Rechtsanwalt Knobel! So nicht!« Schmechler blitzte mit den Augen und behielt das einzige Beweisstück im Visier, dessen er noch habhaft werden musste.

Schmechler langte mit der rechten Hand nach dem Handy wie ein Tier mit der Pranke nach der Beute, ohne das begehrte Objekt berühren zu können. Stephan, deutlich länger als Schmechler, hielt das Handy in die Luft. Schmechler beobachtete lauernd, wie Stephan über seinem Kopf das Handy von der rechten in die linke Hand gab und wieder zurückwechselte. Einige Male setzte er zum Sprung an, während seine Augen unbeirrt dem Handy folgten. Doch er sprang noch nicht.

»Sooo hoch hängt die Wurst«, feixte Stephan und reckte sich, soweit er konnte.

»Sie werden das bedauern«, keuchte Schmechler mit schweißglänzender Stirn, während sein Blick auf das Handy geheftet blieb.

Stephan tappte auf Zehenspitzen langsam Richtung Tür vorwärts, das Handy weiter mit gestreckter Hand wie einen Köder über seinen Kopf schwenkend, während Schmechler wie ein um den Ball ringender Fußballer hautnah seinen Gegner deckte.

»Wurst«, zischte Stephan leise und er wiederholte, das Reizwort dehnend: »Wuuurst…«

Schmechlers Schlag kam unvermittelt. Er boxte Stephan mit der geschlossenen Faust in die Seite. Hart und dennoch kaum wahrnehmbar, als sei Schmechlers

Faust als Reflex in Sekundenbruchteilen vor- und wieder zurückgeschnellt.

Stephan taumelte, und während er langsam zu Boden glitt, atmete er tief ein. Dann schrie er so laut er konnte: »Hilfe!«

Binnen Sekunden öffnete sich die Tür vom Flur zur Herrentoilette, und Frau Schrader-Mühlenborn stürzte irritiert hinein. Es war die Beisitzerin aus Schmechlers Zivilkammer, die er vorbeugend mit der Beobachtung der Toilettenanlage beauftragt hatte. Stephan kannte sie aus den Sitzungen, wenn sie mit einer anderen Kollegin schweigend Schmechler einrahmte, während er den Vorsitz zelebrierte und bei der Anhörung jeder Partei und der Vernehmung jedes Zeugen lang insistierte und bereits gestellte Fragen so oft mit anderen Worten wiederholte, bis er auch kleinste Widersprüche in den protokollierten Äußerungen aufgedeckt hatte. Schmechler sah sich als Kämpfer für eine durch seinen Eigensinn definierte Gerechtigkeit. Er witterte überall Lüge und Verrat, und in Konsequenz dessen hatten seine Beisitzerinnen in den gerichtlichen Sitzungen nicht mehr zu tun als ihre Robe auszufüllen und mit körperlicher Präsenz den dreiköpfigen Spruchkörper zu vervollkommnen, der formal über den Fall zu urteilen hatte. Doch meinungsbildender Entscheider war allein Schmechler, der für sich in Anspruch nahm, dem Recht mit schonungsloser Akribie zur Geltung zu verhelfen. Anwälte waren Schmechler per se als von der jeweiligen Klientel bezahlte Mietschnauzen verhasst.

Jetzt sah Frau Schrader-Mühlenborn Stephan am Boden liegen, während sich der über sich selbst erschrockene Schmechler mit feuchtem Gesicht ängstlich über ihn beugte.

»Ein Versehen«, murmelte er und strich sich nervös durch die Haare. »Tut mir leid, Herr Knobel! Wir werden das aus der Welt schaffen. Da war doch nichts, Knobel. Nicht wahr, Herr Knobel, das war nur ein Versehen – nicht mehr als ein Stuppser.«

Schmechlers Angst war nicht zu überhören.

»Ich war mir nicht sicher, ob ich schon früher reinkommen sollte«, entschuldigte sich Frau Schrader-Mühlenborn mit dünner Stimme.

»Herr Schmechler hat mich geschlagen«, bekundete Stephan mit fester Stimme vom Boden aus, als gebe er eine Aussage zu Protokoll, und stand auf.

Frau Schrader-Mühlenborn blickte unsicher erst zu ihrem Vorsitzenden und dann zu Strauß.

Der Kandidat nickte.

Schmechler ließ sich von Stephan die Akte ohne Gegenwehr aus der Hand nehmen. Dem eitlen Vorsitzenden war anzusehen, dass er gedanklich bereits die rechtlichen und dienstlichen Folgen dieses Zwischenfalls abzuschätzen suchte und erkannte, dass er etwas tun musste, wenn er nicht über diese Affäre stolpern wollte.

»Wir hören voneinander«, rief er Stephan hinterher, der nicht den leisesten Zweifel hegte, dass es Schmechler mit dieser Ankündigung ernst war. Doch er ahnte nicht, welche Dimensionen dieser Vorfall noch gewinnen würde.

3

Stephan eilte zu Saal 136 zurück, öffnete die Tür, trat leise ein und schlich zu den Zuschauerplätzen, wo nur Deitmer und Kubilski saßen.

»Schon halb zehn«, flüsterte Deitmer, als Stephan neben ihm Platz nahm. »Wieso hat denn Ihr Termin so lange gedauert? Hier ist schon alles vorbei. Ivelina hat es geschafft. Das Landgericht ändert das Urteil auf eine Freiheitsstrafe von acht Monaten ab, natürlich auf Bewährung. Das heißt, sie darf gleich frei aus diesem Saal marschieren. Bis zur Urteilsverkündung brauchte das Gericht gerade mal 25 Minuten. Einschließlich Plädoyers und anschließender Beratung. Jetzt ergeht sich der Herr Richter in der langatmigen Begründung seines Urteils.« Er winkte kopfschüttelnd ab. »Erbärmlich! Ich habe es befürchtet! Man kann dies keinem Menschen ...«

»Ich darf um Ruhe bitten!«

Die Stimme des Vorsitzenden schnitt scharf dazwischen.

»Schon gut!« Deitmer hob beschwichtigend die Hand.

Der Vorsitzende rückte seine Brille zurecht, blickte auf sein Konzeptpapier und dann zu der Angeklagten, die neben ihrem Verteidiger saß, der sich zufrieden zurückgelehnt hatte und unter seiner über den fettleibigen Bauch gespannten speckigen Robe mit gelöster Miene den Worten des Richters lauschte und immer wieder beifällig nickte.

»An seiner Stelle würde ich auch nur grinsen«, zischte Deitmer leise und stützte seinen Kopf missmutig in die Hände.

Stephan sah über ihn hinweg auf den neben ihm sitzenden Kubilski, der mit versteinertem Gesicht auf seine Frau blickte. Für ihn musste gerade die Welt zusammenbrechen.

Stephan betrachtete ihn eine Weile von der Seite und folgte dann Kubilskis starrem Blick, der regungslos auf Ivelina haftete. Sie war eine schmächtige Frau mit harten, fast maskulinen Gesichtszügen, die durch ihre zu einem kurzen Zopf zusammengebundenen dunklen Haare noch betont wurden. Konzentriert folgte sie den Worten des Vorsitzenden Richters, machte sich zwischendurch Notizen und war augenscheinlich nicht mit dem Urteil zufrieden, auch wenn es ihr immerhin die Freiheit zurückgab. Stephan ahnte, dass ihr Verteidiger auf Freispruch plädiert hatte, und wusste, dass er mit dem soeben verkündeten Berufungsurteil das Maximum erreicht hatte, das Ivelina dennoch als Unrecht und Niederlage empfand.

Stephan überlegte unwillkürlich, was Ivelina und Pavel Kubilski als Paar miteinander verbunden hatte, und fand keine Antwort.

»Die Angeklagte hat sich somit wegen Entziehung Minderjähriger nach § 235 Absatz 2 Nr. 1 des Strafgesetzbuches schuldig gemacht«, fuhr der Vorsitzende in der Begründung des Urteils fort. »Durch die Verbringung der Tochter Emilia nach Bulgarien hat sie dem Kindesvater, dem Zeugen Pavel Kubilski, das Kind entzogen, um es in das Ausland zu verbringen. Dabei hat

40

die Angeklagte in Kenntnis der Tatumstände gehandelt. Selbst wenn man zugunsten der Angeklagten unterstellt, dass diese aus der Motivation gehandelt hat, ihre Tochter dem Zugriff des Kindesvaters zu entziehen, weil sie dem Verdacht erlegen war, es sei in der Vergangenheit zu sexuellen Übergriffen gekommen, so wäre dies dennoch nicht dazu geeignet, die Tat der Angeklagten zu rechtfertigen oder zu entschuldigen.«

»Falsch!«, schrie Ivelina und erhob sich erregt, doch im selben Moment schnellte die rechte Hand ihres Verteidigers unter seiner Robe hervor und zog sie auf ihren Platz zurück.

Stephan schaute wieder zur Richterbank. Die links und rechts des Vorsitzenden sitzenden Schöffen quittierten Ivelinas Einwurf mit sichtbarem Missfallen, während er selbst entschlossen schien, seinen Vortrag ohne Unterbrechung zu Ende zu führen.

Dann folgte der wesentliche Satz, in der sich das Berufungsurteil des Landgerichts von der Begründung des Amtsgerichts unterschied: »Entscheidend zugunsten der Angeklagten war zu berücksichtigen, dass letztlich nicht ausgeschlossen werden konnte, dass die Angeklagte aus der Motivation heraus gehandelt hat, ihre Tochter vor dem Zugriff des Kindesvaters zu entziehen, um sexuelle Übergriffe des Kindesvaters auf die Tochter, die von ihr befürchtet wurden, zu verhindern.«

Der Vorsitzende wog noch die weiteren für und gegen Ivelina sprechenden Umstände gegeneinander ab, bevor er abschließend mit der zugunsten Ivelinas angenommenen Motivlage begründete, warum das Gericht die Freiheitsstrafe zur Bewährung aussetzte. »Dabei hat das

Gericht nicht verkannt«, ergänzte er, »dass sich Emilia nach wie vor in Bulgarien befindet und durchaus ungewiss ist, ob die Angeklagte die Tochter wieder nach Deutschland zurückbringen wird.«

»Frechheit!«, schnaufte Deitmer, und er tat es so laut, dass er in der Richterbank gehört worden sein musste.

Doch der Vorsitzende ließ sich nicht irritieren. Wie zur Erwiderung auf Deitmers Bemerkung führte er aus: »Allerdings darf die Entscheidung über die Frage der Strafaussetzung zur Bewährung nicht von Erwägungen getragen werden, die dahin gehen, die Angeklagte dazu zu zwingen, die Tochter wieder nach Deutschland zu verbringen. In einem solchen Falle würden strafrechtliche Entscheidungen letztlich als Beugemittel zur Erzwingung der Rückholung eines Kindes nach Deutschland missbraucht, was letztlich sowohl bei der Strafzumessung als auch bei der Strafaussetzung zur Bewährung sachfremd ist.« Der Vorsitzende sah auf und schaute Deitmer direkt ins Gesicht, als er vollendete: »Dies folgt aus einem Beschluss des Bundesverfassungsgerichts …« Und mit einem Blick auf seinen Zettel fügte er an: »… vom 27.12.2006, Aktenzeichen 2 BVR 1895/05.«

Dann hob er den gegen Ivelina Kubilski noch bestehenden Haftbefehl auf und schloss mit leichtem Kopfnicken die Sitzung.

Deitmer hielt es nicht auf dem Platz. Mit hochrotem Kopf zog er den verstört wirkenden Pavel Kubilski hinter sich aus dem Sitzungssaal, während der Vorsitzende Richter und die Schöffen durch eine Hintertür ins Beratungszimmer verschwanden. Stephan indes blieb noch sitzen. Er beobachtete Ivelina, die ihren Notizzettel faltete und in eine unter der Anklagebank verborgen gewesene Handtasche verstaute. Ihr Verteidiger erhob sich ächzend von seinem Sitz und versuchte Ivelina davon zu überzeugen, dass man doch alles gewonnen habe. »Bewährungsstrafe ist in der Konsequenz wie Freispruch«, sagte er leicht dahin, aber sie drückte brüsk ihren Anwalt zurück, der seinen Arm bei diesen Worten väterlich um ihre Schulter legte und seinen Erfolg polierte, indem er Ivelina mit düsteren Worte nahezubringen versuchte, was ihr in der heutigen Verhandlung im Falle einer Niederlage alles hätte drohen können. Doch Ivelina ließ ihn stehen, verabschiedete sich nur mit dürren Worten und strebte mit schnellen Schritten hinaus. Ohne dass er dies noch hätte sehen können, wusste Stephan, dass sich die Kubilskis vor dem Saal keines Blickes gewürdigt hatten.

Deitmer war mit Kubilski bereits einige Schritte Richtung Ausgang vorausgegangen, als könnte der räumliche Abstand helfen, Kubilskis Enttäuschung über den Ausgang des Verfahrens zu mildern, den Deitmer instinktiv richtig vorausgeahnt hatte.

Stephan holte die beiden vor der Treppe ein, die hinunter in die Wandelhalle und dort zum Ausgang führte. Schweigend gingen sie nebeneinander her, während Stephan sich an einen bis jetzt ganz und gar ungewöhnlichen Vormittag erinnerte und allein schon unter dem Eindruck des in sein Gedächtnis drängenden Zusammenpralls mit dem verhassten Schmechler keine Lust verspürte, sich näher mit dem Fall Kubilski zu beschäftigen, der sich als deutlich komplizierter herausstellte, als Deitmer ihn geschildert hatte.

43

Als sie vor dem Portal des Landgerichts auf der Kaiserstraße standen, stellte sich Deitmer vor Kubilski und Stephan auf und sagte, während er mit seiner rechten Hand
die linke von Kubilski und mit seiner linken die rechte
Hand von Stephan griff, nur zwei Sätze: »Pavel Kubilski
braucht nun beste anwaltliche Hilfe! Jetzt ist er Ihr Klient,
Herr Knobel!« Dann ging er mit schnellen Schritten davon.

4

»Kommen Sie bitte mit!« Pavel Kubilski blickte in den
Himmel. »Es regnet nicht mehr. Ich würde Ihnen gern
meine Unterlagen geben. Ich habe sie zu Hause. Es ist
nicht weit von hier.«

»Ich habe überhaupt noch nicht zugesagt, Herr Kubilski. Und ich möchte Ihnen reinen Wein einschenken:
Unser Zusammentreffen vor dem Sitzungssaal war nicht
zufällig. Herr Deitmer hat mich dorthin bestellt und mir
vorab schon in einem Telefonat das Wichtigste erzählt.«

»Ich weiß.« Pavel Kubilski lächelte leicht. »Er hat mir vorher gesagt, dass er das so machen würde. Weil ich mich bis zuletzt geweigert habe, einen Anwalt zu bemühen. Er meinte dann, er würde Sie hinzuziehen, weil er großes Vertrauen in Sie und Ihr Können hat. Ich sollte dann spontan nach der heutigen Sitzung entscheiden können. – Gehen wir? Es ist nicht weit. Ich wohne nahe der Straßenbahnhaltestelle Funkenburg.«

Ohne Stephans Antwort abzuwarten, ging Pavel Kubilski voran, und Stephan folgte ihm, die Akte unter den Arm geklemmt haltend, die letztlich Anlass des massiven Konfliktes mit Schmechler war, zu dem es nicht gekommen wäre, wenn Deitmer nicht dieses Schauspiel inszeniert hätte.

»Wenn ich es recht sehe, hat Sie Herr Deitmer gerade in meine Hände gedrängt. Ich mag nicht recht glauben, dass es Ihre überzeugte Entscheidung ist, zumal ich nicht verstehe, dass Sie bis jetzt keinen Anwalt an Ihrer Seite haben wollten.«

»Anwälte kosten viel Geld, Herr Knobel.«

Stephan lachte auf. »Es geht um Ihre Tochter und um einen ungeheuerlichen Verdacht gegen Sie, Herr Kubilski. Spielt Geld eine Rolle, wenn es um so wichtige Dinge geht? Ist es unmoralisch, wenn ein Anwalt für gute Arbeit Geld verlangt?«

Sie schwiegen eine Weile, während sie nebeneinander langsam die Kaiserstraße in östlicher Richtung entlangliefen.

»Ich habe mir nichts zuschulden kommen lassen, Herr Knobel«, sagte Kubilski ruhig. »Und ich bin fest überzeugt, dass Ivelina letztlich scheitert. Die Staatsanwaltschaft hat das Verfahren gegen mich eingestellt. Ich bin unschuldig.«

»Die Einstellung nach § 170 Abs. 2 der Strafprozessordnung bedeutet nur, dass derzeit kein hinreichender Tatverdacht gegen Sie besteht«, erklärte Stephan. »Aber die Ermittlungen gegen Sie können jederzeit wieder aufgenommen werden, wenn sich neue Anhaltspunkte ergeben.«

»Ich weiß, was war und was nicht, Herr Knobel. Und Gott ist mein Zeuge.«

»Und warum brauchen Sie jetzt einen Anwalt?«

»Sie haben ja gesehen: Das Amtsgericht glaubt, dass Ivelina unsere Tochter in böser Absicht entführt hat, weil es erkannt hat, dass ich unschuldig bin, und das Landgericht glaubt, dass Ivelina in guter Absicht gehandelt hat. Der eine sagt so und der andere so. Deitmer hat den heutigen Ausgang des Verfahrens geahnt und mich vorbereitet. Ich bin heute nicht so tief gefallen, wie es scheint.«

»Der eine sagt so und der andere so«, wiederholte Stephan. »Jetzt wissen Sie, dass es mit Gott allein nicht geht.«

»Lästern ist nicht gut«, gab Kubilski zurück. »Aber ich begreife, dass ich was tun muss.«

»Gute Erkenntnis!«, stimmte Stephan zu.

Sie waren an ihrem Ziel angekommen. Stephan folgte Pavel Kubilski in dessen im zweiten Stock gelegenen Wohnung in einem alten Mehrfamilienhaus in der Melanchthonstraße 73. Kubilski bat ihn gleich ins Wohnzimmer und ging in die Küche, um Kaffee zu machen. Stephan sah sich um. Das große Zimmer war eher spärlich, aber mit hochwertigem Mobiliar ausgestattet. Auf dem gepflegten

Parkettfußboden standen eine Sitzgarnitur aus weißem Leder und ein moderner großer Flachbildschirm in einer Regalwand aus gebürstetem Edelstahl. Unzählige sorgfältig in die Regale gestellte Bücher machten die Wand bunt. An den Seitenwänden hingen viele Bilder. Einige großformatige Fotos zeigten ein lachendes Kind, teilweise auch mit Ivelina zusammen. Andere Fotos zeigten Lokomotiven und Schienenstränge.

Pavel Kubilski kam mit zwei Tassen Kaffee aus der Küche zurück und bat Stephan, auf der Garnitur Platz zu nehmen.

»Milch oder Zucker?«, fragte Kubilski, als er sich in einen der Sessel setzte.

»Danke, nein.« Stephan setzte sich in die Mitte des Sofas und nahm einen Schluck Kaffee. »Ist das Emilia?« Er deutete auf die Fotos.

Kubilski nickte. »Ja, das ist meine Emilia. – Schauen Sie nur auf das Kinngrübchen, wenn sie lacht. Leider hat sie dort ein kleines Muttermal.«

Stephan spürte, dass sich Kubliski beim Anblick der Bilder sofort in Erinnerungen verlor.

»Was macht man als Eisenbahningenieur?«, lenkte er ab.

Kubilski schwieg einen Moment und sammelte sich. »Genau gesagt konstruiere ich Weichen«, erklärte er. »Es ist nicht wie bei der Modellbahn, wo es nur drei oder vier unterschiedliche Weichen gibt. Im Original ist fast jede Weiche ein eigens konstruiertes Einzelstück. Wenn bei der Bahn eine Weiche ersetzt werden soll, weil sie verschlissen ist, bedarf es einige Zeit, bis ihre Konstruktion gerechnet und gebaut ist. Sogenannte Weichenstraßen sind aufwendige Kunstwerke, ihr Einbau vor Ort eine logistische Meisterleistung. Ich arbeite im Weichenwerk in Witten. Ursprünglich wollte ich diesen Beruf in Polen ausüben, aber dann habe ich an der Universität in Stettin Ivelina kennengelernt. Nachdem wir ein Paar waren, bestimmte sie sozusagen, wo wir lebten. Sie hatte ihr Medizinstudium mit Bestnoten abgeschlossen. Klar, dass sie damit im Ausland besser dotierte Anstellungen bekam als in Polen. Und natürlich auch bessere Jobs als in Bulgarien und Russland, wo sie aufgewachsen war. Deutschland war das Ziel, und sie hat schnell gute Stellen bekommen. Ivelina war zuletzt hier in Dortmund Oberärztin. Aber das sollte nicht ihre letzte Stelle sein. Sie plante die ganz große Karriere.«

»Deswegen sind Sie hier nicht gänzlich sesshaft geworden«, vermutete Stephan mit Blick auf die wenigen Einrichtungsgegenstände. »Sie waren stets zu einem Umzug bereit, wenn sich für Ivelina eine neue berufliche Perspektive bot.«

Kubilski nickte.

»Aber es ist richtig, dass Sie in dieser Wohnung mit Ivelina und Emilia gelebt haben?«, fragte Stephan weiter.

»Ja. Von hier ist sie mit Emilia verschwunden. Offiziell hat sie ein paar Kilometer weiter in Wambel eine Wohnung genommen, aber dort wohnt sie nicht. Sie wissen das bestimmt schon.«

»Sie haben wirklich keine Ahnung, wo sich Ivelina befindet?«, fragte Stephan.

»Vielleicht in Bulgarien, also in Sofia, vielleicht aber auch in Deutschland. Hin und wieder war sie in Dortmund, denn sonst hätte man sie hier nicht festnehmen

können. Aber ob sie heute noch häufiger herkommt?«
Kubilski zuckte mit den Schultern. »Ich weiß es nicht.«

»Haben Sie gar nichts weiter unternommen, um Ivelina aufzuspüren?«

»Meinen Sie, die Behörden suchen die ganze Welt ab,
um Ivelina Kubilski zu finden?« Er schüttelte stumm
den Kopf. »Man hat sie in Deutschland per Haftbefehl
gesucht und schließlich nur deshalb festnehmen können,
weil der Privatdetektiv sie aufgespürt und den entscheidenden Tipp gegeben hatte. Aber wie soll man wissen,
wo sie sich sonst aufhält?«

»Man hätte ihr vorhin folgen sollen, als sie das Gericht
verließ«, sinnierte Stephan.

»Man ist ihr gefolgt«, lächelte Kubilski überlegen.
»Deitmer hatte mich gedrängt, vorsorglich den Privatdetektiv im Gericht zu postieren.« Er zog sein Handy
aus der Tasche und nickte zufrieden. »Na, sehen Sie«,
sagte er und las eine SMS vor: »ZP hat in der Justizvoll-
zugsanstalt ihre Sachen abgeholt. Befindet sich nun zu
Fuß auf dem Weg zum Hauptbahnhof.« Er blickte auf.
»ZP heißt Zielperson«, erklärte er. »Letztlich wird sie
wahrscheinlich nach Sofia gehen. Aber das hilft nicht viel.
Sofia ist eine Millionenstadt. Die bulgarischen Behörden
geben keine Auskunft, weil sie Ivelina schützen. Aber
sie werden mitarbeiten, wenn wir nachweisen, dass Ivelina Unrechtes getan hat. Auch wenn sie heute mit einer
Bewährungsstrafe davongekommen ist, so ist sie doch
wegen Kindesentführung rechtskräftig verurteilt worden. Das kann man in Bulgarien nicht ignorieren! Bulgarien gehört zu Europa, da gibt es doch wechselseitige
internationale Abkommen. Das Recht ist auf unserer

Seite. Ich habe nichts Unrechtes getan, also ist auch das Recht auf meiner Seite!«

»Es gibt das Haager Kindesentführungsabkommen, das die Mitgliedsstaaten verpflichtet, widerrechtlich aus einem Vertragsstaat entführte Kinder zurückzuführen«, bestätigte Stephan. »Sowohl Deutschland als auch Bulgarien sind Partner dieses Abkommens«, sagte er und war froh, sich nach dem mit Deitmer geführten Telefonat im Detail kundig gemacht zu haben.

»Dann kennen Sie Ihren Auftrag!«, folgerte Kubilski.

»Ich soll für Sie einen Antrag nach dem Haager Übereinkommen stellen, wonach Bulgarien verpflichtet wird, Emilia nach Deutschland zu Ihnen zurückzuführen?«

»Exakt!«, nickte Kubilski.

»Und Sie sollten die Scheidung gegen Ivelina einreichen«, riet Stephan. »Sie leben seit zwei Jahren von ihr getrennt. Die Voraussetzungen für eine Scheidung sind längst erfüllt. Und im Rahmen der Scheidung sollten Sie die endgültige Übertragung des Sorgerechts für Emilia auf sich beantragen.«

»Ich habe das Sorgerecht für Emilia«, entgegnete Kubilski.

»Nein, Sie haben es nur vorläufig im Rahmen einer einstweiligen Anordnung erhalten, Herr Kubilski«, widersprach Stephan. »Ich habe in dem Strafurteil des Amtsgerichts gelesen, dass Ivelina in Bulgarien versucht, das Sorgerecht für Emilia zu erhalten. Da könnte eine Bombe lauern, Herr Kubilski! Sie müssen endlich aktiv werden, und zwar nicht nur hinsichtlich der Kindesrückführung. Sie setzt gewissermaßen voraus, dass sie das Sorgerecht für Emilia haben. Wir sollten nicht allein darauf setzen, dass Ivelina wegen Kindesentführung strafrechtlich verurteilt ist.«

Kubilski überlegte einen Augenblick.

»Es ist komplizierter als Sie denken, Herr Kubilski«, mahnte Stephan. »Und es ist ein Wettlauf gegen die Zeit. Wachen Sie auf und kämpfen Sie endlich für Ihre Tochter!«

»Machen Sie, was nötig ist!«, antwortete Kubilski. »Ich will Ihnen noch was zeigen«, fügte er hinzu, stand auf und bat Stephan, ihm ins Arbeitszimmer zu seinem Computer zu folgen, wo sein Mandant ein Foto aufrief und dann den Bildschirm so drehte, dass Stephan das Bild gut betrachten konnte. Das Foto zeigte Ivelina mit einem Baby auf dem Arm. Offensichtlich war Ivelina fotografiert worden, als sie mit dem Kind zu Fuß auf einer Straße unterwegs war. Im Hintergrund war eine mit bunten Plakaten beklebte Hauswand erkennbar.

»Ivelina mit Emilia als Baby«, vermutete Stephan.

»Nein, es ist nicht Emilia«, antwortete Kubilski. »Ich weiß nicht, welches Kind es ist. Das Foto entstand am 6. Mai 2016 in Sofia. Es war ein warmer Tag und bloßer Zufall, dass ich es machen konnte. Ich war in der Innenstadt unterwegs und habe einige Kliniken aufgesucht, um mich danach zu erkundigen, ob dort Ivelina arbeitet. Aber ich konnte nichts in Erfahrung bringen. Entweder arbeitete sie dort tatsächlich nicht oder man wollte mir keine Auskunft geben. Jedenfalls bin ich von Krankenhaus zu Krankenhaus gegangen und hatte nur einen Stadtplan als Orientierungshilfe. Ich wollte gerade um eine Straßenecke gehen, als ich sie auf der anderen Seite der Straße sah, in die ich gehen wollte. Sie hatte dieses Baby auf dem Arm.«

»Hat sie Sie gesehen?«

»Ich glaube nicht. Ich habe mich sofort in einem Hauseingang versteckt und dieses Handyfoto gemacht. Ich bin ihr auch nur einige Meter gefolgt, weil mir das Risiko zu hoch war, dass sie mich sieht.«

»Hatten Sie geahnt, dass sie ein Verhältnis hatte?«, fragte Stephan. »Oder ist es vielleicht sogar...?«

»Nein, es ist nicht mein Kind, Herr Knobel. Ivelina und ich hatten schon geraume Zeit vor der Trennung nicht mehr miteinander verkehrt. Das Kind auf dem Foto stammt definitiv nicht von mir. Es ist nicht so, dass ich vor der Trennung noch mit ihr ein Kind gezeugt habe, das Ivelina in Bulgarien geboren hat. Aber es ist schon ein Hohn, wie liebevoll sie dieses Kind auf dem Arm trägt. Es ist dieselbe Frau, die auf der einen Seite ein Kind behütet und auf der anderen Seite ein Kind entführt. Das sind die zwei Seiten der Ivelina Kubilski! Ein Glück, dass sie so gut auf dem Foto getroffen ist! Ich richte gerade einen Facebook-Account ein. Dort werde ich das Bild veröffentlichen – zusammen mit dem Wortlaut des Urteils des Amtsgerichts.« Er grinste verschlagen. »Ich muss ja das Berufungsurteil nicht dazusetzen. Die Verurteilung zu einer Freiheitsstrafe ohne Bewährung wirkt besser.«

»Ich weiß nicht, ob die Veröffentlichung eine gute Idee ist.«

»Sie haben mich gerade aufgefordert, für meine Tochter zu kämpfen. Sie tun das für mich auf rechtlichem Weg, und ich tue es zugleich auf meine Weise. Die ganze Welt soll wissen, welcher Mensch sich hinter Ivelina Kubilski verbirgt. Jeder soll sich ein Bild machen können! Und ich werde meinen Beitrag an alle posten, die ich kenne. So werde ich anfangen!«

»Wie oft waren Sie schon in Sofia, um Ivelina und Emilia zu finden?«

»Zweimal. Einmal im April und einmal im Mai 2016. Beide Male allein, weil ich die üppigen Spesen des Detektivs auf Dauer nicht bezahlen kann. Es ist nicht mehr herausgekommen als dieses Bild. Aber es ist ein Ansatzpunkt für Sie und auch für mich.«

Er drehte sich um und griff in ein Regal.

»Hier sind alle Unterlagen zu dem Fall, die ich in Besitz habe. Nehmen Sie bitte alles mit! Lesen Sie das Glaubhaftigkeitsgutachten, das die Staatsanwaltschaft eingeholt hat. Wegen dieses Gutachtens hat die Staatsanwaltschaft das Verfahren gegen mich wegen vermeintlichen sexuellen Missbrauchs eingestellt.«

Stephan nahm die Akten und verstaute sie in zwei von Kubilski bereitgelegte Plastiktüten. Dann tauschten sie ihre Kontaktdaten aus.

»Noch einmal: Ich habe nichts Unrechtes getan!« Kubilski drückte Stephan fest die Hand, während er wieder in seine Hosentasche griff, in der sein Handy akustisch den Eingang einer weiteren SMS meldete.

Kubilski las die Nachricht. »Eine Nachricht des Detektivs«, sagte er. »Ich leite sie an Sie weiter.« Er tippte auf die Tastatur und wartete, bis Stephans Handy den Empfang der Nachricht anzeigte.

»ZP hat Regionalexpress Richtung Aachen bestiegen und sitzt im ersten Wagen. Ich sitze zwei Sitzreihen weiter und behalte sie im Blick. Melde mich wieder. Gruß, H.D.«

Als Stephan die Wohnung verließ, hatte Kubilski nichts mehr mit der schüchternen Gestalt gemein, die heute Morgen auf dem Gerichtsflur neben dem bulligen Ralf Deitmer an der Wand gestanden hatte. Zugleich fiel ihm ein, dass er mit Kubilski nicht über das Honorar geredet hatte. Immer wieder vergaß er, dieses Thema zum richtigen Zeitpunkt anzusprechen. Und gerade die drohenden Kosten hatten Kubilski doch bisher davon abgehalten, einen Anwalt zu beauftragen.

5

Stephan kam zufällig zeitgleich mit Marie in ihrer Wohnung im Saarlandstraßenviertel an. Seit nunmehr zwölf Jahren waren sie ein Paar und seit fünfeinhalb Jahren Eltern der kleinen Elisa, die tagsüber eine Kindertagesstätte in der Nähe besuchte, zu der sie Marie morgens gegen 7.45 Uhr brachte, was sich mit dem allmorgendlichen Beginn ihrer Tätigkeit als Lehrerin am Leibniz-

Gymnasium im Dortmunder Kreuzviertel gut verbinden ließ. Stephan holte die Tochter jeweils gegen 16 Uhr dort wieder ab. Er hatte seine Anwaltstätigkeit zeitlich nach diesem Rhythmus ausgerichtet, was ihm nicht schwerfiel, weil Gerichtstermine regelmäßig nur morgens stattfanden und Stephan seine nachmittäglichen Mandantengespräche entweder telefonisch oder am Wohn- oder Geschäftssitz seiner Mandanten führte und hierbei stets einen Zeitraum ausklammerte, der der Abholung Elisas vorbehalten war. Marie und Stephan hatten ihr Leben äußerlich gut organisiert, aber beide spürten mehr und mehr, dass sich etwas verändert hatte und sie mit dem Automatismus haderten, der die nächsten Jahre ihres Lebens vorzuzeichnen schien. Sie wollten mehr und Neues erleben, und wie zur Bestätigung der Dringlichkeit dieser Sehnsucht war ihre Wohnung zu einem kaum zu entwirrenden Chaos verkommen, nachdem Elisa bis auf das Bad alle Räume mit Spielsachen in Beschlag genommen hatte und Marie und Stephan in der Folge auch ihre Sorgfalt aufgaben, mit der sie ihre frühere Wohnung gepflegt hatten. Doch ihr Wunsch, alles ändern zu wollen, blieb unkonkret. Manchmal redeten sie von einem Neubeginn in einem anderen Land, in einer anderen Kultur und einem Leben ohne Gerichtssäle und Klassenräume.

Stephan packte die von Kubilski übergebenen Unterlagen auf seinen Schreibtisch im Arbeitszimmer, das er sich mit Marie teilte und ebenfalls von Elisa vornehmlich dann mit in Besitz genommen wurde, wenn sich ihre Eltern hier aufhielten und ihren Aufgaben nachgingen. An Arbeiten war dann nicht zu denken, und Stephan wusste, dass er komplizierte Schriftsätze mithilfe des Computersprachprogramms nur schreiben konnte, bevor Elisa heimkehrte.

Die von Kubilski überreichten Schriftstücke verhielten sich über die von ihm mit Deitmers Hilfe gefertigten Schriftsätze in den abgeschlossenen familienrechtlichen Verfahren und die zugehörigen gerichtlichen Beschlüsse, aber in erheblichem Umfang auch über Ausdrucke von im Internet veröffentlichten Artikeln, die belegten, dass sich Kubilski auch mit den rechtlichen Aspekten einer Kindesentführung ins Ausland schon beschäftigt hatte. Doch Stephan konnte der Vielzahl der Quellen und der Unordnung in den Ordnern auch entnehmen, dass Kubilski keinen Überblick gewonnen, sondern sich in einem Sammelsurium von Informationen verloren hatte. Schließlich stieß er auf das knapp 40-seitige Glaubhaftigkeitsgutachten einer Kölner Diplompsychologin, das die Bewertung des Wahrheitsgehaltes der Aussage der Tochter Emilia zum Gegenstand hatte und sowohl für die Einstellung des von der Staatsanwaltschaft gegen Pavel Kubilski geführten Ermittlungsverfahrens als auch für die zugunsten seines Mandanten ergangenen familiengerichtlichen Beschlüsse wesentliche Entscheidungsgrundlage gewesen war.

Kurz darauf erhielt er die von Kubilski weitergeleitete SMS, mit der der Detektiv mitteilte, dass Ivelina den Zug in Köln verlassen und einen ICE Richtung München bestiegen habe, in den er ihr nicht mehr gefolgt sei.

Stephan rief Kubilski an.

»Warum folgt er der Frau nicht in den anderen Zug?«

»120 Euro je Stunde netto zuzüglich Spesen. Rechnen

Sie mal! Ivelina wird wahrscheinlich mit dem Zug bis zum Frankfurter Flughafen fahren und von dort nach Sofia fliegen oder schlägt sich mit dem Zug bis dahin durch. Für eine Reisebegleitung bis dort habe ich kein Geld. Und es hilft mir nicht wirklich, wenn ich jetzt Ivelinas Adresse in Sofia erfahre. Das bringt Emilia noch nicht zurück. Meine Hoffnung war, dass sie hier in der näheren Umgebung zu jemandem Kontakt aufnimmt, der für uns eine neue Spur sein kann.«

Stephan nutzte die Gelegenheit.

»Wo Sie gerade das Geld ansprechen: Auch ich rechne auf Stundenbasis ab, Herr Kubilski. Es entsteht ein für mich unkalkulierbarer Arbeitsaufwand. Deshalb ist eine solche Regelung fair. Ich maile Ihnen eine vorbereitete Gebührenvereinbarung zu, außerdem ein Vollmachtsformular. Bitte drucken Sie beide Dokumente aus und schicken Sie sie mir unterschrieben zurück.«

»Wie viel?«, fragte Kubilski.

»190 Euro je Stunde netto zuzüglich Auslagen und Mehrwertsteuer.«

»Das kann ich nicht bezahlen, Herr Knobel. Ich schwöre.«

»Dann 150. – Nein, sagen wir: 120. Gleicher Satz wie der Ihres Detectives. Weniger geht wirklich nicht.«

Kubilski seufzte. »Ihr letztes Wort?«

Marie war hinter Stephan getreten. Er schrie fast auf, als sie ihn heftig in die Seite zwickte.

»Leider ja«, erwiderte Stephan, als ihn Marie erneut kniff.

»Also gut«, schnaufte Kubilski. »Melden Sie sich, wenn Sie erste Ergebnisse haben.« Dann legte er auf.

»So werden wir nie weiterkommen«, meinte Marie. »Du gehst ohne Not von deinem Preis runter. Der Mandant muss nur einen Piep machen, und schon lässt du 70 Euro nach.«

»Es werden viele Stunden anfallen«, erwiderte Stephan und deutete auf den Papierstapel auf dem Schreibtisch.

»Das relativiert nicht das Problem, Stephan. Du weißt das.«

Marie verließ das Zimmer und warf die Tür zu. In letzter Zeit stritten sie immer häufiger über das Geld. Maries Einkommen war in den letzten Jahren fast unverändert geblieben. Sie arbeitete 30 Stunden in der Woche als angestellte Lehrerin. Stephans Einkommen schwankte. Obwohl er seine Kanzlei von seinem Arbeitszimmer aus betrieb und damit den größten Teil der regelmäßigen Ausgaben einsparte, die in herkömmlichen Kanzleien anfielen, erwirtschaftete er nur ein Einkommen, das jenes von Marie nicht erreichte. Es lag auf der Hand, dass der Verzicht auf eigene Kanzleiräume ihm auch die Möglichkeit nahm, sich und seine Tätigkeit in geeigneter Weise zu repräsentieren. Stephan konnte nicht mit schicken Räumlichkeiten werben, die auf die Klientel wirkten und jenseits der fachlichen Qualität seiner anwaltlichen Arbeit schon für sich Eindruck machten. Anwälte ohne eigene Kanzlei mochten noch so sehr ihr Konzept als zukunftsweisend anpreisen; sie konnten nicht gegen jene bestehen, die konservativ in repräsentativen Kanzleiräumen residierten und allein dadurch eine berufliche Reputation vorspiegelten, ohne eine fachliche Expertise vorweisen zu müssen. Neue Mandate gewann Stephan im Wesentlichen dadurch, dass ihn andere Mandanten weiterempfahlen. Menschen wie Deitmer nannte er *Zulieferer*, weil sie ihm wie im Fall Kubilski Menschen in die Kanzlei spülten, die ansonsten wahrscheinlich nie den Weg zu Stephan gefunden hätten.

Stephan nannte seinen Mandantenstamm ›klein, aber fein‹, und der nicht üppige, aber im Schnitt wirtschaftliche Ertrag seiner Arbeit reichte zusammen mit dem von Marie erzielten Einkommen ohne Weiteres aus, um ihr derzeitiges Leben solide zu finanzieren. Doch die Stagnation ihres Einkommens stellte den Neubeginn in Frage, von dem sie sprachen, ohne ihn bisher konkretisiert zu haben. Sie mieden vertiefende Gespräche darüber, weil sie wussten, dass jeder tiefgreifende Wechsel Geld verschlingen würde, das sie nicht hatten. Stattdessen gärte die Unzufriedenheit über die gegenwärtige Situation, deren deutlichstes Zeichen war, dass der zunehmenden Verwahrlosung in der Wohnung nicht Einhalt geboten und kein Wort über ein konkretes Ziel verloren wurde, das sie gemeinsam erreichen wollten. Stephan fühlte, dass sie auf ein Ende zusteuerten, ohne dass er dies zu wagen sagte, weil er fürchtete, dass Marie es genauso sah.

Immer wieder setzte er sich in gedrückter Stimmung an seinen Schreibtisch, der entgegen seiner früheren Gepflogenheit mit Schriftsätzen, Akten, privaten Briefen und Hauswurfsendungen überhäuft war, ohne dass er sich aufraffen konnte, die Unordnung zu beseitigen.

Er schob den Papierberg zur Seite, sodass die gestapelten Unterlagen Kubilskis ebenso wie die Tastatur seines Computers auf der Tischplatte einen kleinen Platz fanden. Dann widmete er sich seinem Auftrag: Es galt, für Pavel Kubilski einen Rückführungsantrag für seine Tochter Emilia zu stellen.

Stephan hatte sich nach dem mit Deitmer geführten Telefonat kundig gemacht und erfahren, dass für diesen Antrag das in Bonn ansässige Bundesamt für Justiz als Zentrale Behörde und dort das Referat für internationale Sorgerechtskonflikte zuständig war. Im Vorgriff auf das von Kubilski erteilte Mandat hatte er schon ein Telefonat mit dieser Behörde geführt und dabei erfahren, dass die Behörde schnell und effektiv arbeite. Zur Vereinfachung bediene man sich eines Antragsformulars, das Stephan gleich angefordert hatte und ihm sogleich vom Bundesamt für Justiz zugemailt worden war. Stephan zog das Formular aus dem Stapel von Ausdrucken hervor, die sich neben dem Bildschirm seines Computers stapelten und darauf warteten, einzelnen Vorgängen zugeordnet zu werden.

Erstmals in diesem Augenblick studierte Stephan das an das Bundesamt für Justiz zu richtende Antragsformular, das erstaunlicherweise nur vier Seiten umfasste. Mit großer Schrift waren jeweils eingerahmte Blöcke überschrieben, in denen in einfachen Worten die Grunddaten des Falles abgefragt wurden, die Stephan aus dem Strafurteil des Amtsgerichtes Dortmund, den zugunsten Pavel Kubilski ergangenen Beschlüssen und aus den Informationen geläufig waren, die er von Pavel Kubilski und Ralf Deitmer erhalten hatte.

Es war ein Leichtes, das Formular auszufüllen, und Stephan beantwortete korrekt die behördlichen Fragen

- *nach der Identität des Kindes und seiner Eltern,*
- *nach der antragstellenden Person,*
- *nach dem Ort, an dem sich das Kind vermutlich befindet,*
- *nach dem Zeitpunkt, den Ort, das Datum und die Umstände des widerrechtlichen Verbringens oder Zurückhaltens,*
- *nach den tatsächlichen oder rechtlichen Gründen, die den Antrag rechtfertigen, und*
- *nach anhängigen Zivilverfahren.*

Stephan war nicht erinnerlich, jemals ein derart klar formuliertes behördliches Formular gesehen und bearbeitet zu haben, und glaubte, dass deutsche Behörden bei der Bearbeitung der wirklich wichtigen Angelegenheiten jene Effektivität an den Tag legten, die in Katastrophenfällen gern von der Politik bemüht wurde: die schnelle unbürokratische Hilfe.

In Minutenschnelle füllte er die vorgesehenen Freiflächen innerhalb der schwarz umrandeten Blöcke in leserlichen Druckbuchstaben aus und schloss seine Einträge mit den Angaben zu Ziffer VII des Formulars:

Das Kind ist zurückzugeben an …

Hier trug Stephan sorgfältig den Namen von Pavel Kubilski und dessen vollständige Anschrift ein, bevor er sämtliche dem Antrag beizufügende Schriftstücke im Einzelnen bezeichnete, fortlaufend nummerierte und dem Dokument anhängte.

Abschließend fertigte er ein Anschreiben an das Bundesamt für Justiz, in dem er die Vertretung Pavel Kubilskis anzeigte und eine auf ihn lautende Vollmacht nachzureichen versprach.

Stephan vergewisserte sich, dass er alle Fragefelder vollständig bearbeitet und die Anlagen zu diesem Antrag lückenlos beigefügt hatte. Dann scannte er die Unterlagen ein und sandte sie per Mail an das Bundesamt für Justiz. Eine Kopie des Antrags ging sofort an Pavel Kubilski.

Als Stephan die kleine Elisa abgeholt hatte, lag bereits eine Antwort des Bundesamtes für Justiz vor, wobei man wegen der Eilbedürftigkeit nach dem oben auf dem Schriftstück enthaltenen Vermerk das im Original auf dem Postwege befindliche Schreiben vorab eingescannt und per Mail übermittelt habe.

Man teilte das Aktenzeichen mit, unter dem das Verfahren geführt werde, und belehrte darüber, dass Anträge, Mitteilungen und sonstige Schriftstücke in der Originalsprache mit einer Übersetzung in die Amtssprache des zu ersuchenden Staates einzureichen seien. Der Mail war das Stephan bereits bekannte Formular in bulgarischer Sprache beigefügt. Offensichtlich hielt die Behörde den Formularvordruck für den Rückführungsantrag in allen Sprachen der Länder vor, die dem Haager Übereinkommen beigetreten waren.

Er las die Antwort des Bundesamtes für Justiz zu Ende:

Nach Einreichung der vollständigen Unterlagen wird die hiesige Zentrale Behörde den Antrag an die Zentrale Behörde in Bulgarien weiterleiten. Dort werden die Unterlagen eingehend geprüft und anschließend an das zuständige Familiengericht gesandt, welches dann über den Rückführungsantrag Ihres Mandanten entscheidet und gegebenenfalls die Rückführung des Kindes nach Deutschland anordnet.

Für Rückfragen stehe ich Ihnen gern zur Verfügung.
Mit freundlichen Grüßen
Im Auftrag
Winkelmann
Beglaubigt
Burlo
Tarifbeschäftigter

Daneben befand sich der Aufdruck des Dienststempels des Bundesamtes für Justiz mit der Nummer 103.

Stephan leitete alles per Mail an seinen Mandanten weiter. Er hatte für die erbetenen Übersetzungen des Antrags und aller überreichten Schriftstücke zu sorgen. Konnte das Bundesamt für Justiz schneller auf seinen Antrag antworten als noch am Tag des Antragseingangs?

Stephan fragte per Mail zurück, ob beglaubigte oder einfache Übersetzungen erforderlich seien.

6

Schneller als erwartet holte Stephan die Auseinandersetzung mit Schmechler ein. Schon am nächsten Morgen erhielt er einen Telefonanruf vom Landesjustizprüfungsamt Düsseldorf, welches zentral für die Zweite Juristische Staatsprüfung in Nordrhein-Westfalen zuständig war. Die Klausuren für die Zweite Staatsprüfung wurden von den Kandidaten zum Teil in dem dem Justizministerium angegliederten Justizprüfungsamt, überwiegend aber in anderen Gerichtsgebäuden geschrieben, die örtlich näher zur bisherigen Ausbildungsstelle des Referendars gelegen waren. In Dortmund wurden grundsätzlich keine Klausuren geschrieben, und dass es ausnahmsweise diesmal anders war, war allein dem Umstand geschuldet, dass umfangreiche Renovierungsarbeiten am Gebäude des Oberlandesgerichts Hamm dieses an sich für die Abnahme der schriftlichen Prüfungen der Dortmunder Referendare zuständige Gebäude für längere Zeit ausfallen ließen. Diese an sich belanglose Tatsache gab dem Vorfall mit Schmechler allerdings unvermutet zusätzliche Brisanz, weil die Ableistung der Klausurarbeiten für das Zweite Juristische Staatsexamen im Gebäude des Dortmunder Landgerichts ohnehin unter dem Verdikt stand, nicht jenen professionellen Ablauf garantieren zu können, den man an den angestammten Prüfungsorten gewohnt war.

All dies war Stephan nicht bewusst, als er ein Telefonat entgegennahm, in dem sich erst die Dame aus dem Vorzimmer des Vorsitzenden des Justizprüfungsamtes meldete und dann mit diesem höchst selbst verband, der sich nuschelnd mit dem Namen ›Van Daalen‹ vorstellte und im selben Tonfall gleich zur Sache kam: »Es geht um die Causa Strauß. Ich setze voraus, dass Ihnen der Vorgang bekannt ist.«

Stephan bejahte.

»Also geht es um Beihilfe zum Täuschungsversuch des Kandidaten Strauß«, nuschelte van Daalen weiter. »Es geht aber auch darum, dass der gesamte Klausurlauf abgebrochen werden musste, weil Herr Vorsitzender Richter Schmechler im Zusammenhang mit der Aufdeckung dieses Täuschungsversuchs überlange auf der nahe des Prüfungsraumes gelegenen Toilettenanlage verweilen musste und die Kandidatinnen und Kandidaten knapp eine Viertelstunde ohne Aufsicht waren. Das bedeutet, dass die Klausur unter irregulären Bedingungen geschrieben wurde. Es ist nicht attestiert, dass die Klausuren ohne fremde Hilfe, insbesondere nicht ohne gegenseitige Absprachen der Kandidatinnen und Kandidaten, geschrieben wurden.«

»Und?«, fragte Stephan.

»Es ist ein Skandal«, röhrte van Daalen. »Sie und Strauß haben eine wesentliche Ursache dafür gesetzt, dass die Klausur bei allen Prüflingen nicht gewertet werden kann und wiederholt werden muss. Als Rechtsanwalt werden Sie die Einwendungen zu werten wissen, mit denen ich konfrontiert bin.«

»Welche?«, fragte Stephan.

»Ich habe schriftliche Eingaben von Kandidatinnen und Kandidaten vorliegen, die mir glaubhaft versichern, die Klausur ohne Anwesenheit der Aufsichtsperson ohne fremde Hilfe geschrieben und gelöst zu haben. Einige bestätigen sich sogar wechselseitig, dass der jeweils andere für sich gearbeitet habe, während Schmechler auf dem Klo war.«

»So?«

»Wissen Sie um den rechtlichen Sprengstoff, wenn diese Kandidatinnen und Kandidaten gute Klausurergebnisse erreicht haben, das Ergebnis aber gleichwohl nicht gewertet werden darf?«

»Nein«, bekannte Stephan.

»Außerdem haben Sie ihn ›Wurst‹ genannt?«

»Wen?«

»Herrn Vorsitzenden Richter Schmechler«, antwortete van Daalen flach.

»Das stimmt nicht.«

»Doch! Frau Richterin am Landgericht Schrader-Mühlenborn hat dies zeugenschaftlich bekundet.«

»Es stimmt trotzdem nicht.«

»Sie haben sogar gegenüber Herrn Vorsitzenden Richter Schmechler die Tonlage gesteigert und sich wiederholt!«

»Was meinen Sie?«

»Wuuurst!«, krähte van Daalen.

»Was soll das?«

»So haben Sie Schmechler beleidigt.«

»Sagt Frau Schrader-Mühlenborn?«, fragte Stephan.

Der Vorsitzende des Justizprüfungsamtes antwortete nicht.

»Frau Schrader-Mühlenborn war noch gar nicht

anwesend, als diese Worte fielen, mit denen im Übrigen Herr Schmechler nicht beleidigt wurde«, erklärte Stephan. »Es ging nämlich nur um das Handy, das ich in die Höhe hielt und dessen Herr Schmechler habhaft werden wollte. Das Handy war die von mir so genannte Wurst, nach der er schnappte.«

»Sie reden sich um Kopf und Kragen, Herr Rechtsanwalt Knobel!«

»Fragen Sie Herrn Strauß«, entgegnete Stephan.

»Ich soll Klemens Strauß fragen?« Jetzt lachte van Daalen. »Sie kennen die Geschichte von dem Bock und dem Gärtner? Eigentlich wollte ich nur einen Termin mit Ihnen abstimmen. Aber das werde ich schriftlich tun. Es tun sich Gräben auf, Herr Knobel …«

Dann beendete van Daalen abrupt das Gespräch.

Unmittelbar darauf erhielt Stephan die erbetene Antwort vom Bundesamt für Justiz, abermals ein eingescanntes und per Mail übermitteltes Schreiben der Behörde:

Sehr geehrter Herr Rechtsanwalt Knobel,
danke für Ihre Nachfrage. Bitte übersenden Sie alle Unterlagen in beglaubigter Übersetzung in die bulgarische Sprache.
Für Rückfragen stehe ich Ihnen gern zur Verfügung.
Mit freundlichen Grüßen
Im Auftrag
Winkelmann
Beglaubigt
Burlo
Tarifangestellter

Daneben befand sich der Aufdruck des Dienststempels des Bundesamtes für Justiz mit der Nummer 103.

7

Pavel Kubilski brachte die vom Bundesamt für Justiz geforderten beglaubigten Übersetzungen schleunigst bei. Am Mittwoch erschien er am späten Nachmittag ohne vorherige Anmeldung, um ihm die Dokumente auszuhändigen, die er gegen teures Geld in aller Eile bei einem in der Dortmunder Innenstadt ansässigen vereidigten Übersetzer ins Bulgarische hatte übersetzen lassen. Kubilski war die Überraschung deutlich anzusehen, als ihm Marie die Wohnungstür öffnete, ihn ins Wohnzimmer geleitete und bat, dort auf Stephan zu warten, der gerade unterwegs war, um Elisa abzuholen. Marie hatte ein feines Gespür für das Empfinden der Mandanten, die Stephan hier aufsuchten und erst jetzt erkannten, dass er seine Kanzlei vom häuslichen Schreibtisch aus betrieb. Ihr Erstaunen oder besser ihre Enttäuschung darüber zeigte sich meist nur in kaum wahrnehmbaren Signalen. Bei Kubilski war es die willfährige Bereitschaft, sich schweigend durch die Wohnung ins Wohnzimmer führen zu lassen, folgsam auf der Wohnzimmercouch Platz zu nehmen und sich eilig für Maries Angebot zu bedanken, ihm einen Tee zu kochen. Nachdem sie das Wasser aufgesetzt, er zeitgleich die Couch von Plüschtieren befreit und sich bequem zurückgelehnt hatte, kam sie ins Wohnzimmer zurück und erklärte, dass sie Stephan mit der kleinen Elisa gleich zurück erwarte. Nur selten musste Marie Wartezeiten wie diese füllen, doch sie hatte gelernt, dass ihr dies am besten damit gelang, dass sie von der kleinen Elisa erzählte und mit belanglosen Geschichten über die Tochter die Zeit bis Stephans Rückkehr überbrückte.

Marie konnte nicht ahnen, dass sie damit bei Kubilski in die Seele stach und ihn nicht erst die Ähnlichkeit der Vornamen Elisa und Emilia aufwühlte. Wie entfesselt erzählte er nun seinen ganzen Fall, von dem Marie bislang nichts wusste. Er berichtete von dem Berufungsurteil des Dortmunder Landgerichts in der Strafsache gegen Ivelina und von dem von Stephan beim Bundesamt für Justiz gestellten Rückführungsantrag. Zuletzt warf Kubilski die beglaubigten Übersetzungen auf den Tisch.

Sie nahm den Dokumentenstapel in die Hand und blätterte wahllos darin herum.

»Viel Papier«, meinte sie und legte den Stapel wieder auf den Tisch.

»In Summe habe ich 630 Euro an den Übersetzer bezahlt«, sagte er. »Und all dies trotz der Tatsache, dass ein Glaubhaftigkeitsgutachten nachweist, dass der gegen mich erhobene Vorwurf, Emilia sexuell missbraucht zu haben, haltlos ist. Ich habe das Gutachten Ihrem Mann gegeben. Lesen Sie es! Sie werden sehen! Alle sollten es lesen.«

»Freund«, korrigierte Marie, und sie sprach das Wort in einer Schärfe aus, die Kubilski spüren ließ, dass zwischen Stephan und Marie etwas im Argen lag und er deshalb nicht mehr auf dessen Rückkehr warten wollte.

»Geben Sie Ihrem Freund einfach die Unterlagen!«, bat er und stand auf. »Die Behörde braucht sie dringend.«

An der Wohnungstür drehte er sich um.

»Eine Bitte habe ich noch, Frau …« Er sah Marie fragend an.

»Schwarz«, vervollständigte sie.

»Sagen Sie Herrn Knobel bitte, dass ich es ins Netz gestellt habe.«

»Was in welches Netz gestellt?«, fragte Marie, die an Kubilski ihre Wut darüber abließ, dass Stephan mit der kleinen Elisa schon eine knappe Stunde überfällig war und dafür verantwortlich war, dass sie sich Pavel Kubilskis ganze Leidensgeschichte anhören musste. Zugleich merkte sie, dass sie sich Kubilski gegenüber unfair verhielt und ihn mit ihrer Nachfrage oberlehrerhaft in einer Art maßregelte, die ihr selbst verhasst war. Niemals ließ sie ihr Gegenüber spüren, dass sie Deutschlehrerin war, doch genau dies hatte sie jetzt und dazu in recht verletzender Weise getan.

»Entschuldigen Sie, Herr Kubilski! Ich wollte nicht unhöflich sein. Was bitte haben Sie ins Internet gestellt?«

»Das Foto, das Ivelina mit dem Baby auf dem Arm zeigt. Ich habe es in Sofia aufgenommen. – Erinnern Sie sich nicht? Ich habe Ihnen doch gerade noch davon erzählt.«

»Doch, natürlich«, erwiderte Marie. Tatsächlich hatte Kubilski auch von dem Foto erzählt, aber Marie hatte ihm nur halbherzig zugehört.

»Unter das Foto habe ich den Satz geschrieben: *Diese Frau, die hier am 6. Mai 2016 ein Baby liebevoll auf dem Arm durch Sofia trägt, ist in Wirklichkeit eine Kindesentführerin*«, sagte er. »Und darunter habe ich das Urteil des Amtsgerichts Dortmund gesetzt, auf dessen Grundlage Ivelina zu einer Freiheitsstrafe ohne Bewährung verurteilt worden ist. Das wirkt mehr als das Berufungsurteil vom Landgericht, das die Strafe abgemildert hat. Verstehen Sie, was ich meine? Natürlich verstehen Sie, was ich meine!«

Er lächelte. »Steht jetzt alles auf meiner Facebookseite. Ich habe meine Botschaft an alle gepostet, die mich kennen. Das ist der erste Schritt!«

»Sie hoffen, dass Sie auf diesem Wege Ivelina in die Knie zwingen können«, schloss Marie.

»Nach der gestrigen Erfahrung mit der Justiz werde ich jetzt auch diesen Weg gehen«, antwortete er ruhig.

»Ich an Ihrer Stelle würde explodieren. Doch Sie reden von der Entführung Ihrer Tochter in einem Tonfall, als berichteten Sie davon, dass im Supermarkt eine Konserve aus dem Regal gefallen wäre.«

Er zuckte mit den Schultern. »Ich mache, was ich kann. Und es nutzt nichts, wenn ich mir Optionen ausmale, die in Wirklichkeit keine sind.«

»Ich würde nach Sofia fahren und Emilia nach Deutschland holen.«

»Wirklich?« Er lächelte zweifelnd.

»Natürlich würde ich Emilias Entführung im Detail planen. Aber ich bin mir sicher, dass ich einen Weg fände, wie ich das Kind hierhin schmuggeln könnte. Ich habe mich noch nie mit Bulgarien befasst. Das Land ist für mich ein weißer Fleck.«

»Bulgarien gehört zur Europäischen Union«, erklärte Kubilski.

Marie runzelte fragend die Stirn.

»Sie stutzen wegen der Übersetzungen, die Sie gerade in der Hand hielten«, wusste Kubilski. »In Bulgarien gilt die kyrillische Schrift. Das wirkt für uns fremd.«

»Ich weiß nur, dass ich mit allen Mitteln kämpfen würde, um mein Kind zu holen«, bekräftigte Marie. »Ihre Frau hat Ihnen Ihre Tochter zwei Jahre vorenthalten. Zwei Jahre sind knapp die Hälfte des bisherigen Lebens Ihrer Tochter! Für mich ist unvorstellbar, mein Kind zwei Jahre in der Ungewissheit zu haben! Ich würde ganz Sofia auf den Kopf stellen, bis ich die Kleine wiedergefunden hätte. Haben Sie sich einmal darüber Gedanken gemacht, was das Kind dort täglich macht?«

»Ich denke den ganzen Tag an nichts anderes. Wahrscheinlich ist Emilia bei der Großmutter, aber wir finden deren Adresse nicht heraus. Früher wohnte sie in der Nähe der Löwenbrücke. Offensichtlich ist sie innerhalb Sofias umgezogen. Sie hat mal gesagt, dass sie diese Stadt über alles liebe.«

»Die Großmutter wird doch nicht den ganzen Tag mit dem Kind spielen. Haben Sie sich nicht bei Kindergärten umgehört? Emilia ist fünf Jahre alt. Wahrscheinlich wird sie bald eingeschult. Das sind doch Ansatzpunkte. Ich würde nicht eher zurückkehren, bis ich das Kind gefunden hätte.«

»Ich war zweimal in Sofia und habe nach der Kleinen gesucht. Und ich habe einen Detektiv beauftragt. Aber ich habe nicht mehr herausgefunden als das, was ich Ihnen gesagt habe.« Er schaute Marie mit ruhigem Blick an. »Am Anfang habe ich so wie Sie gedacht. Natürlich wollte ich Emilia selbst zurückholen. Aber was machen Sie, wenn Sie in einer Millionenstadt nach der Nadel im Heuhaufen suchen? Sie befinden sich in einem Land, dessen Sprache und Schrift Sie nicht kennen. Sie suchen und suchen, aber Sie stoßen schnell an Ihre Grenzen, auch an Ihre finanziellen. Ich kann mir diesen Aufwand auf Dauer nicht leisten. Wenn ich nicht zur Arbeit gehe, bin ich pleite. Ich habe keine Ersparnisse. In der Theorie hört sich alles einfach an. Aber die Wirklichkeit ist nicht so wie in einem Heldenfilm. Jetzt muss alles den rechtlichen Weg gehen. Ich vertraue auf die Gerichte, denn ich habe nichts Unrechtes getan. Alles, was Emilia Schlimmes über mich erzählt hat, sind Worte, die ihr ihre Mutter eingepflanzt hat. – Gott ist mein Zeuge, dass ich die Wahrheit sage.«

»Gott?«, wiederholte Marie.

Er nickte und ging.

8

Stephan traf mit Elisa ein, als Kubilski gerade eine Minute fort war.

»Warum so spät?« Sie warf ihm die Frage im Flur zu, während sie sich an ihm vorbeidrängte und Kubilskis Unterlagen ins Arbeitszimmer brachte.

»Wir waren ein Eis essen und haben dann auf dem Weg hierhin noch Elisas Kita-Freundin Mathilda mit ihren Eltern getroffen. Wir haben uns eine ganze Weile darüber unterhalten, in welche Schule die Kleinen gehen sollen. Es gibt da ganz beachtliche Qualitätsunterschiede.«

»Wie schön!«, gab sie kühl zurück. »Ich habe die Zeit genutzt, um deine Arbeit zu machen, und mich mit Pavel Kubilski unterhalten, der hier aufkreuzte, um Übersetzungen von Schriftstücken einzureichen, und mir bei dieser Gelegenheit seine ganze Geschichte erzählt hat.«

Dann war Stille, und die kleine Elisa spürte intuitiv das zwischen ihren Eltern aufziehende Gewitter. Sie lief in ihr Zimmer, warf hinter sich die Tür zu, schaltete den Kinder-CD-Spieler ein und drehte die Lautstärke auf, so weit es ging.

»Was ist bloß los?«, fragte Stephan. Wie oft hatte ihm diese Frage in den letzten Monaten auf der Zunge gelegen, um sie sofort wieder zu verdrängen, weil er fürchtete, dass die Antwort den Blick in einen Abgrund öffnen könnte. Er ahnte, dass ihr Gerede über einen Neubeginn an einem anderen Ort nicht über Unkonkretes hinausging, weil dieser nebulöse Fluchtpunkt überdeckte, dass sie in eine Krise geraten waren.

»Ich hätte die Zeit gebraucht, um Klausuren zu korrigieren, die ich morgen zurückgeben will«, sagte sie.

»Du weißt, dass es nicht darum geht, Marie! Ich konnte nicht ahnen, dass Kubilski hier vorbeikommen wollte. Hätte ich es gewusst, wäre ich direkt hergekommen. Damit ist dieser Punkt erledigt. Verdammt noch mal, tu nicht so heilig! Was ist zwischen uns geraten? Was geht dir so gegen den Strich, dass es uns zerreißt?«

Schon an der Art, wie er fragte und noch mehr am Inhalt seiner Fragen spürte er, dass er Marie und sich von außen betrachtete. Er hatte Fragen formuliert, die zu stellen er früher nie gewagt hätte. Aber sein Mut schoss ins Leere, denn Stephan setzte mit seinen Fragen voraus, dass er und Marie sich entzweiten, ohne dort anzuknüpfen, wonach ihm war: Seine Liebe zu Marie zu retten.

Kaum ausgesprochen, bereute er seine Fragen, aber er schaffte es nicht, Marie in den Arm zu nehmen und statt irgendwelcher Worte selbst die Zeichen zu setzen, die das zwischen ihnen schleichende Gift seiner Wirkung beraubt hätte.

»Warum hast du nie den Kontakt zu Malin gesucht?«, fragte sie.

»Wie kommst du jetzt auf Malin?« Noch immer standen sie so im Flur, wie sie sich dort zufällig begegnet waren.

»Das ist viele Jahre her. Was soll das jetzt?«

Ihm schossen Tränen in die Augen. Malin war die Tochter aus seiner Ehe mit Lisa, die er im Studium kennengelernt und bald danach geheiratet hatte. Die Ehe mit Lisa fiel in die Zeit, als Stephan als Junganwalt in der angesehenen Kanzlei Dr. Hübenthal & Partner seine berufliche Laufbahn begonnen hatte. Der bedeutendste seiner damaligen Fälle hatte ihn bei Recherchearbeiten zufällig mit Marie zusammengeführt und zugleich seinen Karrieresprung beschert, in dessen Folge er zum Sozius der Kanzlei aufschloss. Es war eine Zeit, als sich Stephans Wege klärten. Der berufliche führte zunächst in eine Karriere bei Dr. Hübenthal und Partner, der private in das gemeinsame Leben mit Marie.

Die Bilder seiner aufkeimenden Liebe zu Marie waren in seine Erinnerung eingebrannt. Marie hatte stundenweise im *La dolce Vita* in der Nähe des Borsigplatzes gekellnert und so für einen Verdienst gesorgt, der ihr gestattete, als Studentin ihre einfache kleine Wohnung in der Brunnenstraße in der Dortmunder Nordstadt zu halten. Sie war Stephan bei seiner Recherche für seinen ersten großen Fall begegnet, der ihm vom Seniorchef seiner Kanzlei übertragen worden war, und wie von selbst knüpften sich Bande zwischen ihm und ihr schon zu einer Zeit, als er noch mit Lisa verheiratet war. Er suchte die Nähe zu Marie, wartete eines Abends über Stunden versteckt vor dem *La dolce Vita*, bis die Kneipe schloss und sie sich müde auf den Weg zu ihrer Wohnung machte. Stephan dachte daran, wie er sie nervös angesprochen und sein Erscheinen damit erklärt hatte, ihre Hilfe bei der Lösung des Falles zu brauchen, der sie zufällig einander begegnen ließ. Wie sorgfältig hatte er seine Worte ausgesucht, mit der er sein nächtliches Gespräch so dringlich machte! Wie glücklich war er, als sie sich auf das Gespräch einließ und sie ihn mit zu sich in ihre Wohnung nahm und ihn bat, zu warten, bis sie geduscht hatte, um sich danach mit ihm zu unterhalten! Wie sehr hatte es ihn erregt, als er die Konturen ihres Körpers schemenhaft durch die Milchglasscheibe des Badezimmerfensters beobachtete und sie in Gedanken berührte! Stephan gab sich bald ihrer Welt hin, in der ihm alles wirklicher und reiner vorkam als in dem luxuriösen Umfeld, das er von Lisa gewohnt war. Marie machte sein Leben sinnlich, und ihre einfach eingerichtete Wohnung in einem schlichten Altbau in der Nordstadt wurde zu seinem Refugium.

Stephan fühlte noch jenen dämmrigen Abend kurz vor Weihnachten, als sie bei ihr in der Küche saßen und Tee tranken und er sie, als sie irgendwann aufstand, um Tee nachzuschenken, sanft zu sich auf seinen Schoß zog, seine Hände um ihren Bauch legte und fühlte, wie sie ihre Hände auf die seinen legte und sie ineinander griffen. Seine Finger verzahnten sich mit ihren, und seine Daumen massierten ihre Handrücken, während sein an ihre Schulter gelegter Kopf den ruhigen Takt ihres Körpers fühlte. Dann lehnte sie sich zurück, er küsste ihre Wange, seine linke Hand löste sich und glitt unter ihren Pullover, streichelte kreisend ihren Bauch, ertastete mit den Fingerkuppen ihren Bauchnabel, wanderte mit den Fingern nach oben, berührte ihre Brust und ließ seine Hand auf ihrer warmen weichen Haut ruhen. Seine Nase stupste ihre dünnen dunklen Haarsträhnen zur Seite, die über ihr linkes Ohr gefallen waren. Dann küsste er ihr Ohrläppchen, umspielte es mit seiner Zunge, bis sie sich ihm zuwandte und ihre Zungen einander streichelten. Sie entblößte sich und setzte sich nackt auf ihn. Ihre Brüste ruhten weich auf ihm. Er strich sacht durch ihr Haar und küsste es. Ineinander verschlungen fanden sie in ihr Bett.

Das war jetzt zwölf Jahre her, und die Bilder des Beginns seiner Liebe zu Marie waren ihm so präsent, als seien sie erst jetzt gemalt.

Bilder von seiner Tochter Malin hatte er nicht. Nachdem seine Ehe mit Lisa geschieden war, war Lisa nach Freiburg verzogen. Ihr Vater – ebenfalls Rechtsanwalt und nach Stephans Trennung von Lisa dessen größter Feind – hatte Stephan schon nach dem Scheidungstermin, in dem er seine Tochter vertreten hatte, geschworen, dass er seine Tochter nie wieder sehen würde. Generös hatte er auch erklärt, dass Stephan keinen Unterhalt für Malin zahlen müsse. Auf die Almosen eines Versagers sei man nicht angewiesen. Stephans Versuche, an Malin heranzukommen, hatten ihm nur einen Gerichtsbeschluss beschert, der ihm regelmäßige Besuche bei der Tochter gestattete. Doch dieses Papier half ihm nicht. Zu der weiten Distanz bis Freiburg kam die brutale Umsetzung der Drohung des früheren Schwiegervaters: Eine Flut ärztlicher Atteste belegte alle möglichen Krankheiten Malins bis hin zu der gutachterlichen Stellungnahme eines Kinderpsychologen, der traumatische Reaktionen des Kindes vorhersagte, wenn es auf den Vater treffe. Mit Vehemenz hatte der frühere Schwiegervater kurz darauf für seine Tochter das alleinige Sorgerecht für Malin beantragt. Die Antragsschrift wimmelte von Vorwürfen gegen Stephan, die aus der Luft gegriffen, aber brillant vorgetragen und unter Beweis gestellt waren. Als

Zeugen waren viele Personen aufgeboten worden, die aus dem Umkreis von Lisas Familie und deren Freundeskreis stammten und auf deren Loyalität Lisa und ihr Vater zählen konnten. Stephan hatte sich ausmalen können, wie der Schwiegervater die Zeugen vorab eingeschworen und dafür gesorgt hätte, dass sie mit glaubhaften Aussagen im Gericht aufgetreten wären.

Da hatte Stephan aufgegeben.

»Du weißt, dass damals jeder weitere Kampf um Malin sinnlos gewesen wäre«, sagte er.

Marie hatte Stephans Entscheidung nie gutgeheißen, aber sie hatte sie akzeptiert und bis heute nicht mehr kommentiert. Jetzt, als sie fast wie Fremde einander gegenüberstanden, empfand er Maries Frage nach Malin wie einen Stich in seine Seele. Sie hatte einen Teil seines Lebens ans Licht gerissen, den er nur im Schutze ihres gemeinsamen Glücks und mit der vagen Hoffnung ertragen konnte, dass er irgendwann wieder Kontakt zu Malin haben und die Lücke zu schließen versuchen würde, die Lisa und ihr Vater gerissen hatten. Die Ungewissheit, ob und wie Malin jemals wieder in sein und er in ihr Leben treten könnte, wurde schlagartig zur Qual, als ihm Marie mit ihrer Frage das Verständnis entzog, das ihn beschützt und vor dem Schmerz bewahrt hatte, der ihn fast ohnmächtig machte, wenn seine Gedanken an Malin zu wuchern begannen.

Stephan sackte der Boden unter den Füßen weg. Fahrig packte er einige Sachen zusammen, warf sie eilig in seine kleine Reisetasche und steckte das Reisenecessaire dazu. Er zögerte einen Augenblick. Marie hörte er im Kinderzimmer mit Elisa sprechen. Stephan schlich zur

Wohnungstür, als wollte er vermeiden, dass Marie ihn davon abhielt zu gehen.

Dann ging er still aus der Wohnung und zog leise hinter sich die Tür ins Schloss. Es war das erste Mal, dass er ging, um nicht bei Marie sein zu wollen. Ihm fiel das Hotel Drees ein, das in der Nähe lag, und er buchte sich dort für eine Nacht ein. Außerhalb der Messezeiten war es in den trostlosen Monaten zu Beginn eines neuen Jahres ein Leichtes, ein Hotelzimmer zu finden. Stephan fuhr mit dem Lift in die vierte Etage. Sein Zimmer war komfortabel und dennoch typisch für ein in erster Linie auf Geschäftsreisende ausgerichtetes Stadthotel. Auf dem Fernsehbildschirm wurde er willkommen geheißen, Prospekte auf dem kleinen Sekretär informierten über die nächsten Veranstaltungen, Verkehrsverbindungen und umliegende Restaurants. Stephan kannte alles und empfand dennoch wie ein Fremder. Er blickte aus dem Fenster und sah schräg gegenüber das in der einbrechenden Dunkelheit hell erleuchtete Polizeipräsidium. Unten wälzte sich der Feierabendverkehr über die dicht befahrene Hohe Straße. Es war halb sechs, und Stephan stand vor leerer Zeit. Was sollte er mit dem Rest des Tages anfangen? Er schaltete sich durch die Fernsehprogramme, ohne dass ihn irgendetwas interessierte. Malin und Elisa gingen ihm durch den Kopf, Marie und Lisa, der stets korrekt gekleidete frühere Schwiegervater mit seinen quälenden Monologen über seinen unbestreitbaren beruflichen Erfolg. Stephan waren plötzlich Szenen aus seiner gescheiterten Ehe mit Lisa präsent, die er vergessen zu haben glaubte. Seine wirren Gedanken geisterten durch eine glücklos gebliebene Zeit, die er und Lisa sich besser erspart hätten. Immer wieder drängte sich Marie in seine Gedanken und schlug mit ihrer Zartheit, ihrem Charme und ihrer erotischen Schönheit leuchtend in die Gefühlswüste, die er und Lisa sich bereitet hatten, doch er wollte sich nicht verfangen und erstmals unter der Liebe leiden, die ihn trug. Stephan sah wie getrieben immer wieder auf sein Handy, doch als es endlich den Eingang einer SMS meldete, war es keine Nachricht von Marie, sondern eine von Kubilski, der sich erkundigte, ob Stephan die Übersetzungen an das Bundesamt für Justiz weitergeleitet hatte. Er betrachtete eine Weile die Nachricht und rief sie mehrfach auf, als sie erlosch, doch ihm war nicht danach zu antworten. Wie unwichtig waren jetzt Kubilski und sein Fall! Doch Stephan kam nicht davon los, und schließlich spukten Emilia, Elisa und Malin durch seinen Kopf, bis er Marie nicht mehr ausweichen konnte.

Wie anders als er selbst war doch Kubilski, der alle Hebel in Bewegung setzte, um sein Kind aus Bulgarien zurückzuholen! War das, was Lisa getan hatte, nicht auch eine Art Entführung des Kindes? Und entsprach sein früherer Schwiegervater mit seiner kriminellen Energie, Stephan Malin vorzuenthalten, in dieser Hinsicht nicht im Wesentlichen Ivelina, die mit derselben Vehemenz Emilia vor ihrem Vater versteckte? Sofia gegen Freiburg. Kubilski kämpfte gegen Bulgarien, doch Stephan hatte vor dem früheren Schwiegervater die Segel gestrichen.

Eine halbe Stunde später verließ Stephan das Hotel. Er kehrte kurz darauf mit zwei Flaschen Wein aus dem nahen Weinkontor zurück, die er in einem von dem Kontor mitgegebenen Jutebeutel versteckte, als er das

Hotel betrat und dabei dessen Werbeaufdruck verdeckte, indem er den Beutel wie ein im Bündel getragenes Kleinkind vor seiner Brust hielt. In dem Beutel war der Rotwein, den Lisas Vater stets bevorzugt hatte, ein Shiraz. Stephan hatte den Wein zum einen wie zum Trotz und zum anderen deshalb ausgewählt, weil er selbst dann keine Kopfschmerzen verursachte, wenn man reichlich von ihm trank. Doch der Genuss der zwei Flaschen setzte Stephan zu. Gegen 21 Uhr fiel er volltrunken in sein Hotelbett. Und da sich Marie noch immer nicht gemeldet hatte, schrieb Stephan mit zitternden Fingern eine SMS an Kubilski: *Ich schwöre, alles für Sie zu tun. Ein Vater für den anderen Vater!*

Dann fiel er in einen unruhigen verschwitzten Schlaf. Sein Kopf dröhnte, und im Traum verfolgten ihn Heerscharen von Kindern. Und Marie, die ihn umschlang. In ihrer früheren Wohnung in der Brunnenstraße. An einem späten Nachmittag im Dezember, als es draußen feucht und kalt und in ihrer Wohnung heimelig warm war und nur eine Kerze knisternd brannte, die flackernd den Schatten von Maries Körper auf die Wand warf, als sie nackt auf ihm saß.

9

Als Stephan am Donnerstagmorgen aufwachte, war es schon nach neun Uhr. Seine Zunge klebte trocken am Gaumen, und er war völlig verschwitzt. Das Blut hämmerte in seinen Schläfen, wenn er seinen Kopf nur etwas bewegte. Er griff nach seinem Handy, das neben seinem Bett auf dem Nachttisch lag: Keine Nachricht von Marie, aber eine von Kubilski, geschrieben um 3.26 Uhr: *Gott schütze Sie und mich!* Stephan löschte beschämt die Nachricht. Auf dem Display seines Handys erschien die Anzeige, dass Pavel Kubilski ihn um 7.36 Uhr anzurufen versucht hatte. Stephan löschte auch diese Nachricht, und nun erinnerte sein Handy ihn mit einem sonoren Tonsignal an einen vor zwei Wochen eingegebenen Termin: Er war um zehn Uhr mit Hermine Schäfer verabredet, einer Bewohnerin des Altersheimes *Abendstille*, dessen Leiter ihm immer wieder Mandate vermittelte. Stephan duschte eilig und war froh, dass das Bad in seinem Hotelzimmer reichlich Shampoo und Seifen vorhielt. Doch er hatte vergessen, dass sich in seinem Reisenecessaire keine Rasierutensilien befanden, und so strich er nach dem Duschen nur unzufrieden über die Bartstoppeln in seinem Gesicht, ohne etwas daran ändern zu können, denn die Zeit drängte. Stephan zog die Kleidungsstücke aus der Reisetasche, die er eilig eingepackt und bei seiner gestrigen Ankunft nicht aus der Tasche genommen und aufgehängt hatte. Insbesondere das Oberhemd war zerknittert, und Stephan bemühte sich ohne Erfolg, es durch mehrfaches Dehnen zu glätten. Er schlüpfte in das Hemd und die auch am gestrigen Tag getragene Hose. Dann buchte er eilig in dem Hotel ein Frühstück hinzu und stürzte sich – es war schon halb zehn – im Frühstücksraum auf den dort bereitstehenden Kaffee und trank eine ganze Kanne davon aus, doch der Kaffee trieb ihm nur Schweißperlen auf die Stirn, ohne ihm die trunkene Unsicherheit zu nehmen, die ihn quälte: Stephan tappte wie ein Außenstehender durch sein Leben, und selbst einfache Abläufe fielen ihm schwer, weil ihm die Leichtigkeit des Alltäglichen im Dunst des Alkohols abhandengekommen war. Stephans Hand zitterte, als er seine EC-Karte beim Auschecken an der Rezeption aushändigte, und er wusste die Frage der Dame am Empfang des Hotels, ob er sich an der Minibar des Zimmers bedient habe, nicht zu beantworten. Es mochte sein, dass er auch noch die 0,25-Liter-Fläschchen mit Weiß- und Rotwein getrunken und das Täfelchen Zartbitterschokolade und die Erdnüsse und die Gummibärchen gegessen hatte, die sich nach Öffnen der Lade zum Verzehr aufdrängten. Er zuckte mit den Schultern, bevor er unschlüssig vermutete, wohl nichts aus der Minibar genommen zu haben. Die Hotelangestellte hinter der Rezeptionstheke blickte ihn misstrauisch an und griff zum Telefon.

Stephans Erinnerung hörte an der Stelle auf, als er die erste Flasche aus dem Weinkontor leergetrunken und die zweite Flasche geöffnet hatte. Er erinnerte sich auch daran, dass er bei der Auswahl des Weines im Kontor ein besonderes Entscheidungskriterium gesetzt hatte:

Stephan wollte einen in Flaschen mit Schraubverschlüssen abgefüllten Wein und hatte behauptet, dass er sich nicht an dem Raubbau des Naturkorks beteiligen wolle. So kaschierte er, dass er keinen Korkenzieher zur Hand hatte.

»Es geht um den Gast aus Zimmer 409«, hörte er die Hotelangestellte in den Telefonhörer sagen, während sie ihn nicht aus den Augen ließ und seine EC-Karte wie eine Geisel in der Hand behielt.

»Nichts aus der Minibar«, wiederholte sie die Worte ihres Gesprächspartners. »Und das Mobiliar? Ist irgendetwas beschädigt? – Ist das Bad okay? – Auch die Toilette? – Ist der Spiegel unversehrt?«

Während sie am Telefon auf die Antworten auf ihre Fragen wartete, musterte sie Stephan weiter. Er widerstand ihrem Blick, aber er spürte, dass Schweiß auf seine Stirn trat. Es strengte ihn in seinem Zustand an, still zu stehen und nach außen gelassen zu wirken.

»Wirklich nichts?«, fragte die Hotelangestellte in den Hörer und nickte ungläubig, als ihre Nachfrage zu keinem anderen Ergebnis führte. Sie legte verwundert auf.

»Dann buche ich den regulären Preis für ein Einzelzimmer zuzüglich Frühstück ab.« Sie schob seine EC-Karte in das Lesegerät und ging zur geschäftsmäßigen Abwicklung über.

Stephan stieg in einen Linienbus, um zum Seniorenheim zu fahren. An eine pünktliche Ankunft war nicht mehr zu denken, und er entschuldigte mit einem Anruf beim Heimleiter seine Verspätung mit einem unerwartet verzögerten Gerichtstermin. Stephan konnte mit diesen

Ausreden virtuos umgehen, wenn er trotz aller Anstrengung einen vereinbarten Termin nicht einhalten konnte und langwierige Erklärungen verhindern wollte, die in der Sache nicht weitergeholfen hätten.

Doch jetzt, als er im Linienbus saß, um zum Altersheim zu kommen und diese Lüge absetzte, schämte er sich und war infolge seines noch fortwirkenden Rausches an einem Punkt angekommen, an dem er sich hilflos um sich selbst drehte. Nicht zum ersten Mal erfuhr er auf diese Weise, sich an seine Grenze gebracht zu haben, weil er zwischen den Polen seiner Existenz hing und keine Orientierung fand. Nur eines war in diesem Moment klar: Er fühlte sich schlecht und hätte gern mit jedem anderen Fahrgast des Linienbusses getauscht, von dem er nichts wusste außer der in seinem trunkenen brüchigen Bewusstsein wurzelnden scheinbaren Gewissheit, dass das Schicksal es mit all diesen Menschen besser gemeint hatte als mit ihm. Stephan wusste nicht erst aus der damals guten Zeit mit seinem früheren Schwiegervater, dass der Alkohol bis zu einem gewissen Grad das Wohlbefinden steigerte und danach unvermittelt in den Abgrund führte.

Im Seniorenheim angekommen, führte ihn der Heimleiter gleich in das Zimmer von Frau Schäfer und ließ die beiden allein, als er sie einander vorgestellt hatte.

»Setzen Sie sich doch, junger Mann!«

Hermine Schäfer saß in einem Lodenkostüm am kleinen Tisch ihres Zimmers, in dem sich ansonsten nur noch ihr Bett, ein in die Wand integrierter Kleiderschrank, ein rollbarer Nachttisch und eine Anrichte mit einem Fernseher befanden. Eine verschlossene Tür führte in das Bad. Frau Schäfer hatte sich fein herausgeputzt. Ihre weißen Haare waren sorgfältig gekämmt. Es roch nach Kölnisch Wasser. Stephan setzte sich auf den angebotenen Platz. Er saß Frau Schäfer gegenüber. Hinter ihr war das Fenster, durch das die Wintersonne bleich hereinschien. Stephan fühlte sich unwohl. Frau Schäfer musterte ihn. Dann lächelte sie wohlwollend.

»Wollen Sie Ihre Tasche nicht ablegen?«, fragte sie.

Er nickte. Seine ›Tasche‹ war der Jutebeutel aus dem Weinkontor, den er noch immer in der Hand hielt. Die kleine Reisetasche hatte er vor Frau Schäfers Zimmer abgestellt. Statt der sonst bei diesen Gelegenheiten mitgeführten Muster von Testamenten, Vorsorgevollmachten und Patientenverfügungen hatte er den Schreibblock und einen Kugelschreiber aus dem Hotel Drees mitgenommen. Stephan nahm beides aus dem Jutebeutel, legte Stift und Block auf den Tisch und ließ den Beutel auf den Boden gleiten.

»Ein Stift aus einem Hotel«, lächelte sie und blinzelte durch ihre Brille.

Er drehte peinlich berührt den Stift und nahm den Block auf seinen Schoß, damit Frau Schäfer nicht auch noch darauf die Werbeaufschrift des Hotels erkennen konnte.

»Ich kann für meine 87 Jahre noch recht gut sehen. Nur zum Lesen brauche ich eine Brille«, sagte sie.

Stephan strich sich verlegen über die Bartstoppeln. Er fürchtete zu Recht, dass sein Blick glasig war.

»Ich hatte mir einen Anwalt immer anders vorgestellt«, meinte sie und blickte über ihre Lesebrille hinweg. »Früher waren Sie doch in der Kanzlei Hübenthal & Partner tätig«, wusste sie. »Mein verstorbener Mann war dort viele Jahre Mandant gewesen. Vielmehr die Firma, deren Geschäftsführer er war. Später hat er dann die Kanzlei gewechselt. Er hatte sich mit dem Partner einer anderen Sozietät angefreundet und dann alle Mandate über diesen Freund abgewickelt.«

»Ich habe mich aus allen Bindungen gelöst«, erklärte Stephan leicht dahin, nicht darüber nachdenkend, wie wahr diese Aussage war. »Als Einzelanwalt biete ich eine effizientere Beratung«, log er und schob mit seinem rechten Fuß die Jutetasche unter den Tisch, deren gut sichtbarer Aufdruck eine pralle Traubendolde zeigte.

Frau Schäfer zupfte den Kragen ihrer Rüschenbluse zurecht und strich die Ärmel ihres Lodenkostüms glatt.

»Die Heimleitung hält große Stücke auf Sie«, sagte sie, als müsse sie für sich selbst eine Erklärung finden, warum sie Stephan beauftragen wollte. »Wer freiwillig bei Hübenthal & Partner aufhört, muss ausgesorgt haben«, war sie sich sicher.

Als Stephan zwei Stunden später das Seniorenheim verließ, hatte er mehrere Seiten des Schreibblocks mit Notizen gefüllt. Er fühlte sich schlechter als vorher, weil sein Gehirn noch immer von dem übermäßigen Alkoholkonsum getrübt war und er dem Gespräch mit Frau Schäfer nicht mit der Aufmerksamkeit gefolgt war, die er der Mandantin schuldete. Er empfand sich als schäbig und war sich sicher, dass Frau Schäfer auch seine Fahne gerochen hatte, die er trotz mehrfachen Zähneputzens im Hotel nicht hatte vertreiben können.

Zu Hause fand er einen Brief von Marie vor:

... *brauchen wir beide Zeit, um Abstand zu gewinnen und die Chance zu erhalten, uns neu finden zu können, schrieb sie. Elisa wird für zwei Wochen bei meinen Eltern sein. Sie wird die Kita nicht vermissen und freut sich auf die Zeit mit Oma und Opa. Ich hoffe, dass dies dein Einverständnis findet. Heute Morgen habe ich nach dem Frühstück unsere Wohnung verlassen und werde für 14 Tage bei meiner Freundin Paula in Bochum wohnen. Am liebsten würde ich während dieser Zeit in den Süden fliegen. Es wäre richtig, ganz weit weg zu sein und ungestört über alles nachzudenken, aber ich habe Schule. Du kennst Paulas Adresse und ihre Telefonnummer, aber ich bitte dich, nur im Notfall mit mir Kontakt aufzunehmen. Die letzten Monate haben mir gezeigt, dass wir in eine Sackgasse gelaufen sind. Wir müssen beide den Weg finden, der uns wieder zueinander bringt. Wir hatten in Liebe zueinander gefunden. Ich möchte wieder zu uns zurück. Meine Hoffnung ist, dass auch du das willst und an uns arbeitest. Letzte Nacht hast du dich das erste Mal gegen uns entschieden. Oft ist dies der Anfang vom Ende. Das möchte ich nicht. Denke auch du über uns und über dich nach!*
Marie
PS.: Heute Morgen erschien gegen acht Uhr wieder dieser Herr Kubilski. Es war reiner Zufall, dass er mich antraf, denn du weißt, dass nur an Donnerstagen mein Unterricht um zehn Uhr beginnt. Kubilski sagte, dass du ihm versichert

hättest, alles für ihn zu tun. Er habe versucht, dich anzurufen, aber du hättest dich nicht gemeldet. Er fragte nach, ob du die Übersetzungen weitergeleitet hättest, die er gestern hier vorbeigebracht hatte. – Ich habe übrigens das ganze Aktenmaterial zu dem Fall gelesen, das im Arbeitszimmer auf dem Schreibtisch liegt. Ich hatte in der letzten Nacht ja reichlich Zeit, weil ich ohnehin nicht schlafen konnte. Es ist nicht gut, sich nicht zu melden, Stephan! Kannst du dir vorstellen, dass ich mir Sorgen um uns und dich mache? Es war nicht schwer, auf das Hotel Drees zu kommen, denn es liegt ja in unmittelbarer Nähe zu unserer Wohnung. Ich habe mich gestern Abend gegen 22 Uhr dort telefonisch erkundigt, ob mein Mann gut angekommen sei und behauptet, dein Handy sei entgegen deiner Gewohnheit abgeschaltet. Du wirst ja beim Einchecken zwar deinen Namen, aber nicht deine wahre Adresse angegeben haben. Es wäre dir peinlich gewesen aufzudecken, dass du quasi einen Block weiter wohnst. Da hätte ja jeder riechen können, dass dich ein Streit ins Hotel getrieben hat. Als man mir versicherte, dass du am frühen Abend eingecheckt hattest, habe ich mich bedankt und mitgeteilt, dass ich darüber sehr froh sei, nachdem wir uns so heftig gestritten hätten und du in einem Wutanfall unsere Wohnungseinrichtung zerlegt hättest. Ich weiß, du wirst mir wegen dieses Spaßes nicht böse sein.

Zurück zu Kubilski: Ihm ist ganz wichtig, dass er dieses Foto von Ivelina und dem Baby auf seine

*Facebookseite gesetzt hat. Er hat auch einiges
über die Rabenmutter und Entführerin geschrieben. Lies es dir durch! Habe auch mal reinge-
schaut. Ich meine, er kämpft nicht richtig für sein
Kind. Stehst du auf der richtigen Seite, Stephan?*

Stephan las Maries Brief ein zweites und ein drittes Mal.

Danach zerriss er als Erstes die Rechnung des Hotels Drees, ausgestellt auf Herrn Stephan Knobel, Universitätsstraße 140, 44799 Bochum, die lose in dem aus dem Weinkontor stammenden Jutebeutel lag. Stephan kannte die Adresse. Es war die des Deutschen Anwaltsinstitutes, dessen Fachseminare er häufiger besuchte und ihm deshalb geläufig war. Die ihm nicht erinnerliche Postleitzahl hatte man in der Rezeption nach einem Blick in den Computer hinzugefügt. Stephan hatte zu Recht darauf vertraut, dass die Hotelbranche gekonnt und loyal mit Gästen umzugehen wusste, die ihre persönlichen Daten nicht oder nur unvollständig preisgeben wollten.

Maries Brief barg eine tiefe Traurigkeit, aber aus ihm sprach auch der Wille, alles zum Guten führen zu wollen. Obwohl Marie Worte gewählt hatte, die sie Stephan gegenüber noch nie benutzt hatte und deshalb fremd klangen, fühlte er sich ihr in diesem Moment näher, als er ihr in den vergangenen Monaten gewesen war. Im Kern hatte sie ausgesprochen, was er empfand, und es war gleichermaßen eine tragische wie eine glückliche Fügung, dass sie gemeinsam an einem Tiefpunkt ihres Glücks angekommen waren und sich beide in der Verantwortung sahen, gemeinsam den Weg heraus aus ihrem Tal zu finden.

Stephan wusste, dass er wie Marie gefordert war, für ihre Liebe zu kämpfen, und ihm war, als hätte die durchzechte letzte Nacht seine Sinne nur deshalb getrübt, um sie einem Reinigungsprozess zu unterziehen, an dessen Ende ihm klarer als zuvor bewusst war, dass er sein Leben in mancher Hinsicht neu justieren und insbesondere die Frage neu beantworten musste, was für sein Leben wirklich wichtig war und was nicht.

Sein Bekenntnis für Marie implizierte, dass er ihr an einer Stelle die Stirn bot, die mit ihm und Marie nichts zu tun hatte: Gerade weil Marie seinen Mandanten Pavel Kubilski ablehnte, fühlte Stephan sich diesem umso mehr verpflichtet, und natürlich schwang in seiner nun in besonderer Weise für Kubilski erstarkenden Solidarität mit, dass er im Kampf für seinen Mandanten entschlossenes Engagement für ein Kind zeigen konnte, das ihm Marie hinsichtlich seiner eigenen Tochter Malin absprach. Stephan ging es um den Beweis seiner Empathiefähigkeit für das ureigene Anliegen eines Kindes, bei seinen Eltern sein zu dürfen, die ihm Marie nicht zutraute. Zugleich fühlte er sich seinem volltrunken per SMS an Kubilski abgesetzten Treueschwur verpflichtet, den sein Mandant mit seiner Antwort noch in gewisser Weise religiös geheiligt hatte.

Stephan nahm die auf dem Schreibtisch liegenden Übersetzungen in die Hand und sah sie durch. Wegen der kyrillischen Schrift konnte er nicht auf den ersten Blick beurteilen, ob es die erbetenen Übersetzungen all jener Dokumente waren, die er seinem an das Bundesamt für Justiz gesandten Rückführungsantrag beigefügt hatte. Lediglich das von der Behörde übermittelte Antragsformular erkannte er wegen seiner auffälligen Gestaltung auf Anhieb. Der Dolmetscher hatte die jeweiligen Antwortfelder ausgefüllt und hierbei offensichtlich Stephans in deutscher Sprache ausgefülltes Formular als Vorlage benutzt. Stephan unterschrieb das Antragsformular. Dann scannte er alle Unterlagen ein und übermittelte sie vorab per Mail an das Bundesamt für Justiz, bevor er die Originale der beglaubigen Übersetzungen und das in bulgarischer Sprache verfasste Antragsformular zusätzlich mit der Post an die Behörde sandte.

Als Stephan von der Post nach Hause zurückkehrte, fühlte er sich besser, auch wenn noch immer ein leichter Kopfschmerz pochte. Das Bundesamt für Justiz hatte per Mail den Eingang seiner Mail und der ihr angehängten Unterlagen bestätigt und mitgeteilt, dass man all dies sofort auf gleichem Wege an die Zentrale Behörde in Sofia weitergeleitet habe und die von Stephan angekündigten Originaldokumente nach Eingang ebenfalls weiterleiten werde.

Stephan las die Mail der Behörde – wieder ein eingescanntes Schreiben – zu Ende:

Für Rückfragen stehe ich Ihnen gern zur Verfügung.
Mit freundlichen Grüßen
Im Auftrag
Winkelmann
Beglaubigt
Burlo
Tarifbeschäftigter

Daneben befand sich der Aufdruck des Dienststempels des Bundesamtes für Justiz mit der Nummer 103.

Stephan leitete alles per Mail an seinen Mandanten weiter.

Dann legte er sich auf die Couch und schlief in dem sicheren Glauben ein, dass alles auf dem richtigen Wege sei.

10

Am Abend schaute sich Stephan Kubilskis Facebookseite an, auf der er wie angekündigt über Emilia und über ihre Mutter als herzlose Entführerin berichtete. Kubilski hatte seine Seite durchaus professionell gestalten lassen und den Fall der Entführung seines Kindes einfach und plastisch geschildert. Kubilski war nicht der Versuchung erlegen, den Leser mit zu vielen Details zu belasten. Die Informationen waren klar verständlich aufbereitet, und wie angekündigt hatte er das Foto, das Ivelina mit dem Baby zeigte, mit dem Aufnahmedatum 6.5.2016 ebenso ins Netz gestellt wie das Urteil des Amtsgerichts Dortmund, das seine Frau zu einer

Freiheitsstrafe ohne Bewährung verurteilt hatte. Am Ende berichtete Kubilski von seinen juristischen Schritten, die er nun eingeleitet hatte, und er schrieb, dass er mit Stephan Knobel den richtigen Anwalt gefunden habe, mit dem er den Kampf um sein Kind aufnehme.

Stephan studierte die ersten Kommentare auf Kubilskis Facebookseite:

Du hast echt die A-Karte gezogen. Habe meinen Sohn auch schon Jahre nicht gesehen. Nix Entführung, war bloß familycourt in Koblenz. Sorgerechtsentzug und Umgangsausschluss. Korrupter Gutachter, paranoide Mutter. Hatte kurzfristig überlegt, den Richter zu erschießen. Hätte aber nichts gebracht. So ist das eben in Germany ... Kopf hoch, Leben geht irgendwie weiter.

Stephan schüttelte den Kopf.

sonnensternchen schrieb:

Wünsche dir echt viel Glück bei deinem Vorhaben. Hoffentlich hast du einen guten Anwalt, der das alles schnallt. Ist nicht so einfach mit so einem Verfahren! Habe selber Schiffbruch erlitten. Weißt ja: Vor Gericht und auf hoher See ... Bin jetzt in Therapie. Es geht weiter ...

Gottimmer hielt sich knapp:

Toi, toi, toi! – Schließe dich in mein Gebet ein! – Einen stillen Gruß!

PhilomenaVera erwiderte:

Ein Verbrecher wie du braucht keine Fürbitte. Du hattest nur Glück, dass dir ein dicker dummer Richter geglaubt und die Mutter in den Knast geschickt hat. Am Ende wird die Mutter siegen.

Rambozambo meinte:

Lass es bleiben! Gegen eine Mafiamutter kommst du nicht an! – Irgendwann ist die Tochter groß genug. Dann will sie automatisch zum Vater, weil sie das Märchen vom bösen, bösen Vater nicht mehr glaubt. Die Zeit wird alles richten.

Feenstaub fand:

Du bist ein echt guter Vater! Wäre froh, wenn der Erzeuger meiner Kinder etwas von dir hätte. Dann gäbe es keinen Grund, mich mit den Kids vor ihm zu verstecken. Küsschen für dich!

Rechtfürdichfürimmer äußerte:

Ich habe meinen Felix zurückgeholt. Funktionierte zwischen Deutschland und Holland echt gut.

Stephan las den bislang letzten Eintrag:

Ich würde ganz Sofia nach der eigenen Tochter absuchen und nicht eher zurückkehren, bis ich sie gefunden habe. Machen Sie keine Geschichte daraus, nehmen Sie die Sache richtig in die Hand, wie es ein liebender Vater tut, und warten Sie nicht auf die Institutionen oder auf Gott!

Stephan sah auf die Absenderadresse, aber er wusste auch so, wer diesen Eintrag verfasst hatte und sich hinter *Blackmarie* verbarg.

Er rief Kubilski an.

»Sie haben alles gelesen?«, fragte sein Mandant begeistert, als ihn Stephan auf die Facebookseite angesprochen hatte.

»Ich weiß nicht, was ich davon halten soll«, wandte Stephan ein.

»Ich habe nur die Wahrheit verbreitet. Das kann nicht falsch sein. Vielleicht locken wir Ivelina so aus der Deckung. Der Druck muss nur groß genug sein, dann wird sie Emilia rausgeben.«

»Ivelina hat sich auch nicht davon erweichen lassen, einige Monate im Gefängnis verbringen zu müssen. Meinen Sie wirklich, dass Sie sich von einem Shitstorm im Internet beeindrucken lässt?«

»Sie kennen Ivelina nicht«, sagte Kubilski.

»Sie kennen Sie vielleicht auch nicht richtig. Ich glaube, dass Sie Ihre Frau unterschätzen«, meinte Stephan.

»Was schlagen Sie vor?«, fragte Kubilski.

»Scheidung einreichen und für Sie das alleinige Sorgerecht für Emilia beantragen«, wiederholte Stephan seinen Ratschlag und ergänzte: »Wir sollten baldmöglichst nach Sofia reisen.«

»Nach Sofia reisen?«

»Ich stelle Ihnen keine Gebühren in Rechnung«, sagte Stephan. »Nur die Spesen.«

»Warum?«

»Väterliche Solidarität.«

»Sie meinten das ehrlich, nicht wahr?«

»Was?«, fragte Stephan.

»Ihre SMS-Botschaft gestern Abend.«

»Natürlich«, bekräftigte Stephan. »Buchen Sie für uns einen Flug nach Sofia. So schnell wie möglich.«

»Haben Sie das mit Ihrer Freundin abgesprochen?«

»In gewisser Weise war es sogar ihr Vorschlag«, antwortete Stephan.

»So?« Kubilski schien verwundert.

»Okay. Ich habe in den nächsten zwei Wochen keine Termine, die nicht verschiebbar wären. Sie können quasi über meine Zeit verfügen, Herr Kubilski. Buchen Sie!«, drängte er. »Und was ist mit dem Scheidungsantrag, zu dem ich Ihnen geraten habe?«

»Machen!«, forderte sein Mandant.

11

Marie und Paula hatten sich bereits im Studium kennengelernt, hatten zusammen gelernt, gefeiert und sich wechselseitig ständig besucht und zufällig auch ihr anschließendes Referendariat an derselben Schule abgeleistet. Danach trennten sich beruflich ihre Wege. Paula hatte eine Anstellung an einem Gymnasium in Bochum und Marie eine Anstellung am Leibniz-Gymnasium in Dortmund gefunden, aber beide hatten über die Jahre zueinander Kontakt gehalten. Sie telefonierten in unregelmäßigen Abständen miteinander und trafen sich zwei- oder dreimal im Jahr auf einen Kaffee in der Stadt. Trotz ihrer recht losen Bindung blieb jede von ihnen in der Wahrnehmung der anderen die Freundin, und es war aus Maries Sicht eine glückliche Fügung, dass Paula sie gerade zu dem Zeitpunkt bat, bei ihr zu sein, als die Krise in ihrer Beziehung zu Stephan förmlich danach schrie, für eine Weile Abstand voneinander zu nehmen.

Marie traf am späten Abend bei Paula in Bochum-Weitmar ein, nachdem sie Elisa bei ihren Eltern abgesetzt und der kleinen Tochter versprochen hatte, jederzeit zu ihr kommen zu wollen, wenn Elisa nach ihr verlangte. Elisa war ihren Großeltern stürmisch entgegengerannt und hatte Marie noch nicht mal eines Blickes gewürdigt, als sie nach langen Stunden des gemeinsamen Spielens mit Elisa und Redens mit ihren Eltern losfuhr, aber Marie wusste, dass sich Elisas Befindlichkeit jederzeit schnell ändern konnte und war jederzeit auf dem Sprung, Elisa zurückzuholen. In der Schule hatte sich Marie unter Hinweis auf einen plötzlich aufgetretenen Infekt für diesen und den folgenden Tag entschuldigt und war sich der Loyalität ihres Hausarztes gewiss, der ihr in seltenen Fällen wie diesem alles attestieren würde, was sie ihm vorgab.

Als Marie bei Paula klingelte, war Elisas Sehnsucht zur Mutter noch nicht erwacht. Es gab keine auf dem Handy abgesetzten Hilferufe der Tochter oder der Großeltern, und Marie betrat erstmals das Haus, in dessen Dachgeschoss Paula nun seit drei Jahren wohnte. Marie hätte darauf wetten können, dass Paula in einem Altbau wohnte und ihre Wohnung ein Sammelsurium von Einfachmöbeln, vielen Regalen, Büchern und Topfblumen war. Sie hätte die Wette gewonnen.

Paula bat Marie gleich in ihre Küche und schenkte ihr einen bereits gekochten Tee ein.

»Du bist spät, Marie. Ich hatte dich schon am Vormittag erwartet. Erwarte ich zu viel, wenn ich hoffe, dass du viel Zeit für mich mitgebracht hast?«, eröffnete Paula.

Intuitiv fürchtete Marie eine Falle und verharrte lauernd.

Paula hockte Marie gegenüber auf dem anderen der beiden Holzstühle am schlichten Küchentisch und puhlte sinnierend an ihren Zehen. Sie war schon im Schlafanzug.

»Du lebst noch immer wie eine Studentin«, meinte Marie.

Paula runzelte die Stirn.

»Ich meine, du bist noch immer so eingerichtet wie du damals in deiner Studentenbude eingerichtet warst. Ich erkenne die Regale aus Kieferholz wieder, die Ranken, die aus den Tontöpfen wuchern. Es ist nur eine andere Wohnung, aber das Flair ist gleich. – Verstehst du, was ich meine?«

»Du meinst, ich komme nicht weiter«, nickte Paula. »Das hat Carlos auch gesagt.«

»Carlos?«

»Jetzt sind wir getrennt. Er ist gegangen.« Paula zuckte mit den Schultern. »C'est la vie.«

»Das tut mir leid, Paula.«

»Ich bin krankgeschrieben. Es ist die Seele, meint der Therapeut. Jetzt bin ich erstmal raus. Zwei Wochen lang.«

»Oh, Gott«, entfuhr es Marie.

»Schön, dass wenigstens du bei mir bist.« Paula lächelte selig. »Freunde sind das einzige Kapital, das reich macht, Marie. Du bist meine einzige wirkliche Freundin.«

»Wir sehen und sprechen uns nur selten«, entgegnete Marie.

»Eben daran misst sich unsere Substanz«, wusste Paula. »Gerade weil wir uns so wenig sehen, sind wir umso inniger miteinander verbunden. Man muss alles nur passend machen.«

Marie holte ihren Laptop aus ihrem kleinen Reisekoffer.

Paula schüttelte entsetzt den Kopf.

»Ich möchte nur sehen, ob mir Stephan geschrieben hat«, entschuldigte Marie.

»Du liebst ihn noch immer?«

»Klar.« Sie lächelte. »Er ist mir nur in mancher Hinsicht zu bequem geworden. Und in anderen Dingen ist er etwas widerspenstig.«

Marie rief Kubilskis Facebookseite auf.

Um 20.13 hatte Pavel Kubilski geschrieben:

Ich werde mit meinem Anwalt nach Sofia fliegen und meine Tochter suchen und finden. Ich bleibe dran, weil ich ein liebender Vater bin.

»Und?«, fragte Paula.

»Stephan hat mir geschrieben. Sozusagen.«

»Und?«, fragte Paula wieder. »Was hat er geschrieben?«

»Er hat mir gezeigt, dass er mich verstanden hat.«

»Oh, wie schön!« Paula dachte einen Moment lang nach. »Aber, weißt du«, sagte sie dann, »du solltest deinen Laptop nicht in diesem Zimmer lassen.«

»Warum?« Marie hob erstaunt die Augenbrauen.

»Weil überall Strahlungen sind. Die Wissenschaft hat noch keine abschließenden Befunde. Aber es ist ganz sicher, dass all diese Strahlungen unserem Organismus nicht guttun.«

»Ich stelle das Gerät ja nicht in dein Schlafzimmer, sondern es bleibt hier in der Küche oder im Wohnzimmer, wo ich schlafen werde.«

»Lass es lieber im Flur«, bat Paula. »Ich bin eben etwas komisch.«

12

Am kommenden Montag flog Stephan mit Pavel Kubilski nach Sofia. Es war erst eine Woche her, dass Stephan seinen Mandanten kennengelernt hatte, doch er war froh, sich auf der bis Mittwoch währenden Kurzreise in dessen Fall vertiefen zu können, nachdem er von Marie nichts gehört hatte und im Begriff war, seine Einsamkeit in übermäßigem Weinkonsum zu ertränken. Stephan hatte die von Pavel überreichten Unterlagen eingescannt, sodass er über sie auch auf seinem Handy verfügte. Wie von selbst fand Stephan in seinem labilen Befinden eine Nähe zu Pavel Kubilski, und sie gingen schon vor dem Abflug zum Du über, während Pavel von seinen früheren Besuchen in Sofia und dem Hotel erzählte, das Pavel von seinen Aufenthalten kannte und in dem er für sich und Stephan Zimmer gebucht hatte.

Stephan und Pavel trafen sich wie vereinbart um kurz vor 18 Uhr in der Hotellobby. Dann traten sie hinaus auf den belebten Vitosha-Boulevard. Stephan folgte Pavel, der sich in der Stadt so sicher zu bewegen schien, als sei sie seine Heimat. Ihm war das nicht unangenehm. Er ließ Pavel einen Meter vor ihm vorangehen, und Stephan nutzte die Zeit, die Sinneseindrücke zu ordnen, die auf ihn einströmten. Sofia war laut und hektisch und verharrte zugleich im wabernden Dunst. Viele der Gebäude, an denen sie vorbeigingen, waren nüchterne Zweckbauten, wie sie aus der sozialistischen Planwirtschaft bekannt waren. Die Ladengeschäfte im Erdgeschoss funkelten und glitzerten mit ihren elektronischen Blink- und Lichteffekten und wetteiferten mit dem Lärm, der von den vielen Autos und Straßenbahnen ausging, die sich durch die Straßen zwängten. Oberhalb dieser Betriebsamkeit, in der es brummte, kreischte und in grellen Farben blitzte, herrschte eine fast unwirkliche Ruhe. Hier reckten sich die Häuser in die Höhe und bargen unzählige Einheitswohnungen, aus denen nur wenig Licht nach draußen schimmerte. Es schien, als bildeten die vielen Freileitungen, die sich in einem Gewirr von Haus zu Haus und von Mast zu Mast schwangen, eine Art Netz zwischen einem am Boden pulsierenden Leben und einem kargen Lebensraum darüber, der grau in den tristen Himmel ragte und sich mit dem Nebel vereinte, der häufig über dieser Stadt wie ein Leichentuch lag.

Pavel hielt an und fasste Stephan an den Arm.

»Weißt du was?«, fragte er und zeigte auf eine vorbeifahrende Straßenbahn.

»Nein.«

»Das ist eine Straßenbahn aus Bonn. – Wirklich, Stephan: In Sofia fahren etliche Straßenbahnen, die man in Bonn ausgemustert hat. Weißt du, was mich daran glücklich macht?«

»Keine Ahnung.«

»Europa ist nicht nur ein Wort. Es gibt ein Hin und Her zwischen den Ländern. Die Länder Europas werden einander ähnlicher. Sie tauschen sich auf allen Ebenen aus. Ob du es glaubst oder nicht: Diese Straßenbahn lässt mich Deutschland näher sein, und ich denke dann, es kann doch auch nicht so schwierig mit Emilia sein.«

»Du bist naiv, Pavel. Wohin gehen wir eigentlich?«

»Du musst glauben können, Stephan. Glaubst du an nichts?«

Stephan antwortete nicht, und so schwiegen sie, bis Pavel die Tür zu einer schmuddeligen Bar an einer Straßenecke aufstieß.

Sie bestellten zwei Flaschen *Kamenitza*, ein bulgarisches Bier, und erhielten sofort das Gewünschte.

»Dies ist die Bar, in die ich jeden Abend gegangen bin, wenn ich nach Sofia geflogen bin, um nach Emilia zu suchen«, erklärte Pavel.

»Ich würde wahnsinnig werden, wenn ich wüsste, dass meine Tochter in dieser Stadt versteckt gehalten würde und alles in Bewegung setzen, damit ich sie fände. Wahrscheinlich würde ich nicht in einer Bar sitzen.«

Pavel hob fragend die Augenbrauen. »Was würdest du

denn hier in Bewegung setzen, Stephan? Würdest du zur Polizei gehen, die dich nicht versteht und der du nicht mehr als eine Geschichte erzählen kannst? Würdest du dich an die Zeitungen wenden? Würdest du Plakate verteilen? Würdest du in Kindergärten und Schulen gehen?«

»Ja, zum Beispiel!«, warf Stephan ein.

Pavel öffnete seine Brieftasche, zog ein schon zerknittertes Blatt aus dem Seitenfach, entfaltete es und gab es Stephan. Das Blatt war beidseitig eng beschrieben. »Darauf stehen alle Kindergärten und Grundschulen Sofias mit ihren jeweiligen Adressen, soweit ich sie in Erfahrung bringen konnte«, sagte er. »Und nun?«

»Du hast all diese Adressen aufgesucht?«

Pavel nickte. Er holte ein weiteres Schriftstück hervor und legte es vor Stephan auf den Tisch.

Stephan blickte auf das Papier und sah acht Textzeilen in kyrillischer Schrift.

»Was heißt das?«, fragte er.

»*Guten Tag, mein Name ist Pavel Kubilski. Ich komme aus Dortmund (Deutschland) und suche nach meiner Tochter Emilia, geboren am 5.1.2013, die von ihrer Mutter von Dortmund (Deutschland) nach Bulgarien entführt wurde und sich mutmaßlich in Sofia aufhält. Es ist wahrscheinlich, dass sie unter der Woche in einer Kindestagesstätte oder in einer ähnlichen Einrichtung betreut wird oder bereits die Schule besucht. – Können Sie mir etwas über den Verbleib meiner Tochter sagen? Ist sie Ihnen bekannt und wird sie vielleicht sogar in Ihrer Einrichtung oder Schule betreut? Ich bitte Sie inständig um Hilfe! Bitte schauen Sie sich genau die Fotos auf diesem Schreiben an! Sie zeigen Emilia und ihre Mutter. Sie ist*

Ärztin und möglicherweise hier in Sofia in einem Krankenhaus oder in einer Arztpraxis tätig«, gab Pavel den Text auswendig wieder. »Das waren die ersten Worte, die ich jemals ins Bulgarische übersetzen ließ.« Er kramte weiter in seiner Brieftasche und zog zitternd ein Foto hervor. »Das ist das letzte Bild, das ich von Emilia habe. Es entstand kurz vor ihrem dritten Geburtstag. Ich habe bei meinen beiden Besuchen in Sofia rund 5.000 von diesen Zetteln verteilt. Ich habe sie auch in Kindergärten und in Krankenhäusern abgegeben und mit Gesten zu erklären versucht, dass man sie aushängt.«

»Keine Reaktion?«, fragte Stephan und erwartete nicht ernsthaft eine Antwort.

»Es gibt viele Erklärungen«, sagte Pavel. »Wenn Emilia hier tatsächlich in einem Kindergarten oder vielleicht schon in einer Schule ist, wird sie vielleicht unter falschem Namen angemeldet sein. Oder Ivelina hat unter Verweis auf die vermeintliche Missbrauchsgeschichte eine Informationssperre erwirkt. Das ist sogar wahrscheinlich, weil ja auch die Adresse der Großmutter offiziell verheimlicht wird. Und schließlich dürfte Emilia heute deutlich anders aussehen als auf diesem Foto. Die Fotos von Emilia und Ivelina auf dem Schreiben sind beide rund zweieinhalb Jahre alt. Stell dir vor: Ich habe Emilia fast die Hälfte ihres bisherigen Lebens nicht mehr gesehen. Sie wird heute ein ganz anderes Kind sein.«

»Aber Ivelina sieht noch genauso aus«, fand Stephan. »Jedenfalls sieht sie auf deinem Suchbrief genauso aus wie auf dem Foto, das sie mit dem Baby zeigt.«

Pavel nippte an seinem Glas, stellte es wieder ab und schaute es gedankenverloren an.

»Du schuldest mir noch eine Antwort, Stephan! Was würdest du in Bewegung setzen?«

»Es tut mir leid, Pavel. Ich wusste nicht, was du schon alles getan hast, um Emilia zu finden. Wo ist die Stelle, an der du Ivelina mit dem Baby fotografiert hast?«

»Irgendwo im Stadtbezirk Rayon Krasno Selo. Ich weiß nicht, woher sie kam und wohin sie ging.«

»Du wirst ihr doch gefolgt sein«, folgerte Stephan.

»Natürlich. Aber ich musste ja Abstand zu ihr halten, damit sie mich nicht entdeckt.«

Stephan nickte. »Und dann?«

»Dann war sie mit einem Male wie von der Straße verschluckt. Sie ging auf der linken Straßenseite etwa 100 Meter vor mir. Dann bog sie an einer Straßeneinmündung nach links ab und war dann natürlich sofort aus meinem Blickfeld verschwunden. Es ist dort alles dicht bebaut. Ich bin sofort zu der Straßenecke gelaufen und habe vorsichtig um die Hausecke geschaut, an der die andere Straße begann. Aber ich habe Ivelina nicht mehr gesehen. Sie war weg. Ich bin dann in diese Straße hineingegangen und habe auf beiden Seiten geschaut, wohin sie verschwunden sein könnte. Doch ich habe keine Hinweise gefunden. Rechts und links standen überall Häuser, und es gab viele Einfahrten zu Hinterhöfen. Sie konnte überall sein. Vielleicht ist sie auch in eines der Häuser gegangen. Die Straße endet auf der anderen Seite an der Hauptstraße Tsar Boris III. Auch dort habe ich nachgeschaut. Nichts!«

»Vielleicht hat sie dich doch gesehen«, mutmaßte Stephan. »Wie viel Zeit war vergangen, bis du um die Hausecke geblickt hast, nachdem Ivelina in die andere Straße eingebogen war?«

Pavel zuckte mit den Schultern. »Ich weiß es nicht, Stephan, aber bestimmt nicht mehr als eine Minute. Vielleicht habe ich sie auch übersehen. Die Straße, in die sie gegangen ist, ist unübersichtlich. Es stehen viele Bäume und Autos an den Straßenrändern. Ich mache mir solche Vorwürfe. Wahrscheinlich wäre es auch besser gewesen, sie sofort anzusprechen. Es bringt doch gar nichts, die Suche nach Emilia zu verheimlichen. Ivelina darf ruhig wissen, dass ich sie jage, bis ich die Kleine wiederhabe. Darum ändere ich jetzt auch die Strategie.«

»Schon gut!«, beschwichtigte Stephan. »Wir sollten in jedem Fall diese Straße aufsuchen«, meinte er und schaute irritiert auf. »Wen grüßt du?«

Pavel sah auf die gegenüberliegende Seite der Bar und hob sein Glas.

Stephan folgte Pavels Blick und sah einen Mann mit gelocktem schwarzen Haar und dichtem Vollbart, der ebenfalls sein Glas hob und sich zugleich erhob.

»Der Mann war mit uns in der U-Bahn, als wir vom Flughafen in die Stadt fuhren«, flüsterte Pavel, »und er war auch vorhin in der Hotelrezeption. Ich hatte den Eindruck, dass er uns beobachtet.«

»Wirklich? Ich habe ihn nicht gesehen.«

»Doch, ganz sicher«, antwortete Pavel, als der schmächtige Mann zu ihnen stieß.

»Sie sind Herr Kubilski und Sie sein Anwalt Knobel«, eröffnete er und blickte erst Pavel und dann Stephan ins Gesicht. Der Mann sprach gut Deutsch, aber er hatte einen deutlichen italienischen Akzent. »Ich habe mich über Sie beide informiert. Ihre Homepage, Herr Knobel, könnte etwas peppiger sein.« Er lachte. »Luca della

Rovere«, stellte er sich vor, reichte Pavel und Stephan die Hand und setzte sich. Er hatte sein Glas mit Mineralwasser mitgebracht und stellte es vor sich auf den Tisch. Der Mann trug einen schwarzen Anzug, darunter einen schwarzen Pullover. Stephan schätzte ihn auf um die 50.

»Wer sind Sie?«, fragte Pavel. »Ich habe Sie heute schon mehrmals gesehen.«

»Stimmt«, lächelte della Rovere. »Ich sitze nicht zufällig hier. Ich wohne im selben Hotel wie Sie«, erklärte er, »ich bin Ihnen schlicht vom Flughafen gefolgt und habe kurz nach Ihnen eingecheckt. Glücklicherweise war noch ein Zimmer frei.« Er strich sich durch sein gelocktes schwarzes Haar und lächelte zufrieden.

Della Rovere hatte etwas Wildes an sich. Die lockige Haarpracht stieß hinten auf sein Anzugjackett. Einige graue Strähnen zogen sich durch das Haar und den Vollbart. Es war, als marmorierten sie das schwarze Haar auf dem Kopf und in seinem Gesicht, von dem man wegen des Vollbartes wenig sah. Er hatte braune Augen, die in der dämmrigen Bar funkelten und wie von selbst die Aufmerksamkeit auf sich zogen. Della Roveres Gesicht bestand im Wesentlichen aus diesen Augen, die weich und wach die Welt beobachteten.

»Es gibt viele Väter, die ein ähnliches Schicksal erleiden wie Sie, Herr Kubilski«, fuhr er fort. »Sie haben ein Problem, das es überall auf der Welt gibt. Es macht an keinen Grenzen halt.« Er hielt inne, strich sich durch seinen Vollbart und präzisierte: »Besser gesagt: Das Problem besteht, weil es die Grenzen gibt. Und in Europa tut es besonders weh, weil wir denken, Europa wäre letztlich so etwas wie ein eigener Staat oder ein Gebiet, in dem Recht und Gesetz wechselseitig beachtet und durchgesetzt werden. Wir glauben, ein Verbrechen in Holland wird in Italien genauso verfolgt wie in Deutschland oder Spanien und alle Staaten sich bei der Verfolgung gegenseitig helfen. Aber«, er seufzte, »das mag für manche Länder gelten, aber für Kindesentführungen gilt das in etlichen Ländern nicht. Da wirken die Grenzen zwischen den Staaten wie unüberwindbare Mauern, während wir sie gar nicht wahrnehmen, wenn wir mit unserem Auto ohne Kontrolle und Halt an der Grenze von einem Land ins andere fahren.« Er lächelte. »Ich weiß, jetzt kommen Sie mit dem Haager Übereinkommen! Vergessen Sie es, Herr Kubilski! Ich weiß, dass Sie gerade auf dem Trip sind, zu glauben, dass Ihnen auf diesem Wege Ihre Tochter zurückgegeben wird. Aber Sie werden die Erfahrung machen, dass Sie scheitern! Jeder, der sich mit diesen Dingen befasst, weiß das. Es ist ein offenes Geheimnis. Es gibt Medienberichte, die mich bestätigen. Aber leider folgt keine Welle der Empörung. Die breite Masse kümmert dieser Skandal nicht, weil aufs Ganze gesehen nur wenige Menschen betroffen sind. Das ist in etwa so, als würde die medizinische Wissenschaft kein Mittel gegen eine todbringende Krankheit finden, von der weltweit nur 100.000 Menschen betroffen sind. So etwas kümmert niemanden, wenn Sie nicht gerade einer der Betroffenen sind. Aber Sie, Herr Kubilski, sind Betroffener! Sie könnten wissen, dass Sie in Ihr Scheitern rennen. Nein, Sie müssten es sogar wissen! Natürlich habe ich die Details genau recherchiert, aber ich fürchte, Sie wollen all dies gar nicht hören! Noch klingt das Märchen vom Recht so schön, nicht wahr?«

»Wer sind Sie?«, fragte Pavel wieder.

»Sie sind mit Ihrer Geschichte ins Internet gegangen«, sagte della Rovere. »Dort stoßen wir häufig auf die betroffenen Väter. Irgendwann macht sich bei allen Resignation und Frustration breit, und sie gehen an die Öffentlichkeit. Wir haben alles aufmerksam gelesen, Herr Kubilski. Wir kennen Ihre guten Absichten und würdigen Ihre Hoffnungen …«

»Wer sind denn ›Wir‹?«, fragte Stephan.

»Wir sind eine internationale Organisation, die unter anderem grenzüberschreitende Kindesentführungen rückgängig macht«, antwortete della Rovere nüchtern und nahm einen Schluck Wasser. »Wir kennen von Ihrer Geschichte nur das, was Sie im Internet veröffentlicht haben, Herr Kubilski. Wir sind ganz zufällig auf Sie gestoßen. Sie sind zu nichts verpflichtet. Wir bieten Ihnen schlicht die Alternative, Ihr Ziel auf anderem Wege zu erreichen. Es wird niemand Schaden nehmen, und am Ende haben Sie Emilia bei sich daheim. Ich werde Sie auf Ihren Wegen durch Sofia begleiten, aber ich werde mich im Hintergrund halten. Sie können tun und lassen, was Sie wollen – und selbstverständlich auch Sie, Advocato!« Er blickte zu Stephan und zwinkerte ihm zu. »Fühlen Sie sich nicht gedrängt! Erst wenn Sie nicht mehr weiterkommen, werden Sie sich besinnen und mich fragen. Das weiß ich. Und ich werde da sein. Wir arbeiten effektiv im Verborgenen. Letztlich profitieren wir davon, dass grenzüberschreitende Kindesentführungen häufig rechtlich ohne Konsequenz sind. Der eben beschriebene Skandal befruchtet unser Geschäft. Sie werden mich in den nächsten Tagen immer wieder sehen, Herr Kubilski! Ich bin Ihnen auf den Fersen, aber nicht, weil ich Ihnen schaden will, sondern weil ich für Sie bereit sein werde, wenn Sie mich brauchen. Und wenn es so weit ist, werden Sie wissen, dass ich Ihnen ein Freund bin.«

»Luca della Rovere ist natürlich nicht Ihr wirklicher Name«, meinte Stephan.

»Aber er ist ein sehr schöner Name«, gab della Rovere zurück. »Forschen Sie in der Geschichte des Vatikans nach! Es ist sogar ein päpstlicher Name.«

»Sie sind von einer kriminellen Organisation«, sagte Pavel.

»Ist es kriminell, das eigene Kind aus den Händen einer Entführerin zu befreien?«, fragte della Rovere zurück. »Ich wünsche Ihnen, dass Sie Ihr Denken verändern, wenn Sie erkennen, dass Sie auf dem rechten Weg nicht mehr weiterkommen.«

»Niemals!«, trotzte Pavel.

»Gewiss doch«, gab della Rovere gelassen zurück. »Wir haben Zeit. Wie lange werden Sie hier sein?«

»Zunächst bis übermorgen. Es kommt darauf an, was wir hier herausfinden«, antwortete Stephan.

»Sie meinen, bis Sie Emilia gefunden haben«, vergewisserte sich della Rovere.

»Reden wir über Geld?«, fragte Stephan.

»Ich bislang nicht«, erwiderte della Rovere. »Aber wenn Sie es schon ansprechen: Wir arbeiten auf Basis einer – sagen wir – Erfolgsprovision. Es kostet erst Geld, wenn das Kind erfolgreich zurückgebracht ist. Und wenn alle Formalitäten ordnungsgemäß abgewickelt sind.«

»Und die Mutter?«, fragte Stephan.

»Ich sagte ja: Wenn alle Formalitäten erfolgreich abgewickelt sind«, wiederholte della Rovere.

»Sie tun ihr etwas an«, entfuhr es Pavel.

Della Rovere erhob sich.

»Wir sehen uns«, wusste er und zahlte alle Getränke, bevor er ging.

Sie sahen ihm nach, wie er eilig die Bar verließ.

»Glaubst du ihm, dass er durch die Facebookseite auf mich aufmerksam geworden ist?«, fragte Pavel.

Stephan zuckte die Schultern. »Jedenfalls hat er sich eine plausible Geschichte überlegt. Komm, wir gehen zurück. So schön ist es hier nicht. Ich möchte noch mit meiner Freundin telefonieren.«

»Sie ist sehr nett«, meinte Pavel, als sie das Lokal verließen.

Stephan antwortete nicht. Langsam gingen sie zum Hotel zurück. Die feuchtkalte Luft schmeckte rauchig und reizte zum Husten. Stephan kam Sofia fremder vor als jede andere Stadt, die er je besucht hatte. Doch sie war ihm nicht nur wegen der ungemütlichen Witterung und den kyrillischen Schriftzeichen in den Geschäften und auf den Reklametafeln fern. Stephan sehnte sich nach Marie, wie er es lange nicht empfunden hatte, doch in dieser Stadt hatte selbst die Erinnerung an sie etwas Unwirkliches und versetzte Marie in eine andere nicht greifbare Welt. Es kam hinzu, dass ihn der schwarze Mann in der Bar ängstigte, was er Pavel nicht sagen mochte. Klar und bestimmt war der Italiener aufgetreten und hatte keinen Zweifel daran gelassen, dass er präsent und gleichzeitig unsichtbar bleiben würde. Stephan widerstand der Versuchung, sich nach dem Mann umzuschauen. Er wusste, dass er ihn nicht sehen würde, aber er fühlte ihn in der Nähe und war sich sicher, dass er Stephan und Pavel auf Schritt und Tritt folgte.

Als sie in der Hotellobby angekommen waren, strebte Pavel gleich zum Portier, während Stephan am Lift wartete. Er sah, wie sich Pavel mit Gesten verständlich machte und wie er den Namen Luca della Rovere mehrfach wiederholte. Doch der Portier verneinte kopfschüttelnd diese und alle weiteren Fragen.

»Ihm sagt der Name nichts«, meinte Pavel. »Er hat mir sogar zu verstehen gegeben, dass derzeit kein Italiener im Hotel wohnt.«

»Hattest du etwas anderes erwartet? Du hättest ihn auch nach einem schwarzen Mann mit Vollbart fragen können. Der Portier hätte den Mann nicht gekannt. Und vermutlich hätte er die Wahrheit gesagt.« Stephan zog die Lifttür auf. »Du solltest dein Zimmer sorgfältig von innen abschließen«, riet er, während er den Etagenknopf drückte. »Frühstück um acht Uhr«, schlug Stephan vor. »Wir müssen die Straße finden, in der du Ivelina gesehen hast.«

Sie trennten sich auf dem dürftig beleuchteten Etagenflur vor Pavels Zimmer. Der Holzboden unter dem ausgetretenen Läufer knarzte, als sich Stephan noch einmal umschaute. Dann ging er in sein Zimmer, verriegelte die Tür von innen und zog die bleichen Vorhänge zu.

Er klappte seinen Laptop auf und wartete, bis die drahtlose Verbindung zum Internet stand. Stephan rief die eingegangenen Mails auf, doch die, die er am meisten ersehnt hatte, fehlte: Keine Nachricht von Marie.

Stephan legte sich angezogen auf das Doppelbett mit der viel zu weichen Matratze. Er schaltete den Fernseher ein und sprang lustlos durch die Programme. Unweigerlich dachte er an seine Übernachtung im Hotel Drees zurück, doch hier hatte er nicht einmal Alkohol. Stephan hatte Pavel zur schnellen Rückkehr gedrängt, doch hier angekommen wusste er mit seiner Zeit nichts anzufangen.

Irgendwann später stand er auf, zog sich seine Winterjacke über und schlich sich an Pavels Zimmer vorbei zum Lift. Der Portier verneinte Stephans Frage nach einer Hotelbar, aber dann zwinkerte er mit den Augen und zog aus einer Schublade unter der Theke eine Visitenkarte hervor. Stephan blickte flüchtig auf die Karte und verstand auch trotz der kyrillischen Schrift, wofür sie warb. Ein Bordell war das Letzte, wonach ihm war, und er steckte die Karte in seine Hosentasche. Unschlüssig betrat er die Drehtür und schob den Türflügel über die borstige Fußmatte. Dann stand er auf der Straße in der rauchigen Luft und sah gedankenverloren die Straße entlang. Erst Minuten später fiel sein Blick auf die gegenüberliegende Straßenseite. Verborgen in einem Hauseingang stand eine dunkle schmächtige Gestalt, die sich gerade eine Zigarette anzündete. Nur kurz sah Stephan im aufflammenden Schein zwei funkelnde Augen in einem ansonsten vom Vollbart verdeckten Gesicht.

Fröstelnd eilte Stephan in sein Hotelzimmer zurück.

13

»An unserem ersten Abend hatte ich geglaubt, dass du zu einer schrulligen Zicke mutiert bist«, meinte Marie und grinste. »Ich hatte schon fast flüchten wollen, als ich hörte, dass du zwei Wochen krankgeschrieben bist.«

»Echt?« Paula grinste. »Die zwei Wochen sind das Beste, was mir im Moment passieren konnte. Ich hatte schon lange keine Gelegenheit mehr gehabt, mich einfach auszuleben.«

»Denk daran, dass du offiziell unter der Trennung von Carlos leidest«, erinnerte Marie. »Deshalb hat dich der Therapeut für zwei Wochen aus dem Rennen genommen.«

»Wie ich schon sagte, Mariechen: Leiden tue ich nur daran, dass ein Kerl weg ist, der himmlisch gut vögeln kann. Über den Rest schweige ich lieber. Ich habe mich einfach in einen spanischen Schönling verguckt und mal wieder an die große Liebe geglaubt. Aber so ist das eben: Carlos ist gegangen, und ein anderer Kerl wird kommen.«

»Ich dachte, Carlos hätte sich darüber beschwert, dass du nicht weiterkämst.«

»Stimmt. Er wollte mit mir auf Sexpartys gehen. Aber diese Zeit ist bei mir seit Jahren vorbei. So was turnt mich nicht mehr an.«

»Das heißt, du hast so etwas einmal gemacht?«

»Du nicht?«, wunderte sich Paula. »Es gab einen Kick, den ich nicht missen möchte. Aber irgendwann ist diese Zeit vorbei. Wie bei allen Spielphasen im Leben.« Sie blickte Marie vertraulich an. »Mir scheint, du musst noch etwas nachholen. Wie ist er denn so, dein Stephan?«

»Er verwöhnt mich mit den ungewöhnlichsten Ideen und verführt mich an den ungewöhnlichsten Orten«, verriet Marie.

»Uih!«, entfuhr es Paula.

»Du traust ihm das nicht zu, wenn du ihn kennen-lernst. Er kann dir nüchtern irgendwelche Fälle aus der Kanzlei erzählen, aber in seinem Inneren ist er voller Farben und Phantasie.«

»Aber?«, hakte Paula nach.

»Er ist etwas bequem geworden.«

»Es sprüht nicht mehr«, ahnte Paula. »Du erzählst davon, wie Stephan war«, stach sie in die Wunde. »Hand aufs Herz: Wann hat er dich denn zum letzten Mal ver-führt?« Dann hob sie die Stimme und säuselte lasziv: »An welchem ungewöhnlichen Ort?«

»Er muss gerade etwas lernen«, antwortete Marie. Sie stand vom Küchentisch auf und ging in den Flur, wo sie auf Paulas Wunsch ihren Laptop platziert hatte, und sah in ihre Mails.

»Er hat sich nicht einmal gemeldet«, rief sie vom Flur aus.

»Weil er darauf wartet, dass du dich meldest. Du musst jetzt durchhalten. Es ist das immer gleiche Spiel: Wer sich zuerst rührt, verliert«, rief Paula zurück. »Oder meint nur, zu verlieren«, sagte sie leise vor sich hin.

Marie setzte sich wieder an den Tisch.

»Du bist dir sicher, dass er in Sofia ist?«, fragte Paula.

»Ich gehe fest davon aus. Er wird mit dem Vater des Kindes unterwegs sein, dessen Kind die Mutter entführt hat. Du kennst ja die Geschichte. Ich habe dir alles erzählt.«

»Und meine Meinung bleibt dieselbe, Marie: Warum sollte eine Mutter sogar ins Gefängnis gehen, wenn sie nicht davon überzeugt wäre, dass das Kind vom Vater missbraucht worden ist? Ich stolpere immer wieder über das Urteil, mit dem die Mutter in den Knast geschickt worden ist. Warum nimmt eine Mutter sogar das Gefängnis in Kauf, wenn sie dies allein dadurch hätte abwenden können, dass sie das Kind am Wohnort des Vaters lässt?«

»Tja, das ist wohl das stärkste Argument für die Mutter«, nickte Marie. »Und mir fällt nichts ein, was ich der Mutter entgegenhalten könnte. Der Vater meint, er sei durch ein Glaubhaftigkeitsgutachten entlastet. Aber das ist Quatsch.«

»Warum?«

»Weil es zu keinem Ergebnis kommt und deshalb nichtssagend ist.«

»Ich bin keine Juristin, Marie.«

»Ich auch nicht. Aber um einen Fall entscheiden zu können, brauchst du nur gesunden Menschenverstand und keine Paragrafen.«

»So?«, fragte Paula erstaunt.

»Sagt Stephan«, erwiderte Marie. »Er löst seine Fälle nur auf diese Weise.«

»Apropos Stephan: Du solltest ihm schreiben! Vergiss, was ich vorhin sagte! Das war Kinderkram. Du liebst doch deinen Prinzen. Wir reden hier nicht von einem

Typen wie Carlos. Oder platt gesagt: Es geht ums Herz und nicht nur um den Schwanz.«

»Du bist so wunderbar ordinär!«

»Das mochtest du doch immer an mir«, grinste Paula.

»Und wäre ich lesbisch, fielen mir noch ganz andere Sachen ein.«

14

Am nächsten Morgen präsentierte Pavel Stephan noch vor dem Frühstück stolz die Kommentare, die zwischenzeitlich auf seiner Facebookseite eingegangen waren. Tatsächlich gab es fast 100 weitere Kommentare von Usern, von denen rund 80 Prozent Pavel unterstützten. Der Rest verteilte sich auf wenig aussagekräftige allgemeine Meinungsbekundungen und einige Hassbotschaften, die Pavel die Pest an den Hals wünschten.

»Meinst du, della Rovere verbirgt sich hinter einem dieser Schreiber?«, fragte Pavel.

»Das ist unwahrscheinlich. Ich glaube nicht, dass er irgendwo Spuren hinterlässt.« Stephan prüfte die Beiträge genauer.

Blackmarie hatte in der letzten Nacht um 1.17 Uhr geschrieben: *Gut, dass ein Glaubhaftigkeitsgutachten für dich spricht. Habe noch nie gehört, dass man gutachterlich sicher feststellen kann, ob ein kleines Kind die Wahrheit gesagt hat oder nicht. Aber vielleicht hat die Wissenschaft ja auf diesem Gebiet Sprünge gemacht, von denen ich nichts weiß …*

Stephan erwähnte Maries Nachricht gegenüber Pavel nicht, aber er verstand ihre Botschaft. Stephan hatte das Glaubhaftigkeitsgutachten, in dem die Frage untersucht worden war, ob die von Emilia gegen ihren Vater erhobenen Vorwürfe auf einem realen Erlebnis oder einer Erfindung des Kindes basierten, noch immer nicht gelesen. Er hatte dies auch nicht für nötig befunden, weil nicht nur nach Pavels Worten das Gutachten seine Unschuld beweise, sondern insbesondere das Urteil des Amtsgerichts Dortmund, mit welchem Ivelina zu einer Freiheitsstrafe ohne Bewährung verurteilt worden war, in seiner Begründung klar ausführte, dass nach dem Ergebnis des Gutachtens der gegen Pavel erhobene Vorwurf des sexuellen Missbrauchs haltlos sei.

Doch viel mehr als dies berührte Stephan der letzte Satz von Maries Botschaft: *Werde jetzt auf euch ein Glas Wein trinken und an meinen Freund denken, der wie ihr auf weiter Reise ist.*

Pavel hatte in dem letzten Satz weder eine verdeckte Botschaft erkannt noch die eigentliche Aussage über das Glaubhaftigkeitsgutachten verstanden. Er freute sich über den großen Zuspruch aus den Weiten des Internets, und allein der Glaube, dass eine scheinbar wachsende Schar von unbekannt bleibenden Menschen, die sich hinter den Phantasieabsendernamen verbarg, an seinem Schicksal Anteil nahm, stärkte ihn und machte ihn glücklich.

Als sie gegen neun Uhr das Hotel verließen, strebte Pavel mit dem Stadtplan in der Hand vorweg zur nächsten Straßenbahnhaltestelle, und er bewies Stephan einmal mehr seine Sachkunde über die Sofioter Straßenbahn. Stephan erfuhr, dass die Straßenbahnen in der Stadt auf zwei Spurweiten unterwegs waren, nämlich in der europäischen Normalspur von 1.435 Millimetern und der ungewöhnlichen Schmalspur von 1009 Millimetern, und die Geschichte zu Letzterer war interessant: Im Laufe der Jahre war das ursprüngliche Meterspurnetz derart verschlissen worden, dass sich die Spurweite zwischen den abgenutzten Schienen ungewollt vergrößert hatte. Pragmatisch passte man darauf die Straßenbahnfahrzeuge dieser Spurweite an und ersparte sich die kostspielige Gleissanierung.

Wenn Pavel von derartigen technischen Besonderheiten erzählte, leuchteten seine Augen, und während er redete, sprang er zwischendurch noch auf dieses und jenes Detail. Stephan staunte und nahm die technischen Ausführungen Pavels aufmerksam in sich auf, aber ihm entging nicht, dass Pavel nicht im Ansatz mit der gleichen Euphorie von seiner Tochter sprach. Er sprach Pavel noch nicht darauf an, aber er musste mehr über dessen Verhältnis zu Emilia erfahren. Pavel Kubilskis leuchtender Eifer für Eisenbahntechnik stand im merkwürdigen Gegensatz zu dem berichtähnlichen Stil, den Pavel im Hinblick auf Emilia pflegte. Stephan behalf sich zunächst mit der Erklärung, dass sich Pavel selbst schützte und Emotionen über die entführte Tochter nicht zulassen wollte.

Sie fuhren mit der Straßenbahnlinie 5 bis zur Haltestelle Tsar Boris III. Pavel sah nach ihrem Ausstieg zwar immer wieder auf den Stadtplan, aber er benötigte ihn nur für Details. Die wesentlichen Straßenläufe schienen Pavel geläufig. Stephan folgte Pavel in die Seitenstraßen und bemühte sich, die Orientierung zu behalten.

Es dauerte etwa zehn Minuten, dann standen sie an der Stelle, von der aus Pavel Ivelina fotografiert hatte, als sie ein Baby auf den Händen trug. Pavel war selbst überrascht, dass er den Ort ohne größere Probleme wiedergefunden hatte. Stephan ließ sich von ihm auf dem Stadtplan zeigen, wo sie sich jetzt befanden, und betrachtete auf der Karte die nähere Umgebung.

»Sie kam von links«, erklärte Pavel und blickte wie Stephan in die entsprechende Richtung.

»Wie weit war Ivelina von dir entfernt?«

»Ich weiß nicht. Vielleicht 30 Meter«, schätzte Pavel.

»Du kamst zu dieser Stelle auf demselben Weg, den wir gerade gegangen sind?«

»Ja.«

»Warum bist du genau hierher gegangen? Ich meine, die letzten Straßenzüge liegen abseits der Hauptwege. Hier geht man doch nicht zufällig hin«, meinte Stephan. »Die nächsten Hospitäler sind von hier noch ein Stück weit weg.«

Pavel stutzte.

»Ich sage das nur, weil du mir gesagt hattest, dass du Kliniken in dieser Gegend besucht hast«, erklärte Stephan.

»Richtig!«, bestätigte Pavel. »Aber ich denke, es war Zufall, dass ich hierher gelaufen bin. Ich weiß es nicht mehr.«

»Und dann bist du ihr bis zu der Straßenecke gefolgt, wo sie nach links abgebogen ist und du sie aus den Augen verloren hast?«, fragte Stephan.

Pavel nickte. »Komm, ich zeige dir die Straße, in die sie gegangen ist.«

Sie gingen rund 200 Meter weiter. Die Straße, die hier von links einmündete, war rechts und links dicht bebaut. Dennoch gab es keine durchgehenden Häuserzeilen. Einige Häuser standen versetzt zueinander, andere waren etwas zurückgesetzt.

»Siehst du«, sagte Pavel, als sie angekommen waren, »es ist alles so, wie ich es dir beschrieben habe.«

Er hatte recht.

Stephan schlug vor, sich die Häuser und die Hinterhöfe rechts und links der Straße genauer anzusehen, aber er ahnte, dass sie auf diese Weise keine Erkenntnisse darüber gewinnen würden, wohin Ivelina mit dem kleinen Kind gegangen sein könnte. Die Antwort auf diese Frage würde ebenso offen bleiben wie jene auf die Frage, woher sie gekommen war. Das Foto war nach Pavels Angabe am 6.5.2016 entstanden. Wenn das zutraf, hätte Ivelina das Baby ohne Weiteres auch über eine längere Strecke auf dem Arm transportieren können. Sie war nicht darauf angewiesen, das Kind vor Kälte zu schützen und deshalb besser in einem Auto zu transportieren. Dennoch:

Die für Stephan unbeantwortet gebliebene Frage, warum sich Pavel seinerzeit in die Nebenstraße verirrt hatte, in der er Ivelina gesehen hatte, galt in gleicher Weise auch für Ivelina: Warum lief sie mit einem Baby auf dem Arm ausgerechnet hierher? Der Blick auf den Stadtplan zeigte, dass sich der von Ivelina genommene Weg, soweit er von Pavel beobachtet wurde, nicht als kürzester Weg erwies, wenn man einerseits unterstellte, dass sie auf der Straße, auf der sie von Pavel erblickt wurde, schon ein Stück unterwegs war, und andererseits annahm, dass sie die Straße, auf der sie Pavel nicht mehr sah, durchgehend passiert hätte. Wäre dies Ivelinas Weg gewesen, hätte sie über zwei andere Straßenzüge einen kürzeren Weg nehmen können, den sie vermutlich gewählt hätte, um mit dem Baby auf dem Arm zügig zum Ziel zu kommen. Diese Hypothese setzte voraus, das Ivelina ortskundig war, was sich jedoch bereits aus der Tatsache ergab, dass sie diese abgelegenen Straßenzüge benutzt hatte und nach Pavels Beobachtung zielstrebig ging.

Deshalb lag für Stephan nahe, dass Beginn und Ende des Weges von Ivelina in unmittelbarer Nähe zum Aufnahmeort des Fotos lagen. Dafür sprach auch, dass Ivelina das Baby nicht in einem Kinderwagen transportierte, was sie sicher getan hätte, wenn sie eine längere Strecke mit dem Kind hätte zurücklegen wollen. Schließlich stand auch zu vermuten, dass Ivelina nach ihrem Abbiegen in die Seitenstraße tatsächlich in einem der nächstgelegenen Häuser oder Hinterhöfe verschwunden sein musste. Pavel war zuzustimmen, dass die Straße, auf der er Ivelina nicht mehr entdecken konnte, unübersichtlich war, aber Stephan war sich sicher, dass Pavel

Ivelina gesehen hätte, wenn sie noch auf dieser Straße unterwegs gewesen wäre, zumal er eine Weile verharrt und den weiteren Straßenverlauf im Ganzen beobachtet hatte. Also lagen höchstwahrscheinlich in unmittelbarer Nähe zu ihrem jetzigen Standort Start und Ziel des Weges von Ivelina, ohne dass nicht einmal ansatzweise klar war, was es mit dem Baby auf sich hatte. Stephan war, als hätte Pavels zufällige Beobachtung ein Fenster in einen unbekannten Handlungsstrang in Ivelinas Leben eröffnet. Dieses Unbekannte machte es jedoch fast unmöglich, Ivelinas Weg und den Sinn ihres Tuns zu erschließen, denn jedes Namenschild an jeder Tür an allen Häusern im Umkreis würde ohne Beziehung zu Ivelina sein.

In den letzten Minuten war Stephan still geworden, wie er es immer wurde, wenn er sich in seine Fälle hineindachte und kreuz und quer dachte. Zugleich war Pavel spürbar unsicher geworden. Ihm war nicht entgangen, dass Stephan an dem behaupteten Zufall zweifelte, der Pavel und Ivelina hier zusammengeführt haben sollte. Er hielt sich zurück. Von der durch die Chataktivitäten beflügelten Euphorie war nichts übrig geblieben. Pavel folgte Stephan wie ein Hund, als er vorgab, in einem Café die weitere Vorgehensweise zu planen.

Es war ein früheres Ladengeschäft, das man mit einfachen Mitteln umgebaut und mit Holztischen und Klappstühlen versehen hatte. In einer alten Einkaufsgondel standen Bleche mit Filo- und Yufkablätterteigkuchen.

Stephan erläuterte Pavel seine Gedanken.

»Wir werden eine Karte anfertigen, in der wir alle Häuser in den Bereichen der beiden Straßen einzeichnen werden, die außerhalb der Abschnitte liegen, in denen du Ivelina beobachtet hast. Das bedeutet für die erste Straße den gesamten Verlauf vom Straßenbeginn bis zu dem Punkt, wo du sie erstmals entdeckt hast. Und für die zweite Straße bedeutet das, dass wir die gesamte Bebauung erfassen. Wir werden jedes Haus, jedes Geschäft, jede Garage und jeden Hinterhof in unserer Karte erfassen, alles fotografieren und natürlich jedes Namensschild an allen Türen. Irgendwo in dem von uns katalogisierten Bereich liegen der Anfang und das Ende von Ivelinas Weg – und vielleicht liegt dort auch der Schlüssel für die Antwort auf die Frage, wegen der wir hier sind.«

»Du versprichst dir wirklich etwas davon?«, fragte Pavel entmutigt. »Weißt du, wie viel Arbeit das ist? Ganz zu schweigen davon, dass wir vorsichtig sein müssen. Es wird keinem gefallen, dass wir hier Türschilder fotografieren.«

»Es geht um deine Tochter, verdammt noch mal!« Stephan schrie in einem ihm fremden Zorn, und während sein Gesicht feuerrot anlief, erschienen vor seinem geistigen Auge Malin und Elisa. Stephan taumelte und hielt sich die Hände vor die Augen, bis sein Schwindel nachließ.

»Ist was mit dir?«, fragte Pavel erschrocken, doch Stephan schüttelte den Kopf.

Als sie am späten Abend mit der Straßenbahn heimfuhren, waren sie erschöpft und trotz der Ungewissheit, ob sie auf der richtigen Spur waren, zufrieden, etwas getan zu haben. Pavel hatte sich den ganzen Tag über von Stephan anleiten lassen, und sie hatten Übung darin gewonnen, verdeckt zu fotografieren. Die Akkus ihrer Handys waren am Ende fast leer, doch sie hatten fotografisch all das dokumentiert, was Stephan sinnvoll erschien. Pavel hatte die Planskizze für die beiden Straßen angefertigt, und es war seine Aufgabe, die Skizze im Hotelzimmer in einen sauberen Plan zu überführen, dem später die Nummern der gefertigten Fotos zugeordnet werden würden. Stephan hatte Pavel auch deshalb mit dieser Aufgabe betraut, weil er unbehelligt mit Marie telefonieren musste. Er wollte sie jetzt, nicht morgen oder übermorgen. Es war der Zeitpunkt, in dem jede Lust am Spiel und aller Stolz in sich zusammenfielen und der bloßen Gier nach ihr Platz machten, ohne die er nicht leben wollte.

Stephan eilte auf sein Zimmer, und er schloss sein Handy sofort an das Ladekabel an, weil der Akku bereits die Reserve erreicht hatte. Als das Handy geladen war, wählte er nervös Maries Nummer, doch noch bevor der Ruf rausging, brach er ab. Plötzlich wusste er nicht, was er ihr wie sagen sollte, weil es so viel zu sagen gab, und mehr als die Verwirrung darüber ängstigte ihn, dass er Marie ein Stück weit neu begegnen würde. Er fühlte die verzehrende Verliebtheit, die verlegen und unbeholfen machte und ihn jetzt noch mehr verunsicherte als bei ihrer ersten Begegnung, als alles neu war und die erwachende Liebe ihn mal sprachlos und mal ungelenk sein ließ. Die wenigen Tage der Trennung von Marie hatten seine Liebe zu ihr mit lodernder Flamme entzündet, und zugleich taumelte er, weil er sich davor ängstigte, einem bloßen Fieber zu erliegen. Sein Kopf konnte keine Brücke mehr zu dem Zeitpunkt schlagen, als sie begonnen hatten, sich zu entzweien. Er konnte sie nicht einfach anrufen, und je länger er darüber grübelte, mit welchen Worten er sie wieder in den Arm nehmen konnte, die die

Kluft zwischen ihnen überwinden und ihren neuen Weg ebnen konnten, desto weniger fiel ihm dazu ein, wie er an das Gewesene hätte anknüpfen können. Stephan hätte Marie an sich reißen und sie nicht mehr loslassen wollen. Vielleicht hätte er sich dies getraut, wenn er sie vor sich gehabt hätte, aber das bloße Telefonat konnte nicht leisten, wonach ihm war: sie so leidenschaftlich zu nehmen, wie sie es liebte, ohne auch nur ein Wort zu verlieren.

Er stand abrupt auf. Im Hotelzimmer zu bleiben, hieß verrückt zu werden. Stephan wollte den Abend auch nicht mit Pavel verbringen, der ihn im Zweifel mit weiteren Details über das Sofioter Straßenbahnnetz vertraut gemacht und ihm irgendwann damit lästig geworden wäre. Stephan mochte Pavel so, wie er viele seiner anderen Mandanten mochte: Er pflegte eine fast freundschaftliche Nähe zu ihnen, aber er scheute stets den letzten Schritt, diese Verbindungen fest und verbindlich werden zu lassen. Stephan mied Einladungen seiner Mandanten zu Feiern und anderen Veranstaltungen, und er vermied auch gemeinsame Anreisen zu Gerichtsterminen in weit entfernten Orten. Im Laufe der Jahre hatte er ein Repertoire an Ausreden entwickelt, das es ihm erlaubte, geschickt und glaubhaft die Distanz zum Mandanten zu wahren, ohne diesen zu brüskieren. Stephan würde es auch mit Pavel nicht anders halten.

Er verließ sein Zimmer, schloss leise ab und schlich an Pavels Zimmer vorbei. Er hörte den lauten Fernseher in Pavels Zimmer und wunderte sich, warum Pavel nicht wie abgesprochen an der Ausarbeitung der Skizze saß.

Hinter der Rezeptionstheke stand derselbe Portier wie am gestrigen Abend.

»Ich suche eine Bar, wo ich ungestört etwas trinken kann. Nur für mich. Ein paar Bier oder Wein. Sie haben gewiss eine Empfehlung.«

Der rundliche Portier sah ihn mit großen Augen an.

»Ich glaube, Sie verstehen mich schon«, meinte Stephan. »Sie haben auch meinen Kollegen gestern Abend ganz gut verstanden, als er nach Luca della Rovere fragte.«

»Ah, si«, antwortete der Portier mit gewichtiger Miene, als sei er postwendend zum Italiener geworden. In seinem breiten Mund leuchteten zwei Goldzähne. Er griff in die Schublade unter der Theke und holte die bereits bekannte Visitenkarte hervor.

»Kein Puff«, erwiderte Stephan. »Die haben Sie mir gestern schon gegeben. Nur eine Bar. Nur Bier oder Wein, verstehen Sie. Kein Sex.«

Der Portier nickte dienstbeflissen und klopfte erregt mit dem Zeigefingerknöchel auf die Karte.

»Sex, Vino, della Rovere. All inclusive. Avec amusement. Club für alles.«

»Sie sind ja ein Kosmopolit«, lächelte Stephan und betrachtete die kyrillischen Schriftzeichen. »Wo finde ich denn diesen wundersamen Ort?«

»Oh, very easy«, erwiderte der Portier, wendete die Visitenkarte und legte sie auf die Theke, während er mit der anderen Hand nach einem Kugelschreiber griff und zwei Kreise auf die Rückseite malte. Dann schob er die Karte zu Stephan herüber.

»Hola. Ici Hotel«, und er tippte mit der Kugelschreiberspitze auf den ersten Kreis, »and there«, er tippte mit der Kugelschreiberspitze auf den zweiten Kreis, »is

Club. You know?« Dann verband er die Kreise mehrfach mit gewinkelten Strichen. Sie skizzierten die die
Kreise verbindenden Straßen.

»Gracias!«, rief Stephan.

»Bitte!«, gab der Portier zurück und bleckte seine
Goldzähne.

15

Stephan fand auf Anhieb den Club, und es wunderte
ihn nicht wirklich, dass ihn die beiden Türsteher, beide
durchtrainierte Mittdreißiger mit glattrasierten Köpfen
und in bei solchen Typen albern wirkenden schwarzen
Anzügen gesteckt, passieren ließen. Er wusste, dass er
im Inneren des Clubs erwartet wurde, und der bulgarische Wortwechsel des einen Türstehers über ein Kopf-
mikro mit einer unbekannten Person im Hintergrund
lief schnell auf das vorgegebene Ergebnis heraus, Stephan selbst dann passieren zu lassen, wenn er über die

für das Etablissement unpassende Kleidung hinaus auch noch schwer bewaffnet gewesen wäre. Stephan sollte in jedem Fall in den Club mit dem Stephan unbekannten Namen eingelassen werden, und so war es folgerichtig, dass ihn ein weiterer Glatzkopf in Anzugkleidung direkt zu einem kleinen Tisch im Hintergrund des sogenannten Showrooms führte, an dem wie erwartet Luca della Rovere saß, der sich heute in einen weißen Anzug gewandet hatte und seine Augen mit einer schwarzen Sonnenbrille verdeckte. Er lehnte sich entspannt in das weiche Ledersofa zurück, als er Stephan erblickte.

»Welch eine Freude, Sie hier zu sehen«, eröffnete della Rovere konziliant und bat Stephan mit einer weichen Handbewegung, neben ihm Platz zu nehmen. »Genießen Sie mit mir den Blick auf die Bühne, während wir über die ernsten Sachen reden. Das Ernste lässt sich besser verkraften, wenn es mit Leichtigkeit umrahmt wird. Und die Mädchen hier lassen einen schnell alle Trübsal vergessen.« Er blickte auf seine Armbanduhr. »In fünf Minuten wird die Hauptstaffel antreten.«

»Die Hauptstaffel?«

»Es ist so ähnlich wie in einem Konzert. Zuerst spielen die Vorgruppen, danach kommen die Stars. Und hier heißt das: Je später der Abend, desto teurer wird das Vergnügen. Die bloße Vorführung birgt die Verführung. Sie können auch jede der Damen privat buchen, egal ob für das Amusement in diesem Hause oder privat. Es kostet nur eine Menge, aber man sagt, jedes Mädchen sei sein Geld wert.«

»Sie kennen sich hier aus, nehme ich an.«

»Ich ja, aber niemand kennt mich, Herr Knobel. Und

ich würde mich nie mit einem der Mädchen einlassen, auch wenn es mich noch so sehr reizt.«

Stephan sah ihn verwundert von der Seite an.

»Schauen Sie nach vorn!«, bat della Rovere. »Sie haben ein Bild von mir, aber ich variiere es von Mal zu Mal. Seien Sie mir nicht böse, dass ich Ihnen nahe und zugleich fern bin! Sie werden mich anhand des Bildes, das Sie von mir haben, niemals so beschreiben können, wie ich wirklich aussehe. Begreifen Sie meine Maske als Ihren Schutz. – Warum haben Sie Kubilski nicht zu Ihrem abendlichen Ausflug mitgenommen?«

»Ich wollte allein sein. Eigentlich wollte ich nur für mich einen Wein oder ein Bier trinken.«

»Jetzt sind Sie entgegen Ihrer Planung nicht allein, Herr Knobel. Dafür zahle ich hier die Getränke.«

»Ich dachte, Sie gehörten zum Haus. Der Türsteher hatte Anweisung, mich reinzulassen. Sie werden hier doch nichts bezahlen müssen.«

»Anonymität funktioniert nur, wenn es keine Kette gibt, in der ein Name vom einen Ende zum anderen Ende weitergegeben werden kann. Man kennt mich hier, und dennoch kennt mich keiner. Lassen Sie es dabei bewenden, Herr Knobel! Sie werden nicht weiter in mich vordringen, und jedes Wissen über mich bringt Sie nicht weiter!« In della Roveres Vollbart verzog sich der Mund zu einem Lächeln, das jeden Widerspruch verbat.

»Sie waren heute mit Kubilski stundenlang unterwegs, um Fotos von zwei oder drei Straßen und allen Türschildern zu machen«, fuhr della Rovere fort. Er winkte zum Barkeeper herüber und bestellte zwei Chianti. »Es ist kein landestypisches Getränk, aber ich weiß, dass Sie den Chianti mögen.«

»Woher?«, fragte Stephan.

»Sie sind einer der wenigen Anwälte, die auf ihrer Homepage zugeben, dass Sie in Ihrer Freizeit gern Weine probieren. Das gefällt mir an Ihnen, Herr Knobel. Sie sind ehrlich. Die meisten würden so etwas nie schreiben. Wer seine Persönlichkeit im Internet präsentiert, gibt sich gern unangreifbar. Da gibt man als Hobbys Lesen, Museumsbesuche und Reisen an, aber nicht, dass man gern einen trinkt, Sexfilme schaut und zu Hause den Abwasch stehen lässt, bis sich Schimmelblumen bilden. Wenn ich ehrlich bin: Der Hinweis auf Ihre Leidenschaft für Wein ist das Einzige, was mir an Ihrer Homepage gefällt. Der Rest ist langweilig. Sie müssen das peppiger gestalten. Ich sagte es bereits.«

»Woher wissen Sie, was ich heute mit Kubilski unternommen habe?«, präzisierte Stephan seine Frage. »Ich habe Sie nirgends gesehen.«

»Ich bin an allen wichtigen Orten. Manchmal sichtbar und manchmal unsichtbar.«

»Sie vergessen Ihren italienischen Akzent«, bemerkte Stephan trocken.

»Oh Gott!«, entfuhr es della Rovere, lachte und schnippte laut mit den Fingern. »Vino, subito!«, rief er zum Barkeeper. »Sehen Sie sich Mara an, Herr Knobel!«, sagte er dann leise und griff Stephan an die Schulter. »Sie ist erst seit zwei Monaten hier und schon der absolute Hit. Wie alt schätzen Sie sie? – Nun?«

Stephan schaute auf die Bühne.

»Vielleicht 20.«

»20?« Della Rovere nickte anerkennend. »Ja, so alt könnte man sie schätzen. Aber sie ist über 30. Schauen Sie sich diesen Körper an, Herr Knobel! Sie ist die Verkörperung der Lust. Diese Beine! – Diese Hüften! – Diese Brüste! – Geben Sie es zu! Sie sehen sie doch vor Ihrem geistigen Auge schon nackt. – Oder denken Sie jetzt nur an Ihre Marie? – Nicht wahr, so heißt doch Ihre Freundin?«

»Sparen Sie sich diese Schleifen, Herr della Rovere! Ich habe Ihre Botschaft verstanden: Sie wissen von mir und von Kubilski wahrscheinlich alles, und ich weiß von Ihnen nichts.«

Della Rovere schüttelte den Kopf, und während der Barkeeper galant eine sorgfältig entkorkte Flasche Chianti und zwei reinlich funkelnde Weingläser servierte, sagte er: »Ich will Sie und auch Herrn Kubilski vor großem Schaden bewahren.«

»Und das heißt?«, fragte Stephan.

»Sie wollen Emilia finden«, gab della Rovere zurück. »Aber stattdessen haben Sie den ganzen Tag damit verbracht, Ivelina zu finden. Doch Sie sind auf einem Irrweg, Herr Knobel! Sie werden über Ivelina nicht Emilia finden! Vergessen Sie den heutigen Tag und schmeißen Sie Ihr ganzes Material weg! Glauben Sie mir: Der Weg, den Sie gerade gehen, ist gefährlich! Konzentrieren Sie sich auf Emilia und hören Sie auf, die Mutter zu suchen! Kubilski soll auch dieses Foto aus dem Netz nehmen. Es ist doch ohnehin bescheuert, eine Kindesentführerin mit einem Foto zu suchen, auf dem sie liebevoll ein Baby auf dem Arm hält.«

Stephan nahm einen großen Schluck Chianti, als würde er Wasser trinken.

»Was Sie mir sagen, hilft mir nicht, Herr della Weiß-ichnicht«, entgegnete er matt.

»Sie werden es bereuen, wenn Sie diesen Weg weitergehen, Herr Knobel. Ich kann mich nur wiederholen und Sie inständig bitten: Folgen Sie nicht mehr der Mutter, sondern nur noch der Spur ihrer Tochter Emilia. Ich helfe Ihnen dabei! Was ist so schwer daran, mir zu glauben? Für Ihren Mandanten zählt doch nur, die Tochter zurückzuholen. Und er hat recht damit! Bleiben Sie bei Ihrem Auftrag, Herr Knobel, bevor die Katastrophe ihren Lauf nimmt!«

»Es gibt Empfehlungen, die nicht helfen, Herr della Rovere. Ihre gehört dazu. In der Konsequenz ist sie eine Warnung.«

»Dann haben Sie mich ja richtig verstanden! Aber die Warnung verliert ihren Schrecken, wenn Sie sich auf die Suche nach Emilia konzentrieren. Denken Sie an Ihren Auftrag, Herr Knobel! Sie machen alles richtig, wenn Sie sich darauf besinnen, und zugleich vermeiden Sie großes Unheil.«

»Sie führen mich vor und verkaufen mich für dumm!« Stephan stand auf.

»Nicht doch!« Della Rovere schüttelte den Kopf. »Sie benehmen sich gerade wie ein Kind. Sie schmollen, weil ich Ihnen nicht die Hintergründe preisgebe, die Sie unbedingt kennen wollen. Mit dieser kindlichen Attitüde setzen Sie sich darüber hinweg, dass Ihre Unwissenheit zugleich Ihr Schutz ist, Herr Knobel. Ich bin nicht Ihr Feind – und auch nicht der Feind Ihres Mandanten. Im Übrigen haben Sie Ihren Wein nicht ausgetrunken.«

Della Rovere schenkte nach und schob Stephans Glas bis zur Tischkante vor. »Trinken Sie aus, Herr Knobel!«, forderte er mit gütiger Stimme. »Es wäre zu schade um den Wein! Aber ich sage Ihnen klipp und klar, dass ich Ihnen nicht mehr sagen kann und will als das, was ich Ihnen gesagt habe. Ihre einzige Chance ist, mir zu vertrauen. Doch dazu sind Sie nicht bereit. Noch nicht.« Er hob sein Glas. »Trinken Sie endlich, Herr Knobel!« Della Roveres Augen funkelten.

Stephan nahm sein Glas und leerte es in einem Zug. Dann verabschiedete er sich.

»Sie sind ein bisschen Bambino«, rief ihm della Rovere hinterher. »Vergessen Sie Ihren Stolz und besinnen Sie sich darauf, nur das Kind zu suchen!«

Stephan strebte nach draußen. Er wusste, dass della Rovere ihm auf den Fersen bleiben würde. Nach dem Besuch in dem Club fühlte er sich so betrunken wie nach seiner verhängnisvollen Nacht im Dortmunder Hotel Drees, und er lief unsicher zum Hotel zurück. Seine Gedanken wirbelten durch den Kopf. Was wollte della Rovere wirklich? In wessen Auftrag handelte er? Hatte er oder einer der Glatzköpfe dem Wein ein Mittel zugesetzt, das ihn jetzt so schwanken ließ? Stephan konzentrierte sich darauf, denselben Weg zurückzunehmen, auf dem er hergekommen war. Sofia war ihm von Anbeginn an kälter und unwirtlicher vorgekommen als alle anderen Städte, die er bislang kannte. Jetzt fühlte er sich so verloren wie nie. Die Straßenlampen warfen mit ihren klobigen Schirmen ein diffuses silbriges Licht auf die nun ruhige Straße. In den Plattenbauten rechts und links der Straße versteckte sich das Leben still hinter vereinzelt erleuchteten Fenstern. Stephan fühlte sich wie eine Puppe, die auf einem Spielfeld weitergeschoben wurde.

Der beleibte Portier lächelte vergnügt, als er Stephan durch die Drehtür in die Hotellobby zum Lift gehen sah. »Mara Extraklasse!«, wusste er und strahlte über das ganze Gesicht.

16

Stephan rief in seinem Handy die eingescannten Unterlagen zum Fall Kubilski auf. Nicht das eigentümliche Gespräch mit della Rovere hatte den Anstoß gegeben, ausgerechnet jetzt in die Dokumente zu sehen. Auslöser war Maries versteckte Botschaft, die sie in den in der letzten Nacht geschriebenen Facebookbeitrag gesetzt und damit Stephan in gewisser Weise direkt angeschrieben hatte, ohne dass dies Pavel bemerken konnte. Durch diese Mail fühlte sich Stephan Marie so nah, wie er ihr im Moment nah sein konnte, und Stephan wollte ihr auf dem umgekehrten Wege antworten, den sie zu ihm gesucht hatte.

Nur aus diesem Grund beschäftigte sich Stephan jetzt –
dazu mitten in der Nacht – erstmals mit dem Glaubhaftigkeitsgutachten der Psychologin, die im gerichtlichen
Auftrag geprüft hatte, ob die von Emilia gegen ihren
Vater vorgebrachten Anschuldigungen auf einer Erfindung des Kindes oder auf einem tatsächlichen Erlebnis
des Kindes beruhten.

Stephan setzte sich an den schlichten aus Pressspan
gefertigten Tisch in seinem Hotelzimmer und scrollte
auf dem Handybildschirm Seite für Seite des Gutachtens herunter. Er erfuhr, dass das Gutachten auf aussagepsychologischen Methoden beruhte, die wissenschaft-
lich anerkannt und publiziert seien, las aufmerksam die
in Bezug genommenen Fundstellen[*] und erfuhr, dass
die hier verwendeten Grundlagen der aussagepsychologischen Begutachtung Eingang in die deutsche Recht-
sprechung gefunden hätten. Die Gutachterin zitierte
an dieser Stelle das Urteil des Bundesgerichtshofs vom
30.7.1999, Aktenzeichen 1 StR 618/98, in dem die Recht-
sprechung die Mindestanforderungen an Glaubhaftigkeitsgutachten festgelegt hatte.

Danach gab die Gutachterin den Gegenstand ihres
Untersuchungsauftrags wieder: Emilia habe sich gegenüber ihrer Mutter mit Bemerkungen folgender Art geäußert: »Der Papa hat mich im Pipi mit dem Fuß gerieben
und gekitzelt. Ich habe Nein gesagt, er hat nicht aufge-
hört. Ich möchte das nicht.«; »Der Papa hat mich auch
im Pipi geküsst«, »Ich liege nackig auf dem Bett abends,

---

[*] (z.B. Greuel, L., Offe, S., Fabian, P., Offe, H. & Stadler, M.A. 1998:
Glaubhaftigkeit der Zeugenaussage, Weinheim, Psychologie Verlags
Union)

weil der Papa das will. Er ist auch nackig.«; »Er hat einen großen Pipi, wie eine Gurke. Er hat mir sein Pipi gezeigt.«; »Ich muss meine Füße in seiner Unterhose vor dem Schlafen haben. Da ist es warm und manchmal nass. Er macht Pipi in die Hose.« Die Gutachterin schrieb, dass in der Folge Emilia solche oder ähnliche Äußerungen gegenüber weiteren Personen wiederholt haben sollte.

Stephan las weiter. Er las unter der Überschrift ›Hypothesen‹ den für ihn neuen Begriff der *Aussagetüchtigkeit* und vollzog die Differenzierung nach, ob es sich bei Emilias Aussage um eine *intentionale Falschaussage* gehandelt haben könnte, die entweder durch einen Dritten veranlasst oder durch suggestive Prozesse des Kindes zustande gekommen sein könnte.

Stephan arbeitete sich durch die von der Gutachterin angewandten *Methoden* und den *aussagepsychologischen Befund*, der sich seinerseits in den Befund zur *Aussagetüchtigkeit, Befund zu den Rahmenbedingungen der Aussage* und den *Befund zur Qualität der Aussage* gliederte.

Wie immer ertappte er sich dabei, nach anfänglichem genauem Lesen in das flüchtige Blättern überzugehen, um die ihm fachfremde Kleinschrittigkeit abzukürzen. Er sprang zum Ergebnis des Gutachtens:

Insgesamt ist aus aussagepsychologischer Sicht festzustellen, dass Emilia Kubilski die vorliegenden Aussagen auch ohne einen Erlebnisbezug im Hinblick auf sexuellen Missbrauch getätigt haben könnte.

Stephan legte sein Handy zur Seite. Jetzt war klar: Das Gutachten sagte gar nichts aus! Es bestätigte weder den gegen Pavel erhobenen Vorwurf, noch widerlegte es ihn. Das Strafurteil des Dortmunder Amtsgerichts war leichtfertig darüber hinweggegangen.

Er stand auf, verließ sein Zimmer und ging zu seinem Mandanten.

Pavel öffnete erst nach mehrmaligem Klopfen. Er stand in Shorts und T-Shirt an der Tür.

»Du guckst Fußball?«, fragte Stephan irritiert und sah auf den laufenden Fernseher in Pavels Zimmer. »Warum sitzt du nicht an der Skizze und ordnest unsere Bilder den einzelnen Häusern zu?«

Pavel kratzte sich am Kopf. »Weil …«

»Weil?«, hakte Stephan nach.

»Weil ich denke, dass das nichts bringt«, gestand Pavel. »Es ist eine vage Vermutung, dass Ivelina aus einem dieser Häuser gekommen oder in eines dieser Häuser gegangen ist. Mehr nicht.«

»Jede noch so vage Spur sollte für dich eine heiße Spur sein«, blaffte Stephan zurück. »Es geht um deine Tochter, aber du guckst dir lieber ein Fußballspiel zwischen irgendwelchen bulgarischen Vereinen an. Ich kann es kaum glauben! Mach bitte die Kiste aus!«

Pavel ging zögernd in sein Zimmer zurück und schaltete das Fernsehen aus.

»Ist was mit dir, Stephan?«

Stephan warf hinter sich die Tür zu. »Ich bin mir sicher, dass wir richtig liegen.«

»Wieso? Hast du etwa Kontakt zu della Rovere gehabt?« Stephan hob erstaunt die Augenbrauen.

»Das ist die einzige Erklärung für mich, warum du so angefixt bist«, sagte Pavel.

Stephan zog die Visitenkarte des Clubs aus der Hosentasche und hielt sie Pavel entgegen. Pavel blickte flüchtig darauf und grinste.

»Kenne ich, und natürlich auch Mara und Lara und Lena und wie sie alle heißen. Natürlich nur von außen. Ich war mit keinem dieser Mädchen auf irgendeinem Zimmer. Hast du dort della Rovere getroffen?«

Stephan nickte. »Der Portier unten wusste, dass ich della Rovere treffen wollte. Und im Club hatte man mich erwartet. Della Rovere scheint da eine große Nummer zu sein. Jetzt sagst du mir, dass du schon häufiger dort warst. Du musst diesen Mann doch kennen, Pavel! Machst du mir etwas vor?«

»Nein!«, erwiderte Pavel erschrocken. »Ich habe diesen Mann gestern das erste Mal gesehen. Er hatte uns doch gesagt, dass er uns gefolgt ist. Und ich habe ihn ja in der Tat auf unserem Weg hierher mehrfach gesehen.«

»Als wenn das von Bedeutung wäre! Hast du dir einmal überlegt, wie leicht es ist, sich als della Rovere zu verkleiden? Nichts ist leichter als sich mit dieser Haarmähne und einem Vollbart zu maskieren.«

»Du hast recht, Stephan! Aber wenn ich jemals della Rovere begegnet sein sollte, dann sah er gänzlich anders aus. Vielleicht sind es auch mehrere Personen, die diese Figur spielen. Woher soll ich das wissen? Wir wissen doch beide, dass dieser Typ in Wirklichkeit nicht so aussieht und niemals della Rovere heißt. Warum regst du dich so auf?«

»Du legst eine Ruhe an den Tag, die mich wahnsinnig macht.«

Pavel zuckte mit den Schultern. »Der Herrgott weist uns den Weg. Du wirst daran nichts ändern.«

»Oh ja, ich bekreuzige mich gleich! Gütiger Herr, lenke mein Leben, denn ich bin zu feige, es selbst zu tun!«

»Ach Stephan!« Pavel beugte sich vor, griff in das Regal unter dem Fernsehtisch und holte eine Flasche hervor.

»Was ist das, Pavel?«

»Polnisches Bier.«

Stephan schaute auf die Flasche. »Es sieht ganz klar aus.«

»So braut man in Polen«, erklärte Pavel verschmitzt. Er ging ins Badezimmer und kam mit zwei Zahnputzbechern zurück. Wie Stephans Zimmer war das von Pavel ein Doppelzimmer, dessen Ausstattung stets auf zwei Gäste ausgerichtet war, auch wenn es nur als Einzelzimmer vermietet wurde.

Sie setzten sich auf die Bettkante. Stephan hielt seinen Becher hoch, sodass Pavel einschenken konnte. Das polnische Bier lief satt gluckernd in den Becher. Pavel füllte ihn bis unter den Rand. Dann füllte er seinen eigenen Becher, und als Pavel im Begriff war, sich neben Stephan zu setzen, fing er sich ab und schnellte zum Fernseher vor, nahm die Fernbedienung in die Hand und wählte sich durch die Kanäle, bis er auf ein Programm mit bulgarischer Volksmusik stieß.

»Es muss alles passen!«, feixte Pavel und hob seinen Becher. »Na zdrowie!«

Stephan nickte stumm. Sie stießen an. Stephan setzte den Zahnputzbecher wie ein Bierglas an und nahm einen tiefen Schluck. Doch kaum, dass das Getränk in seine Kehle floss, würgte er und spuckte es erschrocken in hohem Bogen aus.

»Was ist das?«, krähte er heiser, verschluckte sich hustend und sah, wie sich Pavel über ihn belustigte.

»Polnisches Bier ist Wodka, Stephan!« Pavel kicherte.

»Du willst mich betrunken machen!«

»Ich will mit dir einen schönen Abend haben«, gab Pavel zurück. »Du wirst nichts an den Tatsachen ändern, Stephan! Dein Streben hilft nicht weiter, glaube mir!«

»Della Rovere hat mich gewarnt, dort weiterzusuchen, wo wir heute waren, Pavel! Das heißt: Wir sind auf der richtigen Spur! Ich will, dass du das weißt, Pavel, bevor du dich mit deinem polnischen Bier selbst erlegst!«

»Glaubst du ihm wirklich?« Pavel nahm einen tiefen Zug Wodka.

»Warum sollte er mich warnen, wenn ihm nicht ernst ist? Wenn wir falsch lägen, hätte er sich nicht zeigen müssen und zufrieden abgewartet, dass wir in die Sackgasse laufen. Wir sind auf der richtigen Spur, Pavel! Merkst du das nicht?«

»Ach, Stephan!« Pavel blickte stur auf den Fernsehschirm und erhöhte mit der Fernbedienung die Lautstärke. Die Volksmusik füllte das Zimmer.

»Das Gutachten dieser Psychologin hat für dich keinen Wert«, redete Stephan lauter dagegen an. »Sie sagt, dass Emilia ihre Schilderungen über den sexuellen Missbrauch erfunden haben könnte.«

»Genau!«, nickte Pavel. »Emilia hat es erfunden.«

»Begreifst du nicht den Unterschied, Pavel?«, schrie Stephan gegen die Musik. »Das Gutachten sagt gar nichts aus. Es *könnte* sein, dass Emilia die Geschichte erfunden hat, und es *könnte* auch sein, dass sie wahr ist. Könnte, könnte, könnte«, bellte er. »Das ist das wesentliche Wort!«

»Auf welcher Seite stehst du denn?« Pavel schaute unverwandt auf den Bildschirm.

»Na, auf deiner natürlich! Aber sieh bitte doch endlich, dass du nichts in Händen hast!«

»Ich habe nichts Unrechtes getan, Stephan!« Pavel blickte weiter auf den Fernsehschirm und hob zugleich seinen Becher in Richtung Stephan. »Du kannst mich als Freund oder als Feind haben, Stephan«, sagte er gleichmütig und trank. »Trink mit mir, Stephan! Bleib bei mir! Zeige mir, dass du mein Anwalt bist!«

»Ach, Anwalt«, gab Stephan matt zurück. Er hatte seinen Becher fast ausgetrunken. »Wir fliegen morgen zurück. Es gibt hier nichts mehr für uns zu tun.«

Pavel erhob sich und kehrte mit der Wodkaflasche zurück. »In deinem Herzen sitzt ein Messer, Stephan, und deshalb willst du zurück. Sei ehrlich! Aber jenseits dessen hast du recht: Wir werden hier nicht weiterkommen. Wie oft habe ich hier schon mein Glück versucht, Stephan? Wenn es so ist, wie du vermutest, müssen wir auf unserer Spur bleiben.«

»Und Ivelina suchen, damit wir deine Tochter finden«, vollendete Stephan.

»Wer weiß«, ergab sich Pavel und nickte. »Es gibt so viele Möglichkeiten.«

»Du machst mich wahnsinnig!«

»Irgendwann wirst auch du lernen, dass man das Wenigste im Leben wirklich selbst entscheidet, Stephan! Bleib heute Nacht hier! Du quälst dich doch nur damit, ob sie dir ein Signal geschickt hat oder nicht. Du leidest, Stephan! Oder möchtest du zurück in dein Zimmer und darauf warten, dass endlich dein Handy bimmelt?

Du wirst beim Warten verrückt werden, und jedes Mal, wenn du auf dem Klo warst, wirst du aufgeregt zurückkommen und nervös gucken, ob du gerade in diesen zwei Minuten die Nachricht verpasst hast, auf die du die ganze Zeit wartest.«

»Du spinnst!«

»Ach, wirklich?« Pavel blinzelte ihn an. »Ich warte so auf ein Zeichen von Emilia, wie du auf ein Zeichen deiner Freundin wartest. Aber im Gegensatz zu dir warte ich schon Jahre. Weißt du, wie tief die Liebe sein muss, wenn man so lange wartet? Und kannst du dir vorstellen, wie sehr man auf Gott vertraut, wenn man selber nichts mehr tun kann? Weißt du, wie es ist, mit einem Bittbrief durch diese beschissene Stadt zu laufen, immer in der Hoffnung, dass irgendwann einer mal sagt: ›Ja, ich weiß, wen Sie meinen! Ich habe Ihre Tochter gesehen. Sie ist in dem Kindergarten zwei Straßen weiter.‹ Stell dir einfach vor, wie es ist, dass dir niemand die erhoffte Antwort gibt. Alle schauen dich an, weil du schon deshalb ein Sonderling bist, weil du mit diesen Suchbriefen herumrennst, auf denen ein ins Bulgarische übersetzter Text steht, der dir völlig fremd erscheint, obwohl du ihn ursprünglich selbst entworfen hast. – Mach es mir nach, Stephan: Laufe hier in Sofia durch die Straßen und bettele förmlich um dein Kind! Verteile die Suchzettel wie aufdringliche Reklamezettel und schaue in die erstaunten Gesichter der Menschen, deren Sprache du nicht einmal sprichst. Du wirst dich nie im Leben nackter gefühlt haben. Hilflos nach deinem Kind zu suchen ist demütigender als in der Fußgängerzone mit einem Pappbecher auf die wohltätige Gabe von ein paar Cent zu warten. Wenn einem das Kind genommen wird und die Suche danach scheitert, gerät man in eine Tiefe der menschlichen Existenz, die man nie für möglich gehalten hätte. Irgendwann, Stephan, versuchen deine Gedanken das eigene Kind zu verdrängen, weil es zu weh tut. Stattdessen klammert man sich an alles andere im Leben, was Ablenkung schafft.« Pavel schossen die Tränen in die Augen.

»Dann sind wir doch bei della Rovere richtig«, meinte Stephan. Er spürte, dass ihm der Wodka zu Kopf stieg, und wollte jetzt nicht mehr viel reden. Schweißperlen traten auf seine Stirn.

»Wie viel Kraft habe ich?«, fragte Pavel. »Habe ich die Kraft, der Verheißung dieses della Rovere zu glauben? Werde ich Bestandteil eines verbrecherischen Plans, wenn ich mich auf ihn einlasse? Du hast doch gemerkt, dass er keine Antwort auf die Frage gibt, was mit der Mutter passiert, wenn das Kind aus ihren Klauen befreit wird. Alle reden gern davon, dass man um das eigene Kind wie ein Löwe kämpft. Toller Satz! Und was bedeutet er? Gehe ich für mein Kind über Leichen? Hast du schon einmal für dein Kind kämpfen müssen?«

»Nein«, log Stephan, indem er verschwieg, dass er damals nicht kämpfen wollte.

»Wer in der gleichen Situation ist wie ich«, fuhr Pavel fort, »der merkt im Laufe der Zeit, dass ihn der Kampf um das Kind nicht stählt, sondern im Gegenteil zersetzt und madig macht. Jeder erwartet, dass ein Vater um sein Kind kämpft, doch wenn er es wirklich tut, gilt er in unserer Gesellschaft als Sonderling. Väter in meiner Situation stehen ziemlich auf verlorenem Posten, Ste-

146

phan. Und deshalb wirst du mir auch nicht übel nehmen können, wenn ich hier Fußball gucke. Ich habe die Schnauze voll. Vielleicht ist es feige, sich den Institutionen und dem Herrgott zu ergeben, aber letztlich haben sich die anderen Wege auch als Irrweg erwiesen. Es ist letztlich Deitmer zu verdanken, dass ich überhaupt hier sitze. Aber merke dir eines: So sehr ich darauf baue, dass die Institutionen alles regeln, so sehr scheiße ich auch auf ein System, dass hinter allen Ansprüchen zurückbleibt. Ich werde abwarten, was passiert. Und allein daraus erklärt sich auch meine Ruhe, die du fälschlich als Lethargie interpretierst. Wenn man nichts mehr zu verlieren hat, baut man auf ein System, dem man noch nie sehr vertraut hat. Doch wenn dieses System einen enttäuscht, wird man zum Terroristen.«

»Du redest«, sagte Stephan, und der Wodka machte es schon schwer, diese beiden Worte klar zu formulieren. »Morgen ohnehin zurück«, lallte er.

Pavel sah ihn milde an.

»Du gehörst ins Bett, Rechtsanwalt Knobel!«, meinte er, nahm Stephans Becher und leerte ihn selbst in einem Zug. »Du brauchst Zeit für dich«, murmelte Pavel, doch Stephan hörte ihn nicht mehr.

17

»Wir machen Spaghetti wie in unseren alten Zeiten«, freute sich Paula und schüttelte die fertigen Nudeln in das im Ausguss stehende Sieb. Marie saß am Küchentisch und schaute ihr zu.

»Das waren die Zeiten, in denen wir dachten, dass es immer so weitergehen werde. Das Leben scheint endlos, wenn man noch alles vor sich hat. Ich weiß noch genau, als wir Nächte nur durchquatscht haben …«

»… Und darüber geredet haben, wie wir uns unseren Traumkerl vorstellen«, vollendete Paula.

»Soweit ich mich erinnere, hattest du dabei nur Sex im Kopf«, lächelte Marie.

»Soweit ich mich erinnere«, gab Paula zurück, »warst du da nicht anders. Wir haben damals zum Spaß Kontaktanzeigen aufgegeben, um zu sehen, welcher Traummann sich meldet.«

»Wirklich?«, fragte Marie, als sie den Tisch deckte.

»Du warst sogar die Initiantin von uns«, meinte Paula. »Der Text ging in etwa so: *Rassige Mittzwanzigerin, Südländerin und Hochschulabsolventin sucht Mann fürs Leben und nicht nur für heißen Sex.*«

»Ach, Quatsch!«

»Doch, an die rassige Mittzwanzigerin und die Südländerin erinnere ich mich genau. Und wenn ich das so sagen darf: Auf dich passte die Beschreibung haargenau, auch wenn du keine Südländerin bist.«

»Es meldeten sich nur Idioten.«

Paula nickte und füllte Spaghetti auf.

»Ich denke, die wirklichen Männer, die dich gern kennengelernt hätten, hatten sich erst gar nicht getraut. Man muss sich nicht wundern, Sexismus zu bekommen, wenn man ihn sät.«

Paula setzte sich zu Marie an den Tisch. »Jetzt sitzen wir hier und reden über eine Zeit, die lange vorbei ist, und doch scheint es, als sei alles so wie früher. Aber inzwischen bist du sogar Mutter einer kleinen Tochter, und dein Leben ist so viele Schritte weitergegangen.«

»Deines auch«, erwiderte Marie. »Du hast diesen Weg gewählt, und wenn du ihn willst, ist er auch der richtige.«

»Ja, das ist die Frage, Marie. Als du vorhin mit deinen Eltern und dazwischen mit der Kleinen telefoniert hast, dachte ich, dass mir genau dieses fehlt.«

»Und wenn du all dieses hättest, würdest du dir manchmal wünschen, es anders zu haben«, vermutete Marie.

»Ich finde den Spruch ›Man kann nicht alles haben‹ völlig beschissen.«

»Aber er hat etwas Wahres.«

Paula drehte die Spaghetti mit der Gabel auf. »Wann kommt Stephan denn zurück?«

»Ich weiß es nicht. Aber ich werde in jedem Fall die zwei Wochen bei dir bleiben und zwischendurch zur Schule gehen und nach unserer Tochter sehen. Stephan muss seine Lektion lernen.«

»Ich würde mich sofort wieder mit ihm treffen«, gestand Paula. »Du darfst nicht spielen, sonst ist er weg.«

Marie verdrehte die Augen. »Hat dir diese Linie ein einziges Mal im Leben geholfen, Paula? Hat es dir irgendein Kerl gedankt, wenn du dich sofort wieder an ihn rangeschmissen hast?«

Paula senkte die Augen. »Ich weiß ja, dass es falsch ist, aber ich kann nicht anders.«

»Tja«, raunte Marie, »ich wollte es auch gern anders, aber es geht nicht. Es ist unsere einzige Chance. Ich bleibe hart, obwohl ich ihm sogar einiges zu seinem Fall zu sagen hätte.«

»Was denn?«

»Du erinnerst dich an die Beiträge auf Kubilskis Facebookseite?«

»Ja klar, ich habe sie alle gelesen.«

»Erinnerst du dich auch an diesen Beitrag?« Marie stand auf, ging in den Flur, nahm ihren Laptop und wollte in die Küche zurückkehren.

»Bitte nicht!«, rief Paula. »Auch wenn ich da eine Macke habe.«

»Schon gut!« Marie blieb im Türrahmen stehen. Es dauerte einen Moment, dann las sie vor: *Ein Verbrecher wie du braucht keine Fürbitte. Du hattest nur Glück, dass dir ein dicker dummer Richter geglaubt und die Mutter in den Knast geschickt hat. Am Ende wird die Mutter siegen.«*

»Ja, und?«, fragte Paula und aß weiter.

Marie stellte den Laptop auf den Flurschrank und kehrte zurück. »Es fällt beim ersten Lesen nicht auf, weil in diesen Botschaften jede Menge Gesinnungslyrik steckt. Da gehen Worte unter, die man auf den ersten Blick als Abwertung oder Beleidigung ohne Realitätsbezug versteht.«

»Der dicke dumme Richter?«, fragte Paula.

Marie nickte. »Genau! Beim flüchtigen Lesen versteht man diese Beschreibung nur als Beleidigung. Es sieht so aus, als sympathisiere diese Person mit Ivelina und schlage sich auf ihre Seite, indem sie den Richter als dummen fetten Kerl beschreibt. Aber wenn man genau nachdenkt, stellt sich die Frage, warum die Worte so gewählt worden sind. Was soll der *dicke Richter*, wenn die Worte ins Blaue hinein gewählt worden sind? Es ergibt keinen Sinn, und ich glaube, auch du würdest einen Menschen, den du abqualifizieren willst, aus dem Bauch heraus nicht als *dick* bezeichnen, wenn du mit dieser Beschreibung deiner Botschaft keinen Nachdruck verleihen kannst.«

»Also kennt der Verfasser dieser Nachricht den Richter tatsächlich«, folgerte Paula.

»Davon gehe ich aus! In den Unterlagen, die Kubilski übergeben hat, und in den Informationen, die er im Internet veröffentlicht hat, steht nichts darüber, wie der Richter des Amtsgerichts Dortmund ausgesehen hat, der Ivelina in der ersten Instanz verurteilt hat.«

»Das heißt?«, fragte Paula.

»PhilomenaVera ist Ivelina«, war sich Marie sicher. »Ich habe über den Richter recherchiert. Man findet ihn nicht in den einschlägigen Justizportalen, aber auf der Homepage des Tennisvereins Holzwickede, dessen Schatzmeister er ist. Dort gibt es ein Foto vom letzten Sommerfest, das ihn zusammen mit den anderen Vorstandsmitgliedern zeigt, als ein Bierfass angeschlagen wird. Ja, er ist eine fette Tonne, der Herr Schürmann!«

»Vielleicht ist der Urheber eine andere Person, die den Richter kennt«, meinte Paula.

»Das schließe ich aus. Der Name Philomena geht auf die heilige Philomena von Rom zurück, die als Patronin der Kinder und Kleinkinder gilt. PhilomenaVera ist ein Kunstname und bedeutet so etwas wie die wahre PhilomenaVera. Es ist mehr als wahrscheinlich, dass sich Ivelina dahinter verbirgt.«

»Das musst du Stephan sagen!«, entfuhr es Paula.

»Ich muss gar nichts!«, trotzte Marie. »Stephan vertritt Pavel Kubilski. Er ist mit ihm in Bulgarien und wird sich für ihn ins Zeug legen. Und am Ende werden wir sehen, wer recht hat: Stephan oder ich.«

»Du lässt ihn auflaufen. Das ist gemein!«

»Ich trete mit ihm in den sportlichen Wettbewerb, Paula. Du würdest sofort nachgeben und dich öffnen. Das hat dir noch nie gut getan. Hole mal bitte unseren Wein von gestern Abend!«

»Welchen? Das waren gestern Abend drei Flaschen gewesen. Drei unterschiedliche Weine.«

»So war es auch damals gewesen, Paula!«, lachte Marie. »Wir spielen doch ein Revival – und ich möchte nichts versäumen.«

»Irgendwann machen wir dann gemeinsam den Entzug«, meinte Paula.

18

Als Stephan am Mittwochnachmittag zu Hause war, kam es ihm vor, als sei er über Wochen fort gewesen. Er hatte vage gehofft, dass Marie wieder eingezogen sei, aber er wusste, dass sie sich selbst treu bleiben und zu keinem früheren Zeitpunkt heimkehren würde, als sie angekündigt hatte. Marie würde nie um eines Prinzips willen ihren Willen durchsetzen, aber er verstand, dass sie einen Abstand zwischen sie gesetzt hatte, der einen Zeitraum schaffte, den sie nutzen mussten, um wieder zueinander zu finden. Stephan war froh, dass er der Versuchung widerstanden hatte, Marie von Sofia aus anzurufen. Jetzt, als er wieder in ihrer Wohnung und in vertrauter Umgebung war, hatte sich die Sehnsucht gelegt, die allein in der Verlorenheit begründet gewesen war, die ihn in der ihm in jeder Hinsicht fremden Stadt Sofia ergriffen hatte. Die Erinnerung an diese Stadt und auch an seine Begegnung mit della Rovere waren verblasst.

Stephan sichtete die zwischenzeitlich eingegangenen Mails. Es war ein bemerkenswerter Zufall, dass in den letzten drei Stunden Nachrichten in allen Angelegenheiten eingegangen waren, die Stephan in diesen Tagen beschäftigten:

14.48 Uhr hatte Klemens Strauß geschrieben:

Hallo, Herr Knobel, es geht um den Täuschungsversuch in der zivilrechtlichen Examensklausur. Nehmen Sie bitte Rücksprache mit mir, damit wir eine gemeinsame Strategie absprechen und jeder sein Gesicht wahren kann. Ansonsten rufe ich Sie an. Dank und Gruß, Ihr Klemens Strauß

Um 15.06 Uhr war die Nachricht des Heimleiters des Seniorenheims eingegangen:

Verehrter Herr Knobel! Seien Sie mir nicht böse, aber unsere Bewohnerin Hermine Schäfer wartet dringend auf Ihre Rückantwort. Ich kenne das Anliegen von Frau Schäfer nicht, aber es scheint eilig zu sein. Verzeihen Sie mein Drängen! Herzlichen Dank!

15.48 Uhr hatte ihn die Nachricht des Leiters des Justizprüfungsamtes, van Daalen, erreicht:

Sehr geehrter Herr Rechtsanwalt Knobel, die Aufklärung der Causa Strauß macht es unabdingbar, Sie persönlich anzuhören. Ich lade Sie hiermit zu einem persönlichen Gespräch am Dienstag, 27.2.2018, 10.00 Uhr, in das Gebäude des Oberlandesgerichts Hamm, Heßlerstraße 53, Zimmer 308. Der Präsident des Oberlandesgerichts wird bei diesem Gespräch anwesend sein. Sollten Sie verhindert sein, so teilen Sie die hierfür maßgeblichen Gründe bitte vorab schriftlich mit und machen diese glaubhaft.
Hochachtungsvoll

Von 16.03 Uhr datierte die Mail des Bundesamtes für Justiz. Wie immer handelte es sich um ein eingescanntes Schreiben der Behörde vom selben Tage.

Sehr geehrter Herr Rechtsanwalt Knobel!
Die Zentrale Behörde Bulgariens hat mitgeteilt, dass in der Sache Kubilski bereits am 22.2.2018 vor dem Stadtgericht Sofia über den Rückführungsantrag verhandelt wird. Das ist überraschend schnell. Wir empfehlen, dass sich Ihr Mandant in diesem Verfahren vor Ort von einem bulgarischen Anwalt vertreten lässt, der auch der deutschen Sprache mächtig ist. Die Ladung des Sofioter Stadtgerichts wird Ihrem Mandanten auch persönlich zugehen.
Für Rückfragen stehe ich Ihnen gern zur Verfügung.
Mit freundlichen Grüßen
Im Auftrag
Winkelmann
Beglaubigt
Burlo
Tarifbeschäftigter

Daneben befand sich der Aufdruck des Dienststempels des Bundesamtes für Justiz mit der Nummer 103.

Stephan leitete die Mail an Pavel Kubilski weiter. Während des Rückfluges hatten beide kaum miteinander gesprochen, doch nachdem Kubilski die von Stephan weitergeleitete Mail des Bundesamtes für Justiz erhalten hatte, meldete er sich binnen einer Stunde und war euphorisch.

»Siehst du, Stephan«, rief er, »es funktioniert. Teile bitte dem Bundesamt für Justiz mit, dass ich pünktlich vor Ort sein werde. Ich habe auch schon im Internet einen bulgarischen Anwalt gefunden, der die deutsche Sprache beherrscht. Wir haben miteinander gemailt. Er übernimmt den Fall und meldet sich bei dir. Er heißt Dragomir Aleksev. – Hast du die Scheidung gegen Ivelina eingereicht?«

Stephan gab vor, den Scheidungsantrag gerade fertiggestellt zu haben, doch er machte sich erst daran, als das Telefonat mit Pavel beendet war. Er gab in dem Antrag Ivelinas Dortmunder Adresse an und trug die unstreitige Tatsache vor, dass die Ehe zwischen Ivelina und Pavel zerrüttet war. Schließlich beantragte er, dass seinem Mandanten Pavel Kubilski endgültig das alleinige Sorgerecht für Emilia übertragen werden solle, und Stephan schöpfte zur Begründung dieses Antrages aus dem Vollen: Wahrheitsgemäß legte er die Entführung des Kindes durch die Mutter nach Bulgarien vor und schilderte unter Beifügung von Kopien der entsprechenden gerichtlichen Entscheidungen die rechtskräftige strafrechtliche Verurteilung der Kindesmutter als Kindesentführerin. Deutlicher und begründeter, so fand er, konnte nicht argumentiert werden, dass das Kind dem Vater zuzusprechen sei.

Stephan sicherte zu, beglaubigte Abschriften der Heiratsurkunde und der Geburtsurkunde des Kindes nachreichen zu wollen, auf die das Gericht wie bei allen Scheidungsfällen aus formalen Gründen Wert legte. Danach fertigte er die Scheidungsantragsschrift aus und gab sie zur Post. Pavel leitete er die Antragsschrift per Mail weiter und bat ihn, noch die beiden Urkunden beizubringen.

Wieder vergingen nur wenige Minuten, bis sich Pavel bei ihm meldete:

»Super, Stephan!«, rief er freudig. »Jetzt ist alles auf dem richtigen Weg! Vergiss diesen della Rovere!«

19

Stephan fuhr ins Altersheim. Er hatte seinen schwarzen Anzug angezogen und entgegen seiner Gewohnheit auch eine Krawatte umgebunden. Die Notizen, die er bei seinem ersten Besuch bei Hermine Schäfer angefertigt hatte, waren sorgfältig in seinem Aktenkoffer verstaut. Er fühlte sich fremd in seiner Kleidung, als er in das Zimmer von Hermine Schäfer trat, die ihn wieder in ihrem Lodenkostüm empfing und gütig lächelte, als er sich zu ihr setzte.

»Heute sind Sie ja ein ganz anderer Mensch«, stellte sie zufrieden fest.

Stephan räusperte sich.

»Ein richtiger Anwalt«, fügte sie hinzu. »Haben Sie sich zwischenzeitlich schon Gedanken über die Sache gemacht?«

»Offen gestanden: nein«, antwortete er, peinlich davon berührt, welch desaströsen Eindruck er bei seinem letzten Besuch bei Hermine Schäfer hinterlassen haben musste. Er strich sich verlegen durch die Haare.

»Ich war allerdings drei Tage dienstlich in Bulgarien«, entschuldigte er sich. »Aber ich werde mich jetzt bevorzugt Ihrer Sache widmen. Der Heimleiter teilte mir mit, dass es eilig sei.«

Hermine Schäfer grinste vergnügt.

»Eilig? Ja, in meinem Alter scheint alles eilig zu sein. Die Zeit läuft ab. Aber …«, sie hob schmunzelnd den

Zeigefinger, »ich habe noch lange nicht vor, die Segel zu streichen. Darf ich fragen, ob Sie mein Anliegen bei unserem letzten Treffen vollständig aufgenommen haben?«, fragte sie nachsichtig.

»Sie haben eine Tochter, mit der Sie nichts mehr zu tun haben wollen«, wiederholte er die wesentliche Botschaft, über die hinaus nur einige Fragmente präsent geblieben waren.

»Richtig«, antwortete Frau Schäfer, »es geht um meine 73-jährige Tochter.«

»73«, wiederholte Stephan. Er konnte sich nicht an diese Zahl erinnern.

»Unsere Adoptivtochter«, erklärte Frau Schäfer. »Mein Mann und ich bekamen keine eigenen Kinder. Grete kam als Vollwaise zu uns, als mein Mann seinen ersten Betrieb gegründet hatte. Da war Grete schon 16. Sie machte eine Lehre bei uns. Mein Mann und ich hatten Grete ins Herz geschlossen und einige Jahre später adoptiert. Wir waren recht wohlhabend, und mein Mann war zwischenzeitlich Geschäftsführer seines überaus erfolgreichen Unternehmens geworden. Hermann, also mein Mann, starb vor acht Jahren. Er hatte kein Testament gemacht. Also hätten Grete und ich zu gleichen Teilen geerbt. Aber Grete machte nichts geltend. Also habe ich das ganze Vermögen von Hermann behalten. Ich möchte aber nicht, dass sie nach meinem Tod etwas von mir erbt.«

»Warum soll Grete nichts mehr bekommen?«, fragte er.

»Der Kontakt zu ihr ist abgerissen. Sie juckelt seit vier Jahren mit einem Lebensgefährten über die Weltmeere, aber um mich kümmert sie sich überhaupt nicht mehr. Wozu soll sie dann noch so viel erben?«

»Enterben Sie Grete durch ein Testament«, schlug Stephan vor. »Damit steht ihr nur noch der Pflichtteil zu. So nehmen Sie ihr einen großen Teil der Erbschaft, nämlich die Hälfte.«

»Der Pflichtteil wäre noch immer ein Vermögen«, sagte Frau Schäfer. »Sie sagen es ja selbst: Das ist immer noch die Hälfte!«

»Hmh …«

»Ja, so machten Sie auch schon beim letzten Mal«, bemerkte Frau Schäfer gütig. »Ich denke eher an eine kreative Lösung.«

Stephan hob die Augenbrauen. »Ich weiß keine.«

»Ich brauche Sie nicht als Anwalt, ich brauche Sie als Mann. Ich glaube, Sie standen dieser Idee in unserem letzten Gespräch nicht mit der erforderlichen Offenheit gegenüber. Wenn Sie mein Ehemann sind, setze ich Sie als Alleinerben ein. Damit wird Gretes Pflichtteil bedeutend kleiner. Verstehen Sie? Ich brauche einen weiteren gesetzlichen Erben, der Gretes Pflichtteil minimiert. Ich finde das eine charmante Lösung.« Sie lächelte. »Der Gedanke kam mir bei einem Vortrag von Herrn Notar Dr. Goddelmann. Er hält hier alljährlich ein Referat zu dem Thema *Klug vererben – beruhigt sterben.*«

»Wie bitte?«

»Heiraten Sie mich, Herr Knobel! Werden Sie mein Mann. Ich mache Ihnen einen Heiratsantrag!«

»Nein!«, entfuhr es Stephan.

»Sie brauchen keine Angst zu haben«, beruhigte Frau Schäfer. »Nach meinem Tod erben Sie eine gewaltige

Summe, und Grete wird auf schmalere Spur gesetzt. Sie gehen keine Verpflichtungen ein. Es gibt zwischen uns auch keinen Sex oder so.«

»Keinen Sex oder so«, hauchte Stephan.

»Wir heiraten hier im Heim. Der Standesbeamte käme hierher. Ich habe das geklärt. Ansonsten erfährt niemand etwas von unserer Heirat. Nur das Finanzamt natürlich. Aber es müsste nicht einmal Ihre Freundin erfahren.«

»Woher wissen Sie …?«

»Sie erwähnten sie beim letzten Mal. Ihre Augen wurden dabei ganz feucht.« Frau Schäfer blinzelte durch ihre Brille. »Sie werden jetzt mein Ehemann und in ein paar Jährchen mein Witwer. Das werden Sie nicht bereuen. Sie können dann immer noch Ihre Freundin heiraten. Und Sie bringen dann ein sattes finanzielles Polster in die Ehe ein.«

»Im Leben nicht!«, rief Stephan.

»Im Leben passieren manchmal Dinge, die man nicht einmal im Traum für möglich hält«, erwiderte Hermine Schäfer unbeirrt. »Zu diesen Dingen gehört, dass mein verstorbener Ehemann sich in seinen späten Jahren mit einem Anwalt angefreundet hatte. Der Kontakt war auf einer Urlaubsreise entstanden. Ich hatte Ihnen erzählt, dass mein Mann beziehungsweise sein Unternehmen bis dahin anwaltlich von Dr. Hübenthal & Partner vertreten wurde, bevor er zu dem anderen Anwalt, seinem neuen Freund, wechselte.«

Stephan nickte.

»Dieser neue Freund meines Mannes war Ihr früherer Schwiegervater, Herr Knobel. Und wie Sie wissen, hatte Ihr früherer Schwiegervater damals alle Hebel in Bewegung gesetzt, dass Ihnen das Sorgerecht für Ihre Tochter Malin aus der ersten Ehe genommen wurde. Es gab schriftliche Bekundungen von Freunden und Bekannten, die alle in die Richtung gingen, dass Sie ein schlechter Vater seien und sogar das Kind misshandelt hätten. Sie haben damals nicht für Ihre Tochter gekämpft, weil Sie keine Chance für sich sahen. Und tatsächlich hätten Sie wohl keine gehabt. Mein Mann hat damals mitgemacht und sich dafür später sehr geschämt. Er hatte Ihrem früheren Schwiegervater lange Zeit geglaubt und darauf vertraut, dass die schriftlichen Bestätigungen über vermeintliche Vorfälle nur das bekunden sollten, was tatsächlich passiert, aber nicht beweisbar war. Ihr Schwiegervater hat sich dafür erkenntlich gezeigt, indem er meinen Mann in Rechtsangelegenheiten kostenlos beriet. Irgendwann schwante meinem Mann, dass die gegen Sie gesammelten Vorfälle nicht der Wahrheit entsprachen. Es taten sich Widersprüche auf. Er hat sich von seinem Freund losgesagt und noch vor seinem Tod alles aufgeschrieben und auch einige Dokumente gesammelt. Das sind Schriftstücke, die Ihnen helfen können, Herr Knobel! Ich kannte die Sache schon aus den Erzählungen meines Mannes, aber ich habe zu seinen Lebzeiten dazu geschwiegen. Erst als ich jetzt erfuhr, dass die Heimleitung mit Ihnen zusammenarbeitet, kam mir der Name Knobel wieder ins Bewusstsein. Ich biete Ihnen also viel: Eine Ehe, die Sie nach meinem Tod reich macht, und Beweismittel für die unlauteren Machenschaften Ihres Schwiegervaters. Die Dokumente bieten eine Chance, an Ihre Tochter zu kommen. Gleichzeitig schließe ich Grete so weit aus meinem Nachlass aus, dass ich es noch

ertragen kann. Mein Mann – Gott habe ihn selig – hätte
dies eine Win-Win-Situation genannt.«

Frau Schäfer lehnte sich zurück und betrachtete Stephan.

»Werden Sie mein Mann, Herr Knobel! Ich halte um
Ihre Hand an!«

Stephan schossen Tränen in die Augen. Er stand
schwankend auf und raffte seine Sachen zusammen.

»Ich hätte nicht gedacht, mit 87 Jahren noch so auf
einen Mann zu wirken«, scherzte sie. »Sie melden
sich bitte in den nächsten Tagen bei mir, Herr Knobel.
Schließlich müssen wir die Formalitäten regeln. Ein Aufgebot ist heutzutage nicht mehr nötig. Trauzeugen habe
ich auch schon besorgt: Karl Jasper aus Zimmer 208 und
Josefine Schlieper aus Zimmer 412. Er ist 93 und sie 89.«

Frau Schäfer lachte. Es war ein helles jugendliches
Lachen, das Stephan noch bis in den Flur verfolgte, nachdem er die Tür zu Hermine Schäfers Zimmer von außen
geschlossen hatte.

Draußen blickte er auf sein Handy. Rechtsanwalt Dragomir Aleksev aus Sofia hatte ihm eine Mail geschrieben:

*Lieben Anwalt Knobel! Freude für mich ist, Ihren werten Kubilski in Rechtssache zu gefallen. Bitte machen
Rechnung auf Konto mein Advokaturbüro in Sofia mich
5.000 Euro in eiligem Schuss. Ganz in Ihnen, Kollege
Anwalt Dragomir Aleksev*

Darunter befand sich die bulgarische Bankverbindung,
auf die Pavel das Geld überweisen sollte. Stephan leitete
die Mail an Pavel weiter.

162

20

Als Stephan zu Hause angekommen war, wirbelten seine Gedanken durcheinander. Er durchlebte das Gespräch mit Hermine Schäfer ein zweites Mal, und ihm wurde heiß und kalt dabei. Seine Erinnerungen zerrten die üblen Verleumdungen hervor, die seine frühere Ehefrau Lisa im Sorgerechtsverfahren vorgetragen und gegen die er sich schließlich nicht gewehrt hatte, weil er nicht gewusst hatte, wie er sie hätte entkräften können. In solchen Verfahren galt nicht die im Strafrecht übliche Unschuldsvermutung. Stephan hatte den damaligen umfangreichen Schriftverkehr in drei Ordnern abgeheftet, diese im Wortsinne geschlossen und sie in einem hinteren Winkel des Kellers verstaut. Marie hatte nie nachvollziehen können, dass er dem von seinem Schwiegervater ersonnenen Lügengespinst nichts entgegenzusetzen wusste, weil das Bild, was er für seine Tochter Lisa von Stephan Knobel in dem Verfahren gezeichnet hatte, so facettenreich und dennoch schlüssig gezeichnet war, dass Stephan, für sich allein kämpfend, es nicht zu zerstören vermochte. Die im Keller verstaubenden Ordner bargen einen Blick in die Vergangenheit, in der Malin versteckt war. Die Ordner ruhten im Keller, weil sie ein Schlüssel sein konnten, wenn Stephan irgendwann die Tür in die Vergangenheit aufsperren konnte und wollte. Mit Hermine Schäfer öffnete sich diese Tür unverhofft einen Spalt weit, aber er konnte nicht ermessen, ob sich in dem vom verstorbenen Mann der Hermine Schäfer niedergelegten Wissen wirklich die Bombe versteckte, deren Zündung das von Lisa und ihrem Vater errichtete Bollwerk einreißen könnte. Allein aus dem, was Frau Schäfer sagte, musste er schließen, dass sie die Wahrheit sagte. Sie hatte von Details Kenntnis, die sie aus keiner anderen Quelle hätte beziehen können. Stephan machte das Angebot von Hermine Schäfer Angst, und mehr als die Umsetzung des vielleicht unmoralisch wirkenden Ansinnens der Seniorin fürchtete er, dass er tatsächlich über die versprochenen Beweise einen Weg zu Malin finden könnte, den zu gehen es einer Kraft bedurfte, die er noch lange nicht gefunden hatte.

Er harrte in der Dämmerung in ihrer dunklen Wohnung aus, doch Marie rief nicht an. Stephan erhielt nur eine Mail von Pavel Kubilski, der ihm den Nachweis übermittelte, die Honorarforderung des Anwaltes Dragomir Aleksev prompt per Blitzüberweisung ausgeglichen zu haben, nachdem ihm zwei Arbeitskollegen Geld geliehen hatten. Die Nachricht schloss mit Pavels Bitte, dass Stephan in Pavels Chat blicken solle.

Stephan stand danach jetzt nicht der Sinn und noch weniger nach Klemens Strauß, der Stephan mit dem angekündigten Telefonanruf belästigte.

»Ich melde mich, weil Sie mich nicht anrufen«, erwiderte er stoisch auf Stephans Wutanfall. »Wir haben beide ein veritables Interesse, die Kuh vom Eis zu kriegen, Herr Knobel.«

»Sie sind ein riesengroßes Arschloch, Herr Strauß!«, schrie Stephan.

»Wir hatten verabredet, dass Sie auf dem Klo in der Nähe des Prüfungssaales auf mich warten und mir die Normenkette nennen, die für die Klausurlösung erforderlich ist«, schnorrte Strauß. »Es war die Klausur, deren Aufgabentext ich Ihnen einige Minuten zuvor auf dem Klo flüsternd vorgetragen habe, als ich das erste Mal auf Toilette war.«

»Sie wissen, dass das alles erlogen ist, Strauß. Dies nur zur Klarstellung und für den Fall, dass Sie diesen Blödsinn gerade aufzeichnen. Sie sind ein hemdsärmeliger Lügner und ein miserabler Jurist, und ich denke mit Grausen an die Zeit zurück, als Sie mich bei den zum Glück wenigen Malen in meiner Kanzlei mit Ihrer Anwesenheit gequält haben. Alles, was Sie an Arbeiten abgeliefert haben, war geistiger Schrott!«

»Sie haben mir ein gutes Zeugnis erstellt«, setzte Strauß ruhig dagegen.

»Wer lesen kann, der lese«, blaffte Stephan zurück. »Mindestens dreimal habe ich geschrieben: *Strauß hat sich bemüht*. Besser wäre gewesen: ... *hat sich bemüht, sich zu bemühen* ... Wo nichts ist, da ist nichts.«

»Sie beleidigen mich. Dabei ist Ihre Lage in der Täuschungssache nicht rosig. Das Handy, über das alles lief, war ein Prepaidhandy. Kein Nachweis, wem es gehörte und kein Nachweis, woher die Nachricht kam. Es wird nichts zu beweisen sein – außer Ihrer Anwesenheit auf der Toilette mit einer Alibi-Akte.«

»Was wollen Sie, Strauß?«

»Auch Sie werden die Einladung zum Gespräch in Hamm erhalten haben«, sagte Strauß. »Es geht darum, was ich dort sagen werde.«

»Das heißt?«

»Für mich ist dieser Examensversuch gelaufen, da gibt es nichts zu diskutieren, Herr Knobel. Es geht allein um Ihren Beitrag in der Geschichte. Entweder ich bestätige Ihre Version, und dann sind Sie rehabilitiert. Oder ich stelle die Sache so dar, wie ich sie gerade geschildert habe. Sie wissen doch, dass Schmechler ohnehin von dieser Version überzeugt ist. Und dann dürften Sie beruflich erledigt sein. Ein Anwalt, der sich auf einem Lokus versteckt, um einem Kandidaten bei der Täuschung zu helfen, ist kein redlicher Vertreter seines Berufsstandes.«

»Diese Worte aus Ihrem Munde zu hören ist die größte Offenbarung!«

»Ich werde das Examen wiederholen müssen«, fuhr Strauß fort. »Und ich werde es bestehen müssen, sonst bin ich endgültig durchgefallen. Aber wenn ich den zweiten und letzten Versuch bestehe, dann werde ich Anwalt – und zwar in Ihrer Kanzlei. Das ist mein Deal mit Ihnen: Ich halte die Klappe, und Sie stellen mich danach ein. Wir schließen schon jetzt einen Anstellungsvertrag – unter der aufschiebenden Bedingung, dass ich das Examen bestehe.«

»Dass Sie überhaupt solche juristischen Fachbegriffe kennen!«, staunte Stephan. »Man könnte glatt meinen, Sie hätten eine Anfängervorlesung im Bürgerlichen Recht gehört!«

»Sie haben es in der Hand, Herr Knobel! Ich erwarte Ihre Antwort bis 20 Uhr am Vorabend des Gesprächs beim Oberlandesgericht. Nochmals: Sie rufen an! Denn Sie wollen etwas von mir!«

Stephan drückte das Gespräch weg und blickte eine Zeit lang wie betäubt auf sein Handy. Er erinnerte sich, als sich Klemens Strauß vor vielen Monaten bei ihm vorgestellt hatte. Strauß war nett und ein wenig unbeholfen gewesen und hatte sich als ein Referendar vorgestellt, der nur irgendeine Ausbildungsstelle suchte, die ihn nicht zu sehr forderte. Im Klartext bedeutete dies, dass Klemens Strauß nur die sogenannten Pflichtarbeiten absolvieren und im Übrigen in Ruhe gelassen werden wollte. Auf diesem Konsens beruhten viele Referendarausbildungsstellen auf dem Weg zum Zweiten Juristischen Staatsexamen. Klemens Strauß hatte auf Stephan scheu und blass gewirkt. Dass er überhaupt zu einer raffiniert inszenierten Täuschung in der Lage war, hätte sich Stephan nicht vorstellen können.

Hermine Schäfers Heiratsantrag, der mögliche Zugriff auf Beweise über das von seiner früheren Frau und deren Vater gegen ihn geschmiedete Komplott und zuletzt das Telefonat mit Strauß überstiegen Stephans Kraft. Doch er widerstand und unterließ den Anruf bei Marie, die er brauchte wie nie zuvor. Er rang nach Luft, als er aufstand und aus dem Kühlschrank die letzte Flasche Weißwein nahm. Auf dem Weg zum Sofa machte er alle Lichter im Wohnzimmer an und legte sich heftig atmend hin. Das freundliche Licht entließ ihn in einen fiebrigen Schlaf, in dem ihn ein Albtraum plagte: Stephan lief vor Hermine Schäfer davon, rannte von Raum zu Raum und schlug jede Tür hinter sich zu. Aber kaum, dass er die Tür zum nächsten Raum erreichte, hörte er Hermine Schäfers Lachen hinter sich und das Knarzen der sich senkenden Klinke der Tür, die er gerade zugeschlagen hatte. Dann wachte er schweißgebadet auf.

21

»Nicht schon wieder Nudeln, Paula!« Marie verdrehte überdrüssig die Augen. »Wie schön wäre es doch, wenn dein Gesundheitstrip nicht beim Strahlenschutz aufhören würde!«

Paula schaute mit gespielter Traurigkeit auf die von ihr geöffnete Verpackung. »Es sind Tortellini, Marie. Die hatten wir noch nicht!«

»Du solltest deinen nächsten Liebhaber direkt auf dem Campus suchen und beim ersten Date Nudeln oder eine Tiefkühlpizza servieren. Ich kann mir nichts Romantischeres vorstellen.«

»Die Reihenfolge ist wichtig«, belehrte Paula. »Zuerst kommt der bombastisch gute Sex. Und danach hast du einfach nur Hunger! Tierisch großen Hunger! Und dann sind diese Sachen genau richtig. Es ist doch völlig krank, mit einem gedehnten Abendessen anzufangen. Scheiß was auf Amuse Geule, mich amüsiert was anderes. So ein gestelztes Essen kostet unnötig viel Geld, und jeder denkt doch sowieso die ganze Zeit nur an das Eine.«

»Ich glaube, du kannst kaum noch an das Andere denken«, meinte Marie.

»Stimmt!«, gestand Paula. »Um ehrlich zu sein: Seit Carlos gar nicht mehr.«

»Wäre es nicht das Beste, wenn du mit Carlos nur

eine Sexbeziehung führst und auf das ganze Drumherum verzichtest?«

»Du weißt genau, dass ich spiele. In Wirklichkeit suche ich so was wie du, Marie.«

»Mein *So was* meldet sich nicht«, meinte Marie und griff zur Rotweinflasche. »Oh, ein Merlot«, staunte sie. »Ist egal. Ich kaufe immer Pullen um vier bis fünf Euro. Weine mit dem Preis schädeln nicht und machen kein schlechtes Gewissen, wenn man die Pulle leerzischt.«

»Es geht dir nicht gut, Paula.«

Paula zuckte mit den Schultern. »Bis jetzt saß ich am Ende immer allein da. Dann habe ich mir einen gezogen und geschmollt. Und dein Stephan sitzt jetzt wahrscheinlich irgendwo und säuft sich einen, weil du nicht anrufst. Und du sitzt hier und trinkst dir einen, weil er nicht anruft. Die Mechanismen sind primitiv. Irgendwann sind wir alle Vollalkoholiker und ertränken unsere Einsamkeit in Weingläsern. – Verdammt noch mal: Wann tust du endlich den ersten Schritt, meine stolze Marie Schwarz? Damit ihr endlich anfangen könnt, euer Luxusproblem zu lösen! Ihr müsst euch beide einen Tritt in den Arsch geben, dann läuft es wieder!«

»Welchen Schritt?«, fragte Marie gespielt unbedarft.

»Geh endlich auf ihn zu! Du bist eine so hübsche Frau, dass dir die Kerle hinterherlaufen. Ich könnte neidisch auf deine Figur werden!« Paula warf ihre Arme hoch. »Nein, Stopp!«, rief sie. »Ich bin es! Ja, ich bin auf deine geile Figur neidisch, Marie. Du bist Mitte 30 und so knackig, dass mir die Augen aufgehen. Aber selbst die geilste Figur macht das Herz nicht satt.«

»Also Nudeln«, schloss Marie.

»Jetzt bist du albern, und das zeigt mir, dass ich recht habe. Wie kann man nur so stolz sein?«

»Du meinst, ich soll mal wieder das Orakel befragen?« Paula sah sie fragend an.

»Ich meine: Nachschauen, ob er mir geschrieben hat oder über sein Medium mit mir kommuniziert?«

»Kubilski?«, fragte Paula.

Marie nickte. »Darf ich ausnahmsweise …?«

Paula lächelte. »Ja, du darfst ausnahmsweise deinen Laptop hier aufstellen. Ich habe ja auch mein Handy bei mir – allerdings ausgeschaltet.«

Marie sprang auf und salutierte im Scherz. Sie lief in den Flur und kam mit dem Laptop zurück. Dann glitten ihre Finger über die Tastatur.

»Da hat jemand Sehnsucht«, stellte Paula zufrieden fest und schlürfte ihren Wein.

Marie checkte ihre Maileingänge.

»Scheißkerl«, kam es ihr über die Lippen. »Nichts von ihm.«

»Wie sehr du ihn doch liebst«, säuselte Paula.

Marie blickte nicht auf. Sie war schon auf Kubilskis Facebookseite.

»Ich sehe das Licht am Ende des Tunnels«, las sie Kubilskis Beitrag vor. »Auf Initiative des Bundesamtes für Justiz kommt es schon am 22.2.2018 zur Verhandlung vor dem Sofioter Stadtgericht. Danach werde ich Emilia wieder bei mir haben. Ich kann es kaum noch erwarten, sie wieder bei mir zu haben! Ein schönes Gefühl, nicht allein zu sein! Dank an meinen Anwalt Stephan Knobel, der dieses Verfahren in Gang gebracht hat. In Sofia hilft mir ein bulgarischer Anwalt. Ich schaffe auch diesen letzten Schritt. Gott sei mit euch allen, die Anteil nehmen. Ich werde weiter berichten. Euer Pavel.«

Marie blickte auf. »Was hältst du davon?«

»Polnisches Euphoriegegacker«, fand Paula.

»Er ist sich seiner Sache sicher«, sagte Marie. »Wie es aussieht, wird Kubilski allein zur Verhandlung nach Sofia fahren. Stephan scheint seinen Part erfüllt zu haben.«

»Irgendwas von PhilomenaVera?«, fragte Paula.

Marie durchsuchte die Beiträge und schüttelte den Kopf. »Jede Menge substanzloser Zuspruch von Usern, aber nichts von ihr.«

»Wir sollten zu ihr in Kontakt treten«, schlug Paula vor.

»Wie stellst du dir das vor?«

»Ich denke an eine Mutter, die ihr Kind vor dem sexuellen Missbrauch durch den Kindesvater schützen musste. Eine Verbindung von Opfer zu Opfer sozusagen«, meinte Paula.

Marie verzog skeptisch die Mundwinkel.

»Wir müssen es vorsichtig angehen. Wir spielen eine Mutter, die sich zaghaft aus der Deckung wagt und PhilomenaVera Respekt zollt. Wir dürfen das nicht plakativ angehen.«

Marie schüttelte den Kopf.

»Was ist an meinem Vorschlag falsch?«, fragte Paula.

»Nichts. Ich habe nur noch mal geschaut, ob er nicht doch geschrieben hat.«

»Er …« Paula wiederholte gedehnt das Wort. »Du singst es fast: Er … Sie lehnte sich zurück, dachte eine

Weile nach, schaltete ihr Handy ein, überlegte wieder, und dann sinnierte sie:

»Habe deinen Beitrag auf Kubilskis Facebookseite gelesen. Ich bewundere dich, denn ich stecke in einer ähnlichen Situation. Meine Tochter ist etwa im gleichen Alter wie Emilia. Vom Kindesvater bin ich seit einem Jahr getrennt. Er hat sich an unserer Tochter herangemacht und sie beim Baden unsittlich berührt. Eine Mutter fühlt, dass das Kind die Wahrheit sagt, wenn es von Vorkommnissen berichtet, die das Kind beschämen. Denn das Kind weiß intuitiv, dass Papa etwas Falsches gemacht hat. Kinder in diesem unschuldigen Alter können, was diese Dinge betrifft, nur die Wahrheit sagen, weil ihnen die Fantasie fehlt, so etwas zu erfinden. Richter und Staatsanwälte begreifen das nicht. Sie beschäftigen sich lieber mit fragwürdigen Glaubhaftigkeitsgutachten. Das sind sinnlose Zeugnisse einer hilflosen Justiz, die verlernt hat, auf die Seele der missbrauchten Kinder und den gesunden Menschenverstand zu hören. Im Fall meiner Tochter stand in dem albernen Gutachten, dass das Kind sowohl die Wahrheit gesagt als auch alles erfunden haben könnte. Schämen sich diese Gutachter nicht? Sie nehmen Geld für eine Untersuchung, die nach objektiven Kriterien nur zu einem solchen Ergebnis kommen kann. Aber sie hinterfragen nie, wie ein Kind eine solche Geschichte erfunden haben soll, wenn es bisher keinerlei sexuelle Erfahrungen gemacht hat. Sie, liebe PhilomenaVera, haben alles auf eine Karte gesetzt und sind durch die Hölle gegangen. Sie sind für Ihr Kind sogar ins Gefängnis gegangen, weil Sie es vor ihrem Vater beschützen mussten. Es war mir von Anfang an klar, dass Sie Emilias Mutter sein müssen. Natürlich heißen Sie im wirklichen Leben nicht PhilomenaVera. Sie haben diesen Namen als Synonym gewählt, und mit seiner Bedeutung passt er ja bestens zu Ihnen. Ich bin damals – nach dem Missbrauch meines Kindes – untergetaucht und habe mit nicht ganz legalen Mitteln eine neue Identität angenommen. Meine Tochter war noch klein genug, um ihre Erinnerungen an ihr bisheriges junges Leben weitgehend zu löschen. Heute fragt sie nicht mehr nach ihrem Vater. Es gibt nur dünne Erinnerungen an einen ›Mann‹, und es wird irgendwann meine Aufgabe sein, meiner Tochter von einer düsteren Vergangenheit und dem Mann zu berichten, der ihr Erzeuger ist. Wie groß ist doch die Kluft zwischen ›Erzeuger‹ und ›Vater‹! Wie gern würde ich wissen, wie Sie damit umgehen werden! Irgendwann werden unsere Kinder Fragen stellen, und ich weiß nicht, welche Antworten ich geben soll. Als ich damals mit meiner Tochter geflüchtet war und eine neue Identität angenommen hatte, dachte ich, alle Probleme gelöst zu haben. Heute weiß ich, dass ich die Probleme lediglich vertagt habe. Ich habe nichts erreicht, außer meine Tochter bis jetzt vor einem Tier versteckt zu haben, dass sich Vater nennt und dass es – ich weiß es – eines Tages kennenlernen will. Sie sind so viel stärker als ich, liebe PhilomenaVera! Was raten Sie mir?«

Paula schnalzte mit der Zunge. »Nun, wie war ich?«

Marie blickte Paula eine Weile regungslos an.

»Genial!«, sagte sie dann. »Ich würde das genauso unter Blackmarie abschicken. Du solltest Autorin werden, Paula! Ich kann nur hoffen, dass du den Wortlaut so noch einmal wiedergeben kannst. Da war alles drin, um PhilomenaVera zu locken!«

»Wie gut«, frohlockte Paula und hielt ihr Handy hoch, »dass ich alles aufgenommen habe.«

»Oh!«, staunte Marie.

»Mache ich häufiger«, verriet Paula. »Ich diktiere auf diese Weise manchmal Briefe an Carlos«, grinste sie und zwinkerte mit den Augen. »Und dann übertrage ich sie in den PC und schicke sie ab – oder eben auch nicht. Also meistens entschärfe ich nur etwas die intimen Stellen.«

»Schade!«, erwiderte Marie und beantwortete Paulas fragenden Blick. »Ich meine nur, diese Reduzierung nimmt deinen Botschaften ihre Tiefe und Authentizität.«

»Ich glaube, du nimmst mich nicht ernst!«

»Du solltest deine Spritzigkeit bewahren«, gab Marie nüchtern zurück, »oder deine Trockenheit, je nachdem wie man es sieht. Ich jedenfalls hätte diese Mail an PhilomenaVera nicht aus dem Stegreif heraus schreiben können. Das sind genau die richtigen Worte. Auch mit solchen Dingen kann man Geld machen. Es ist besser als Schule! Mach doch ein Portal mit diesem Thema auf und verdiene damit dein Geld! Los! Spiel die Aufnahme ab! Ich schreibe PhilomenaVera, was du dir ausgedacht hast! Bereit zum Diktat!« meldete Marie.

Sie legte die Tastatur auf dem Tisch bereit.

»Habe deinen Beitrag auf Kubilkis Facebookseite gelesen …«, fing es an. Marie übernahm Satz für Satz. Die letzten Sätze fielen Marie schwer. Paula hatte die zweite Flasche Merlot geöffnet.

»Es fließt«, wiederholte Paula, als Marie die gesprochenen Worte getreu der Vorlage eingegeben und wiederholt hatte. Irgendwann nach 22 Uhr schickte Marie die Nachricht per Messenger an PhilomenaVera ab.

22

Gegen 10.30 Uhr am folgenden Morgen rief della Rovere Stephan mit unterdrückter Nummer an.

»Werden Sie Kubilski zur Verhandlung vor dem Sofioter Stadtgericht begleiten oder ist dort nur dieser bulgarische Kollege anwesend?«, fragte er und bemühte sich wieder um einen italienischen Akzent, was sich Stephan damit erklärte, dass er seine Stimme für den Fall verfremdet wissen wollte, dass Stephan das Gespräch aufnahm. Della Rovere gab mit knappen Worten wieder, was Kubilski in seinem Chat veröffentlicht hatte.

»Es liest sich, als wollte er den Rest des Weges ohne Sie gehen«, schloss er.

»Ich habe mit Kubilski noch nicht darüber gesprochen«, antwortete Stephan. »Eigentlich braucht er mich in Sofia nicht. Ich wüsste nicht, wie ich ihn dort unterstützen könnte.«

»Sie vertrauen auf das bulgarische Rechtssystem?«, fragte della Rovere. »Warum haben Sie ihm diesen Unsinn nicht austreiben können?«

»Immerhin ist dort sehr schnell terminiert worden. Das Bundesamt für Justiz hat sich offenbar sehr engagiert.«

Della Rovere lachte heiser. »Begleiten Sie Ihren Mandanten nach Bulgarien!«, forderte er. »Kubilski wird scheitern.«

»Woher wissen Sie das?«

»Glauben Sie mir einfach!«, forderte della Rovere. »Sie haben ohnehin keine Alternative, wenn Sie nicht so blauäugig sein wollen wie Ihr Mandant.«

»Ich werde Kubilski kaum überzeugen können, ihn auf seine Kosten nach Sofia zu begleiten, wenn ich nicht weiß, was ich dort für ihn tun soll.«

»Geld wird kein Thema sein«, erwiderte della Rovere. »Sie werden es von mir erhalten. Bestehen Sie darauf, Kubilski zu begleiten! Sagen Sie ihm, dass Sie hundertprozentig hinter ihm stehen und die Kosten selbst übernehmen.«

»Was ist Ihr Interesse, Herr della Rovere?«

»Ich werde Ihrem Mandanten helfen, und er wird diese Hilfe benötigen. Das ist Herrn Kubilski nur noch nicht klar.«

»Ich verstehe Ihre Rolle nicht.«

»Weil Sie nicht die ganze Geschichte kennen«, antwortete della Rovere.

»Nicht die ganze Geschichte zu kennen, ist für einen Anwalt denkbar schlecht«, konterte Stephan.

»Bedaure, Herr Knobel! Ich melde mich wieder bei Ihnen. Und denken Sie daran, Ihre Homepage aufzupeppen.«

Stephan widmete sich nach dem Telefonat mit della Rovere der eingegangenen Post, doch er konnte sich nicht konzentrieren. Er legte die Schriftstücke beiseite und dachte über Kubilski nach. Seine Gedanken schweiften bis zu Deitmers Anruf zurück, mit dem die Sache begann. Er erlebte das erste Treffen mit Kubilski auf dem Gerichtsflur nach, das Ende der Berufungsverhandlung gegen Ivelina Kubilski vor dem Dortmunder Landgericht, seine Eindrücke aus dem nachfolgenden Gespräch mit seinem Mandanten und die kurze gemeinsame Reise nach Sofia. Stephan rief Pavels Facebookseite auf und las dessen letzten Beitrag, aus dem della Rovere zitiert hatte. Er schmeckte Pavels Euphorie nach, mit der er dem Gerichtstermin in Sofia entgegenfieberte und rief sich das Glaubhaftigkeitsgutachten ins Gedächtnis, dessen Ergebnis ganz anders war, als es Pavel deutete. Zuletzt dachte Stephan an den von Pavel beauftragten Privatdetektiv, dessen Ergebnisse dünn bleiben mussten, weil er sich weisungsgemäß darauf beschränkte, sich an Ivelinas Fersen zu heften und aus Budgetgründen einen bestimmten räumlichen Umkreis nicht zu verlassen. Einmal mehr stellte sich die Frage, warum Pavel vor diesem Hintergrund überhaupt den Detektiv beauftragt hatte.

Schließlich kreisten Stephans Gedanken um den einzigen konkreten Hinweis della Roveres, der mehr eine Warnung war: Stephan sollte sich auf die Suche nach Emilia und nicht auf die Suche nach deren Mutter konzentrieren. Mehr denn je war sich Stephan sicher, dass hier der eigentliche Ansatzpunkt lag, was zugleich hieß, dass dem von Kubilski ins Internet gestellten Foto, das Ivelina mit einem Baby auf dem Arm zeigte, zentrale Bedeutung zukam. Umso merkwürdiger war, dass Kubilski auf della Roveres Warnung nicht ansprang. Die Stränge des Falles liefen nicht zueinander. Auf der einen Seite schien della Rovere am Auffinden Emilias engagierter als Kubilski selber; auf der anderen Seite belächelte er dessen Zuversicht, Emilia auf rechtsstaatlichem Wege zugesprochen zu bekommen. Klar war: Della Rovere war sich gewiss, dass Kubilski auf sein Angebot eingehen würde, wenn es an der Zeit war. Weshalb und wann dies so sein würde, erschloss sich nicht, und Stephan wusste, dass weder Kubilski noch della Rovere hierzu etwas sagen würden. Der eine, weil er nichts sagen konnte, und der andere, weil er nichts sagen wollte. Es blieb auch rätselhaft, weshalb della Rovere schon jetzt auf die Rückholung Emilias durch die von ihm so genannte Organisation drängte, während Kubilski hierfür zumindest jetzt nicht empfänglich schien. Warum wartete della Rovere nicht einfach die weitere Entwicklung ab, wenn er sich so sicher war, dass Kubilski auf legalem Wege scheitern werde? Und wie erklärte sich, dass della Rovere so schnell auf Kubilskis Facebookseite aufmerksam geworden war? Es waren nur wenige Tage zwischen der Einrichtung der Seite und dem Treffen in Sofia vergangen.

Stephan rief seinen Mandanten an.

»Ich habe schon mit dem bulgarischen Anwalt telefoniert«, erzählte er gelöst.

»Und?«, fragte Stephan.

»Na ja, er spricht nicht so gut Deutsch wie ich dachte. Aber er hat verstanden, worum es geht. Er hat mir gesagt, dass er schon seit 20 Jahren Anwalt ist und jeden Richter in Sofia kennt.«

»Aha«, bemerkte Stephan.

»Es wird jetzt klappen! Stephan, du wirst sehen. Es ist ein internationales Verfahren. Eigentlich verlangt Deutschland meine Emilia von Bulgarien heraus. Das ist eine ganz andere Ebene. Verstehst du? Es ist nicht so, als würde in Dortmund Müller gegen Meier klagen.«

»Soll ich dich begleiten, Pavel?«

»Das ist nicht nötig, Stephan. Du hast alles getan. Und wie du weißt, kenne ich mich in Sofia gut aus. Ich habe heute auch dem Detektiv gekündigt. Jetzt ist alles auf der Spur.«

»Ich weiß«, lächelte Stephan. »1.009 statt 1.000 Millimeter.«

»Man muss die schönen Seiten im Blick haben«, meinte Pavel. »Das macht das Leben leichter.«

23

PhilomenaVera hatte geantwortet. Marie las Paula die Mail vor:

»Du hast viel Einfühlungsvermögen, Blackmarie! Nur eine Mutter, die wie ich Angst um ihre Tochter hat, kann mich verstehen. Dass Emilia so klar benannt hat, was ihr von ihrem Vater angetan wurde, ist für mich der stärkste Beweis, den es geben kann. Andere Beweise habe ich nicht, aber ich brauche sie auch nicht. Niemals habe ich Emilia Gedanken oder Worte in den Mund gelegt. Sie hat alles so, wie sie es geäußert hat, von sich aus gesagt. Die Justiz hat mich als Mutter gedemütigt und verraten. Es kann nicht strafbar sein, wenn ich meine Tochter vor dem Menschen schütze, der bisher ihr Vater war und dann zu einem Ungeheuer geworden ist, das ich verachte und gegen das ich meine Tochter mit allen Mitteln verteidigen werde. Wenn alles zutrifft, was Sie schreiben, dann wissen Sie, wie oft Sie auf verlorenem Posten stehen. Obwohl ich Emilia in einem Kindergarten in Sofia untergebracht und alles getan habe, dass sie unbeschwert aufwachsen kann, blutet mir das Herz, wenn ich daran denke, dass ich mir durch meine häufigen Aufenthalte in Deutschland nicht die Zeit und Aufmerksamkeit widmen kann, die sie braucht. Ich arbeite überwiegend in Deutschland und kann mich glücklich schätzen, dass meine Mutter die Kleine in den Zeiten betreut, in denen ich nicht da bin. Es ist gut, dass meine Mutter in der Nähe des Kindergartens wohnt. Emilia fehlt ein Vater, der sich um sie kümmert, wie sich ein guter Vater um seine Tochter kümmert. Sie ist ein so wunderbares Kind, und ich bin unendlich stolz auf Emilia! Sie hat sich schon ganz in ihre neue Welt eingefunden. Welches Kind hat die Kraft hierzu? Ich weiß doch, wie groß die Veränderungen sind. In Sofia ist alles anders als in Dortmund. Emilia spricht jetzt schon perfekt Bulgarisch. Sie vergisst die deutsche Sprache. Das ist schade, aber ich halte in ihr nicht die Sprache wach, die das Ungeheuer spricht. Emilia fragt nicht nach ihrem Vater. Ich weiß nicht, ob sie ihn vergessen oder ob sie ihn verdrängt hat. Ich rede nicht mit ihr darüber, was sie damals von ihrem Vater erzählt hat. Ich weiß nicht, ob das richtig oder falsch ist. Manchmal denke ich, dass ich mit ihr das Trauma aufarbeiten muss und manchmal, dass es besser ist, wenn sich der Mantel des Schweigens darüber legt. Welcher Weg ist richtig? Emilia ist stark wie eine Löwin. Wenn ich in Sofia bin und mit ihr zum Kindergarten gehe, sehe ich immer die Löwen vor mir …«

Marie stutzte und korrigierte: »Sie meint: die *Löwin* vor mir … – Vielleicht schlägt mir später alles ins Gesicht, wenn ich feststelle, dass es falsch war, meine Tochter darin zu bestärken, alles zu verdrängen. Es wird um Schuld gehen, auch um meine Schuld, dass ich die Zeichen übersehen habe, die es vielleicht gab, wenn mein Mann mit Emilia badete. Alles, was früher so unschuldig, schön und normal war, ist in der Erinnerung zur Falle geworden. In all diesen Nischen der unschuldigen Intimität lauert das Verbrechen. Du hast den Shitstorm gesehen, der sich im Internet verbreitet. Ich finde nur wenig Zuspruch. Nach dem Gesetz bin ich vorbestraft als eine Mutter, die ihr Kind entführt und dem Vater entzogen hat. Aus diesem Schatten komme ich nie mehr heraus. Eine Kindesentführerin bleibt, was sie ist. Das sieht man in jedem Land gleich. Es ist ähnlich wie bei den Vergewaltigern. Es gibt Taten, die alle verachten. Am 22.2. ist Verhandlung vor dem Stadtgericht in Sofia. Ich habe große Angst davor. Pavel Kubilski strotzt voller Zuversicht. Ich glaube, dass er alle Fäden gezogen hat. Er zeigt ein Foto von einer Frau mit einem Baby. Sie sieht aus wie ich, aber ich bin es nicht. Pavel arbeitet mit Tricks. Und die Justiz in Bulgarien gilt als korrupt.

Danke, dass du dich für mich interessierst!

PhilomenaVera«

Marie klappte den Laptop zu. Während sie Ivelinas Nachricht vorgelesen hatte, war Paula in ein enges kurzes Lederkleid geschlüpft.

»Wie siehst du denn aus?«, fragte sie überrascht.

»Es gilt, Grenzen auszuloten«, erklärte Paula und streckte sich in eine laszive Pose. »Ich muss neue Wege gehen, um mich zu präsentieren. Heutzutage lernt man sich im Netz kennen, Marie. Das weißt du. Die Geschichte von dir und deinem Stephan gehört in die Anekdotensammlung der Geschichte. – Nun, wie findest du mich?«

Paula schaute an sich herunter, straffte das Textil und streckte die Brust raus.

»Sexy oder vulgär?«, fragte sie und schaute auf.

»Eher vulgär«, fand Marie.

»Das hatte ich gehofft«, schnaufte Paula zufrieden. »Kannst du mich bitte so fotografieren?«

»Manchmal denke ich, du lebst nicht einmal in der Studentenzeit, sondern gehst sogar in deine Teeniezeit zurück.«

»Fotografieren!«, forderte Paula. »Ich kann nicht so lange anhalten.«

Marie nahm ihr Handy und hielt es hoch.

»Achte darauf, dass du meinen ganzen Körper erfasst!« Paula schnappte nach Luft.

»Ich warte noch, damit man sieht, dass du alles gibst«, sagte Marie ungerührt.

»Du kannst ein kleiner Satan sein«, japste Paula, »mach's endlich!«

»Gaaanz langsam!« Marie ließ sich Zeit. »Du solltest noch das rechte Bein mehr anwinkeln. Das macht einen erotischen Schattenwurf.«

»Arschloch!«, bellte Paula.

»Was schreibst du zu deinem Bewerbungsfoto?«, wollte Marie wissen und machte das Foto.

»Noch mal!« Paula strich mit der Zunge über ihre Lippen und schürzte sie zum Kuss.

»Bitte sehr!« Marie löste erneut aus.

»Nur die Eckdaten«, antwortete Paula. »Der Rest interessiert ja sowieso nicht. Man schreibt doch keine Romane in die Dunkelheit. – Das wundert mich auch an der Mail von dieser PhilomenaVera. Würdest du so viel schreiben, bloß weil sich jemand mit dir solidarisiert?«

»Sie ist einsam«, vermutete Marie. »Es gibt unter den Kommentaren nur wenige, die Zuspruch enthalten. Die meisten sind auf seiner Seite. Kubilski hat das raffiniert gemacht. Das Urteil des Amtsgerichts spricht eine deutliche Sprache. Pavel Kubilski muss nur die Geschichte wirken lassen. Es war intelligent, die Facebookseite einzurichten. In seiner Situation kann er kein wirksameres Podium errichten. Sie schreibt, dass das Foto, das Kubilski auf der Facebookseite zeigt, eine ihr unbekannte Frau ist.«

»Ach, Marie!« Paula lachte auf. »Wie naiv gibst du dich denn gerade? Wenn das so wäre, hätte sie das doch mit Sicherheit in ihrem Beitrag richtiggestellt.«

»Aber nicht, wenn sie sich auf Kubilskis Facebookseite nicht zu erkennen geben will«, erwiderte Marie.

»Nenn mir einen vernünftigen Grund, warum Kubilski das Foto von einer anderen Frau ins Netz stellen sollte, wenn Ivelina diese Täuschung sofort auffliegen lassen könnte! Er müsste doch mit dem Klammerbeutel gepudert sein, sich selbst eine solche Falle zu stellen. Stand nicht sogar das Aufnahmedatum unter dem Foto?«

Marie nickte.

»Stell dir vor, Ivelina könnte nachweisen, dass sie an diesem bewussten Tag beispielsweise mit zehn Freundinnen einen Ausflug gemacht hat. Sie würde Pavel mit einem Federstrich auf seiner eigenen Facebookseite erledigen können.«

»Aber sie rührt sich nicht«, überlegte Marie. »Sie hat auf Kubilskis Seite nur diesen einen Beitrag abgesetzt und nicht einmal das vorgebracht, was sie zu ihren Gunsten ins Feld führen könnte. Kein Wort über das wirkliche Ergebnis des Glaubhaftigkeitsgutachtens, kein Wort darüber, dass sie der Schilderung Emilias glaubt, weil sich ein Kind solch schlimme Erlebnisse nicht ausgedacht haben kann.«

»Genau!«, stimmte Paula zu. »Weil an Ivelinas Version nichts dran ist!«

»Oder weil sie Angst hat«, hielt Marie dagegen. »Sie verliert über ihre Wahrheit kein Wort, weil sie niemand hören will. Das Urteil des Amtsgerichts ist so plakativ wie ein Aufmacher in der Boulevardpresse. Und weil das Urteil des Amtsgerichts fälschlicherweise unterstellt, dass das Glaubhaftigkeitsgutachten über die Aussage Emilias wirklich die Unschuld Pavels erwiesen habe, obwohl es in Wirklichkeit keine Aussage darüber trifft, ob Emilia alles so erlebt oder aber nur erfunden hat, will keiner das Gegenteil hören. Ivelina kann auf Pavels Facebookseite nicht punkten. Das habe ich verstanden. Ihr würde niemand glauben, wenn sie dort behaupten würde, dass das Foto eine Fälschung sei. Das wäre in etwa so überzeugend, als würde der überführte Mörder behaupten, die Tat nicht begangen zu haben. – Was, wenn es nur ein listiger Schachzug Pavels war, das in seiner Begründung fehlerhafte Urteil des Amtsgerichts dazu zu benutzen, um Ivelina im Internet zu erledigen? Vielleicht dient ihm die Facebookseite nur als ein Baustein in seinem Kampf gegen die in der Sache richtig handelnde Kindesmutter? Ivelina fürchtet sich vor der Verhandlung vor dem Gericht in Sofia, sie hat Angst vor der korrupten Justiz. Was ist, wenn ihre Sorge berechtigt ist und sie Opfer eines perfiden Plans ihres eigenen Mannes ist, der das von ihm missbrauchte Kind wieder in seine Fänge bekommen will?«

»Die Welt ist einfacher, als du denkst«, fand Paula. »Du denkst zu kompliziert. Sieh mich an: Jetzt stelle ich ein Bild von mir ins Internet, und es geht darum, die Triebinstinkte der Kerle in Wallung zu bringen. Aber in Wirklichkeit stelle ich von mir nur einen Aspekt ins Netz, sozusagen eine Schnittmenge, in der sich die Kerle und ich wiederfinden. Danach werde ich sehen, ob sich darunter auch Typen finden lassen, die ihren Blick auch Richtung Herz und Hirn weiten oder ob sie in der Unterbuchse stecken bleiben. Es kommt auf den Appetizer an, verstehst du?«

»In deinem speziellen Falle ja, ansonsten nein«, erwiderte Marie.

»Jeder sieht immer nur das, was er sehen will. Und wenn man dieser Wahrnehmung nachhelfen will, muss man Signale setzen.«

»Was du nicht sagst.« Marie verdrehte die Augen.

»Was ist denn die Botschaft des Fotos, das die Frau mit dem Baby zeigt?«, fuhr Paula fort. »Ich sehe eine Frau, die sich um das Kind in ihren Armen kümmert. Das ist eine Aussage, die für die Frau spricht. Die Identität der Frau ist doch eigentlich zweitrangig. Wenn man es richtig deutet, hat sich Kubilski mit der Veröffentlichung dieser Aufnahme keinen Gefallen getan. Er schreibt von der herzlosen Ivelina und zeigt sie, wie sie sich um ein Baby kümmert. Kubilski will die Frau zeigen, die sein Kind entführt hat, und er zeigt sie, indem sie sich wie eine liebende Mutter um ein Kind sorgt. Das ist ein Appetizer in die andere Richtung. Warum soll sie behaupten, sie sei nicht die Frau auf dem Foto?«

»Siehst du, Paula, das ist der springende Punkt: Kubilski hätte eigentlich damit rechnen müssen, dass das Foto Sympathien für Ivelina auslöst. Vernünftigerweise hätte er es nicht ins Netz gestellt, erst recht dann nicht, wenn er gewusst hätte, dass es in Wirklichkeit nicht Ivelina ist.«

»Merkst du es nicht, Marie? Wir reden gegeneinander, und tatsächlich sind wir auf derselben Linie: Das Bild zeigt Ivelina Kubilski, sonst macht es keinen Sinn.«

»Aber dann passt nicht, warum Ivelina in der Mail von heute bestreitet, die Frau auf dem Bild zu sein. Irgendetwas passt nicht«, sagte Marie.

»Vielleicht rufst du jetzt deinen Stephan an und klärst ihn auf«, schlug Paula vor. »Es wäre doch ein schöner Anlass, wieder miteinander ins Gespräch zu kommen. Ihr könnt euch stundenlang nur über dieses Foto unterhalten und am Ende redet ihr über euch. – Und danach …« Paula rollte lüstern die Augen.

Marie blieb hart. »Es ist sein Fall, nicht meiner.«

»Super, Marie Schwarz!« Paula klatschte in die Hände. »Dann reden wir die ganze Zeit über Gespenster! Wenn Stephan diese Ivelina leibhaftig gesehen hat, wird er ja wohl am besten beurteilen können, ob sie die Frau auf dem Foto ist oder nicht! Wäre das Bild im Netz oder noch im Netz, wenn sie es nicht wäre? Wer sollte ein größeres Interesse daran haben als Pavel Kubilski selber, das Foto von der falschen Ivelina zu entfernen?«

»Das ist genau die Frage, Paula. Ich bin mir sicher, dass wir etwas übersehen.«

24

Am Morgen des 20.2. stellte die Post Stephan ein Einschreiben zu. Die auf dem wattierten Umschlag angegebene Absenderadresse lag in Frankfurt, und Stephan wusste sofort, dass dort nicht die Person wohnte, von der der Brief stammte: Luca della Rovere.

Stephan unterzeichnete das Empfangsbekenntnis und zog sich mit der Sendung ins Arbeitszimmer zurück. Er befühlte vorsichtig den Umschlag, doch er konnte keine harten Gegenstände darin ertasten und schmunzelte bei der Vorstellung, dass sich della Rovere genau dieses Bild vorgestellt haben und seine Freude daran haben dürfte, dass Stephan den Brief wie einen möglichen Sprengsatz prüfte. Endlich öffnete er das Kuvert, und als er den Inhalt herauszog, hielt er ein Bündel Banknoten, Flugtickets und eine Reservierungsbestätigung des Hotels in der Hand, in dem er bereits mit Pavel Kubilski gewesen war. Stephan löste die die Banknoten umschließende Banderole und zählte 5.000 Euro in gebrauchten und unsortierten Scheinen. Die Flugtickets verhielten sich über einen für den morgigen Vormittag gebuchten Hinflug von Düsseldorf nach Sofia und einen Rückflug zwei Tage später für dieselbe Relation. Stephan fasste noch einmal in den Umschlag und fand einen auf einem PC geschriebenen Brief:

Lieber Herr Knobel,

übermorgen, am 22.2., findet vor dem Sofioter Stadtgericht die Verhandlung über den Rückführungsantrag Ihres Mandanten Pavel Kubilski statt. Sie wissen wie ich, wie euphorisch Ihr Mandant darüber ist, dass nun der Prozess stattfindet, der ihm nach seiner Überzeugung seine Tochter Emilia zurückgibt. Auf seiner Facebookseite sprüht er voller Zuversicht. Kubilski wird verlieren. Ich habe Ihnen dies bereits bei unserer ersten Begegnung gesagt, aber ich denke, dass weder Ihr Mandant noch Sie mir Glauben schenken. Herr Kubilski und Sie vertrauen auf das Bundesamt für Justiz und darauf, dass in Europa die Institutionen rechtsstaatlich funktionieren und internationale Verträge wechselseitig eingehalten werden. Sie werden gemeinsam die Erfahrung machen, dass all dies in Ihrem Fall nur Theorie und bedeutungsloser Papierkram ist. Bulgariens Justiz gilt als korrupt. Schauen Sie in allgemein zugängliche Quellen, und Sie werden sehen, dass ich recht habe. Auch das Bundesamt für Justiz weiß von diesen Missständen. Gehen Sie aber bitte nicht davon aus, dass sich die Behörde empören oder weitere Schritte einleiten wird, wenn Ihr Mandant vor dem Gericht in Sofia verloren haben wird. Im Grunde ist es eine Staatsaffäre, wenn Staaten wie Bulgarien sich nicht an die internationalen Verträge halten und entführte Kinder nicht nach den Statuten des Haager Abkommens zurückführen. Aber glauben Sie ernsthaft, dass die Bundesrepublik einen Disput mit Bulgarien ausficht, weil die nach Bulgarien entführte kleine Emilia Kubilski nicht wieder nach Deutschland zurückgeführt wird? Deutschland und die ihm in den Verfassungsgrundsätzen ähnlichen Länder ringen mit anderen Gegnern um Werte und Grundordnungen. Europa kämpft mit Gestalten wie Trump, Erdogan und anderen Despoten. Der Fall Emilia Kubilski hat auf der großen Bühne keinen Platz, und ein Nebenkriegsschauplatz ist politisch in diesen bewegten Zeiten nicht gewollt. Die Bundesregierung wird sich wegen des Falles Emilia Kubilski nicht mit Bulgarien anlegen.

Mittendrin sind Sie, Herr Knobel! Sie sind sympathisch und engagiert. Ich mag Sie seit unserer ersten Begegnung, und genauso – das weiß ich – mögen Sie auch mich. Sie folgen meinen Einladungen, hören mir zu und wissen instinktiv, dass ich recht habe. Irre ich mich oder haben Sie Ihrem Mandanten nicht entsprechend meiner Empfehlung geraten, sich auf die Suche nach Emilia zu konzentrieren und sich nicht mehr an die Mutter zu heften? Jetzt *ist es dafür zu spät. Der Prozess vor dem Sofioter Stadtgericht steht an, und ich muss auf dieser Grundlage mein Vorgehen neu ausrichten. Ich bitte Sie dringend. Herrn Kubilski in Sofia zu begleiten. Der Mann, der ihm vor Ort als Anwalt zugeteilt worden ist, ist wahrscheinlich keinen Cent wert. Aber das ist letztlich ohne Belang, weil selbst ein Staranwalt Ihrem Mandanten nicht zum Erfolg verhelfen würde. Herr Kubilski wird in ein tiefes Loch fallen, und der bulgarische Anwalt wird sich schnell von ihm verabschieden, wenn der Prozess verloren ist. Das Bundesamt für Justiz wird sein Bedauern ausdrücken. Aber sonst wird nichts geschehen. Emilia wird nach Ausschöpfung aller legalen Wege für Pavel Kubilski verloren sein. Das werden auch Sie erkennen, Herr Knobel, wenn Sie es insgeheim nicht schon wissen. Also sollten Sie vor Ort sein, um Ihrem Mandanten in der Niederlage beizustehen, für die er nichts kann. Sie sind ein Mensch voller Empathie! Sie sind voller Sensibilität, um auch die feinsten Nuancen zu spüren! Es ist schade, dass die Welt nicht mehr Menschen Ihres Charakters hat! Bitte, Herr Knobel, fliegen Sie nach Sofia und seien Sie an der Seite Ihres Mandanten! Pavel Kubilski wird froh sein, Sie in dem Hotel zu treffen, das Ihnen beiden bekannt ist. Das Geld, das ich beigefügt habe, wird für Ihren Einsatz reichen!*

Ich erwarte Sie!

Herzlichst,

Ihr Luca della Rovere

Stephan scannte das Schreiben ein und sandte es per Mail an Marie:

Meine geliebte Marie,

übermorgen wollten wir wieder zusammen sein, und ich überlege schon seit Tagen, wie ich zu dir in Kontakt treten kann. Einige Male schon hatte ich dazu angesetzt, aber am Ende fehlte mir der Mut. Jetzt ist es die Sache Kubilski, die es mir leicht macht. Ich füge das Schreiben von Luca della Rovere bei. Du kennst ihn nicht, aber er ist ein Freund. Ich weiß, dass ich morgen nach Sofia fliegen muss. Du fehlst mir so sehr! Küss' unseren kleinen Schatz von mir! Es ist so viel passiert in den letzten Tagen. Ich liebe dich!

Stephan sandte die Mail ohne großes Überlegen an Marie ab. Die schmeichelnden Bekundungen des falschen Italieners wirkten nicht nur für sich. Sie halfen, den Weg zu Marie auf andere Weise neu zu ebnen.

Marie antwortete nur Minuten später:

Wie heißt denn das bekannte Hotel?

Stephan lachte in sich hinein und antwortete ihr.

25

Stephan packte am nächsten Morgen rasch seine Sachen für seinen zweiten Trip nach Sofia. Della Rovere hatte ihm die Entscheidung nicht nur deshalb leicht gemacht, weil die Reise bezahlt war und die 5.000 Euro ein mehr als üppiges Honorar bedeuteten. Noch wichtiger war, dass sich Stephan angenehm unverantwortlich fühlen durfte. Er hatte sich im Internet kundig gemacht und della Roveres Ansicht bestätigt gefunden: Die bulgarische Justiz wurde als korrupt beschrieben. Woher auch immer della Rovere die Gewissheit nahm, dass Pavel Kubilski mit seinem Rückführungsantrag nach dem Haager Abkommen scheitern werde: Stephan ahnte, dass er recht behalten würde.

Unter normalen Umständen hätte dies Stephan beunruhigt und veranlasst, nach Mitteln und Wegen zu suchen, um die drohende Niederlage abzuwenden. Doch jetzt war die Situation eine andere: Pavel Kubilski hatte Stephan jede Verantwortung genommen und sich ganz einem Rechtssystem anvertraut, auf dessen Gerechtigkeit und Funktionstüchtigkeit er mit Gottes Hilfe baute. Stephan konnte in dieser Sache nicht als Anwalt verlieren, und er war froh, dass Kubilski in Sofia von einem bulgarischen Anwalt vertreten sein würde, für dessen Können Stephan nicht einstehen konnte und auch nicht einstehen musste. Della Rovere hatte Stephan die Rolle des Trösters und unausgesprochen die weitere Aufgabe zugewiesen, Kubilski nach der prophezeiten Niederlage für jenen illegalen Weg für die Rückführung Emilias zu erwärmen, zu dem sich sein Mandant bisher nicht entschließen konnte.

Einzig dieser Gedanke erzeugte in Stephan ein Störgefühl, weil ihm klar war, dass della Rovere nicht ohne Grund investieren würde, aber er glaubte, dass er zu gegebener Zeit noch immer frei entscheiden könne.

Stephan fotokopierte mehrfach della Roveres Brief, der nach Stephans Überzeugung nicht die geringsten Spuren enthielt, die auf die wahre Identität des Absenders hinweisen würden. Für Stephan war della Roveres Schreiben so etwas wie ein Freibrief, auf den er sich zurückziehen würde, wenn Stephan sich gemeinsam mit Kubilski den weiteren Absichten della Roveres widersetzen würde. Stephan sollte seinem Mandanten beistehen, und diese Mission war integer und sauber. Mehr würde er – so dachte Stephan – nicht mitmachen, und er steckte Fotokopien von della Roveres Brief in seinen Koffer, in seine Jacke und gefaltet auch in seine Brieftasche.

Vor seiner Abfahrt zum Düsseldorfer Flughafen suchte Stephan noch den Leiter des Altersheimes auf, in dem Hermine Schäfer auf Stephans Ja-Wort wartete. Stephan erzählte dem Heimleiter ungeschminkt die ganze Geschichte. Als er geendet hatte, zog der Heimleiter amüsiert die Augenbrauen hoch.

»Ich sage es mal so«, setzte er langsam an, »ich weiß von der Adoptivtochter von Frau Schäfer. Sie gibt es wirklich, aber niemand weiß, wo sie sich aufhält. Sie scheint tatsächlich einen recht vermögenden Mann gefunden zu haben, mit dem sie die Welt bereist. Wie es scheint, sind die beiden ständig unterwegs und haben hier ihre Zelte abgebrochen.«

»Also hat Frau Schäfer allen Grund, auf die Tochter sauer zu sein«, meinte Stephan.

Der Heimleiter nickte.

»Ja«, sagte er, »das ist nachvollziehbar, aber ich glaube, der Hase liegt an anderer Stelle im Pfeffer.«

»Nämlich?«

»Frau Schäfer hat nicht das Vermögen, von dem Sie Ihnen erzählt hat. Sie hat ihr Vermögen bis auf einen kleinen Rest aufgebraucht. Schauen Sie sich ihr Zimmer an: Es ist nicht das Zimmer einer wohlhabenden Bewohnerin. Frau Schäfer hat seit einem Jahr ein Zimmer der zweitniedrigsten Kategorie, nachdem ihre Ersparnisse deutlich geschrumpft sind. Wenn das Vermögen ganz aufgebraucht ist, wird sie in die niedrigste Kategorie wechseln müssen. Das Sozialamt wird von sich aus keine höhere Kategorie bezahlen. Und die Behörde wird natürlich Rückgriff bei den nächsten Angehörigen nehmen, und da die Adoptivtochter nicht greifbar ist ...«

»Sie wollen mir jetzt nicht sagen, dass Hermine Schäfer einen Unterhaltspflichtigen sucht, der für die Heimkosten zahlt, damit sie die Zimmerkategorie halten kann?«

»Ich muss Ihnen als Anwalt nicht sagen, dass Sie als Ehemann für Hermine Schäfer unterhaltspflichtig wären«, sagte der Heimleiter. »Sie hat Ihnen bewusst nicht vorgeschlagen, Sie zu adoptieren. Als Kind können Sie sich gegenüber einem unterhaltsbedürftigen Elternteil auf einen recht hohen Selbstbehalt berufen. Als Ehemann von Frau Schäfer stünden Sie insoweit deutlich

194

schlechter da. Aber das brauche ich Ihnen als Anwalt ja nicht zu sagen, oder?«, wiederholte er. »Ganz sicher hat Frau Schäfer nichts zu geben. Sie will etwas haben!«

»Dieses Luder«, entfuhr es Stephan.

»Das ist keine Frage des Alters«, entgegnete der Heimleiter.

»Sie hat schon Trauzeugen besorgt«, sagte Stephan.

Der Heimleiter lachte. »Wirklich? Lassen Sie mich raten, Herr Knobel: Es sind Karl Jasper und Josefine Schlieper.« Er zwinkerte belustigt mit den Augen.

»Woher wissen Sie das?«

»Poker-Karl und Poker-Josi!« Der Heimleiter lachte laut und hielt sich den Bauch. »Die beiden und unsere Hermine sind das berüchtigte Zocker-Trio.«

»Frau Schäfer behauptet, eine sehr wichtige Information für mich zu haben, und ich glaube, dass sie tatsächlich darüber verfügt. Das wäre für mich das einzige Kriterium …«

»… daran zu denken, Hermine Schäfer zu heiraten«, vollendete der Heimleiter. »Na, dann werden Sie mal kreativ! Aber treten Sie bitte nicht mit Hermine vor den Traualtar!«

»Von wegen Abendstille«, murmelte Stephan. Er sah, dass der Heimleiter nur noch mühsam an sich halten konnte.

»Ja, lachen Sie nur!«, meinte Stephan pikiert.

26

Stephan verzichtete auf den Fahrstuhl und rannte die Treppe zu seinem Hotelzimmer hoch. Er hatte das vielsagende Grinsen des Portiers zu deuten gewusst. Als er Stephan den Zimmerschlüssel in die Hand drückte, hatte er die Worte *Bon Amore* durch seine Goldzähne geschnalzt.

Als Stephan den Schlüssel ins Schloss steckte, zitterte er, doch als er die Tür aufstieß, schlug das Türblatt ins Dunkel. Hinten leuchtete nur das kleine rote Licht unter dem Bildschirm, das die Betriebsbereitschaft des Fernsehers signalisierte. Die Vorhänge wölbten sich im lauen Wind, der durch das geöffnete Fenster wehte. Der Lärm aus der Straßenschlucht dröhnte in die unwirkliche Stille des Zimmers. Es war kurz nach 19 Uhr.

Stephan schloss hinter sich die Tür und warf seinen Koffer auf das Bett. Er setzte sich daneben und stützte den Kopf in die Hände. Minutenlang saß er nur so da, bis er sein Handy hervorholte: Keine Nachricht von Marie. Wieder saß er nur da und starrte in die Dunkelheit, an die sich seine Augen langsam gewöhnt hatten. Man hatte ihn drei Stockwerke höher als beim letzten Mal einquartiert. Das war erst wenige Tage her, doch ihm schien, als seien Wochen vergangen. Irgendwann stand er auf, zog die Vorhänge zurück und stützte sich mit den Händen auf die Fensterbank. Seine Augen suchten auf der gegenüberliegenden Straßenseite den kleinen glimmenden Punkt, doch Stephan sah nichts. Er beobachtete eine Weile den Straßenverkehr und blickte den Autos hinterher, die tief unten von rechts nach links und von links nach rechts am Hotel vorbeifuhren und im Nichts verschwanden. Dann blickte er geradeaus auf die gegenüberliegenden Wohnblöcke. Hier und da brannte Licht, als seien einzelne Fächer eines Setzkastens beleuchtet. Er wandte sich um und schloss das Fenster, zog sich aus und legte seine Kleidung über die Lehne des Stuhls, der an dem schlichten Tisch zwischen Fenster und Schrank stand.

Dann nahm er seine Duschutensilien aus dem Koffer und öffnete die Tür zum Bad. Gedankenlos tastete er nach dem Lichtschalter, als aus dem Nichts eine Hand nach der seinen griff. Stephan schrie auf, doch die Hand zog ihn kraftvoll zu sich. Er ließ seine Sachen fallen, streifte nur kurz den Türrahmen, als wollte er sich dort festhalten, doch er wollte es nicht. Seine Hand schnellte vor und fühlte ihre Brust. Sein Mund fand gierig zu ihrem. Er ließ sich von der Hand führen, bis er ihren warmen nackten Körper fest an sich spürte. Ihre Zungen spielten miteinander, sie streichelten sich forschend und griffen in feuchte Lust, bis sie sich umwandte und hart von ihm nehmen ließ.

Im Bett nahm er sie sanft in den Arm. »Ich dachte schon, du kämst überhaupt nicht mehr ins Badezimmer«, schnaufte sie. »Es ist ziemlich unbequem, sich dort mit dem ganzen Gepäck zu verstecken. Immerhin war es einfach, den Portier zu bequatschen, damit er mich in das Zimmer lässt.«

Sie schwiegen eine Weile.

»Ich bin heute Morgen von Köln aus geflogen. Elisa bleibt noch bis übermorgen bei meinen Eltern. Danach holen wir sie sofort dort ab. Es wird Zeit für unsere Familie. Es kann nicht so schwer sein. Letztlich hat mir Paula die Augen geöffnet. Wir müssen nur unser Leben in die Hand nehmen. Ich möchte nie mehr ein Leben führen, wie sie es noch heute lebt. Wahrscheinlich habe ich noch nie in so kurzer Zeit so viel getrunken wie bei ihr.«

»Ich auch nicht, Marie.« Mehr konnte er nicht sagen.

Sie lagen still beieinander und fühlten sich. Nirgendwo auf der Welt konnte es jetzt schöner und intimer sein als in diesem Zimmer des schlichten Hotels in der Häuserwüste von Sofia.

»Kubilski ist auch schon da«, sagte Marie. »Ich habe ihn vorhin in der Hotellobby gesehen, aber er hat mich zum Glück nicht gesehen. Schließlich kennt er mich ja …«

»Ach, ja«, erinnerte sich Stephan.

»Ich komme morgen mit zum Gerichtstermin.«

»Wieso?«

»Ich habe Kontakt mit Ivelina.« Marie erzählte davon, wie sie auf Ivelinas Spur gekommen war und was sie ihr geschrieben hatte.

»Ich bin nicht auf die Idee gekommen, dass sie sich auf Kubilskis Facebookseite äußert«, sagte Stephan. »Es hört sich sehr normal an.«

»Was?«

»Was Ivelina dir geschrieben hat. Man könnte sie fast verstehen.«

»Wir wissen nichts darüber, ob Emilia von ihrem Vater missbraucht worden ist oder nicht.«

»Ich weiß«, sagte Stephan. »Das Glaubhaftigkeitsgutachten kommt zu keinem eindeutigen Ergebnis. Trotzdem ist Ivelina eine Kindesentführerin. Du kennst die Urteile. Auch das Landgericht ist in der Berufung zu keinem anderen Ergebnis gekommen, auch wenn es die Strafe abgemildert hat.«

»Tja«, meinte Marie, »die einen denken so und die anderen denken so.«

»Ich glaube Pavel Kubilski, Marie.«

»Warum?«

»Kein Vater würde so um die Rückkehr seiner Tochter kämpfen, wenn er ihr was angetan hätte. Pavel gibt sein letztes Geld aus, um alle Hebel in Bewegung zu setzen, damit er Emilia zurückbekommt. Er ist ein feiner Kerl. Aber ich verstehe auch seinen Frust.«

»Und keine Mutter würde sich ins Gefängnis werfen lassen, wenn sie nicht aus tiefstem Herzen davon überzeugt wäre, dass der Vater der Tochter etwas angetan hat«, entgegnete Marie. »Sie will die Tochter beschützen. Ich glaube ihr, Stephan!«

Das Zimmertelefon auf der kleinen Kommode schnarrte wie ein hektisches Besetztzeichen. Stephan schälte sich aus der Bettdecke und griff zum Hörer.

»Ich warte auf Sie, Herr Knobel. Es ist fast zwei Stunden her, dass Sie aus dem Fenster geschaut haben. Was machen Sie denn so lange? Sie finden mich in der Lobby.«

Es knackte in der Leitung. Stephan schaute verwundert auf den Hörer.

»Wer war das?«, fragte Marie.

»Der Mann, der sich Luca della Rovere nennt und meine Reise zum Prozess bezahlt hat. Er will mich treffen.«

Stephan nahm seine Kleidung von der Stuhllehne.

»Ich werde dir nachher von ihm erzählen. Er ist eine schillernde Figur, und ich habe noch immer keine Ahnung, welche Rolle er in dem Fall spielt.«

Marie schaute Stephan zweifelnd an.

»Keine Sorge, er hat schon ein Rückflugticket für mich gekauft«, unkte Stephan. »Außerdem war ich mit ihm schon zusammen im Nachtclub.«

»Scheint richtig gewesen zu sein, zu dir zurückzukommen. Oder auch nicht. Du wirst so schön unberechenbar, wenn ich nicht da bin.«

»Mara und Lena und Lara«, sagte Stephan bedeutungsvoll. »Sie sind die Stars im Club. Geil!«

»Jetzt haust du aber auf die Kacke, Stephan Knobel!«

»Außerdem habe ich einen Heiratsantrag bekommen, mein Schatz!«

»Natürlich, Stephan! Wie heißt denn die Glückliche?«

»Schäfer.«

»Hat sie auch einen Vornamen?«

»Hermine.«

»Hört sich nach dem 14. Jahrhundert an«, meinte Marie. »Wo finde ich denn das Ahnenportrait, das sich in dich verliebt hat?«

»Im Altersheim. Ich erzähle keinen Unsinn, Marie. Sie ist 87. Verrückte Geschichte.«

Marie schlug die Bettdecke zurück. »Ich hoffe, ich kann mit dem grauen Vamp noch konkurrieren.«

Er musterte Marie von Kopf bis Fuß und lächelte.

»Wenn du dir Mühe gibst, hast du eine Chance«, erwiderte er konziliant.

»Du verstehst alles falsch, Stephan! Ich habe dir immer gesagt, du solltest lernen, in deinem Beruf auch mal über Leichen gehen zu können. Von Leichenschändung war keine Rede.«

Er küsste sie und wandte sich der Tür zu. »Mach dir keine Sorgen. Della Rovere wartet. Ich habe mein Handy dabei.«

27

Della Rovere wartete nicht in der Lobby, sondern unter dem Vordach des Hotels. Wieder war er ganz in Schwarz gekleidet. Als er Stephan begrüßte, spielte er in seiner rechten Hand mit einem Autoschlüssel.

»Kommen Sie, Herr Knobel!«, forderte er und ging zügig voraus. »Wir fahren etwas hinaus.«

Stephan stockte. »Wohin?«

»Das werden Sie sehen«, antwortete della Rovere, ohne sich umzublicken.

»Ich bin nicht allein hier«, rief ihm Stephan hinterher.

»Ich weiß, Ihre Freundin ist da. Ich hoffe, Sie haben sich ausgetobt.« Jetzt drehte sich della Rovere kurz um und schmunzelte. »Der Portier weiß alles. Nun kommen Sie endlich! Es passiert Ihnen nichts! Wir sind in spätestens zwei Stunden wieder da. Nun los! Wir sind spät dran.« Er sprach ohne italienischen Akzent.

Stephan beeilte sich, mit della Rovere Schritt zu halten. In der übernächsten Querstraße stand eine schwarze Limousine. Della Rovere glitt gelenkig auf den Fahrersitz und bedeutete Stephan einzusteigen. Im Auto roch es penetrant nach Schweiß. Stephan öffnete angewidert das Seitenfenster.

»Ein Mietwagen«, entschuldigte della Rovere achselzuckend und startete das Fahrzeug. »Haben Sie Ihr Handy dabei?«

»Natürlich!«

»Gut!«, erwiderte della Rovere. »Wir bringen es in das auch von Ihnen so geschätzte Etablissement und lassen es dort. Sie bekommen es nachher unversehrt zurück. Wir beiden werden heute Abend offiziell Gäste im Club sein. Gleich tanzt dort Mara. Sie erinnern sich an sie? Sie wird heute alle Hüllen fallen lassen. Ihr Handy wird davon ein Video aufnehmen. Es ist Ihre Erinnerung an diesen Abend und – sagen wir – Ihre Sicherheit.«

»Ich verstehe nichts, Herr della Rovere.«

»Wir tun heute etwas für Ihren Mandanten, Herr Knobel! Sie werden sehen!«

Dann schwieg della Rovere und fuhr direkt zu dem Club, in dem er Stephan vor einigen Tagen empfangen hatte. Er parkte etwas abseits und gab über Handy eine knappe Anweisung in bulgarischer Sprache. Kurze Zeit später erschien einer der bulligen Türsteher und klopfte an die Scheibe der Beifahrertür.

»Nun los!«, drängte della Rovere. »Geben Sie ihm Ihr Handy und geben Sie zuvor Ihren PIN-Code ein.«

Stephan hielt sein Handy fest.

»Bitte, Herr Knobel!« Della Rovere nickte aufmunternd mit dem Kopf. »Vertrauen Sie mir!«

Stephan tippte den PIN-Code ein, öffnete das Seitenfenster und legte das Handy wortlos in die geöffnete Hand des Türstehers. Dann verschwand der glatzköpfige Mann dorthin, woher er gekommen war.

Della Rovere startete den Wagen wieder, nahm sein eigenes Handy aus dem Türfach der Fahrerseite und legte es so auf die Mittelkonsole, dass das Display für Stephan gut sichtbar war. Danach wählte er auf der Tastatur die gewünschte Funktion aus.

»Na also«, raunte er zufrieden, als die sich um eine Stange windende Mara zu sehen war.

»Wir werden uns jetzt über Mara unterhalten«, bestimmte della Rovere. »Sie werden sich bitte auf die Bilder konzentrieren, die auf dem Handy zu sehen sind.«

Stephan blickte ihn fragend an.

»Nein, keine Fragen!«, wehrte della Rovere ab. »Sie schauen einfach nur auf das Handy. Wenn Sie Ihre hübsche Freundin vernaschen können, werden Ihnen auch passende Worte zu Mara einfallen.«

Stephan schaute verwirrt auf das Display, während

della Rovere mit dem Auto scharf rechts und kurz darauf ebenso rasant nach links abbog.

»Diese Beine sind eine Sünde«, schwärmte della Rovere, während er weiter beschleunigte.

»Ja.« Stephan hüstelte.

»Ich vermute mal, Ihre Freundin ist Mara ähnlich. Wie heißt sie doch gleich?«

»Marie.«

»Marie und Mara«, säuselte della Rovere, während er aus dem Auto herausholte, was ging. »Allein diese Namen bilden eine Symphonie.«

»Ja«, sagte Stephan wieder.

»Ich glaube, Sie sind ein schüchterner stiller Genießer, Herr Knobel. Dabei ...«, della Rovere schlürfte vernehmlich, »ist jedes dieser göttlichen Geschöpfe vom Herrgott allein dazu geschaffen worden, ihre Schönheit mit allen Sinnen zu genießen.« Della Rovere schaute flüchtig auf das Display. »Sehen Sie nur diese Anmut! Unser Herrgott ist ein Künstler – oder ein geiler Bock!« Della Rovere lachte lüstern, während er sich auf die Straße konzentrierte. »Oder was meinen Sie, Herr Knobel?«

»Geil, ja«, haspelte Stephan hölzern.

Della Rovere sah ihn missbilligend von der Seite an. »Sie müssen häufiger in den Puff gehen«, provozierte er. »Nun, ich höre nichts. Was meinen Sie: Ein oder zwei Stündchen mit Mara?«

»Heute nicht«, stotterte Stephan und rutschte tiefer in den Sitz. Der Schweißgeruch und der riskante Fahrstil della Roveres ließen ihn würgen. Ihm war klar, dass er sich auf das Handydisplay konzentrieren sollte, um sich nicht den Weg einprägen zu können, den della Rovere nahm. Die rasche Folge von Rechts- und Linkskurven konnte nur bedeuten, dass della Rovere Umwege fuhr und Verwirrung stiften wollte.

Stephan krampfte sich durch die künstliche Unterhaltung über die sich entblößende Mara, während della Rovere locker und anzüglich plauderte und Maras Auftritt passgenau kommentierte, ohne dass er dabei häufig auf das Display schauen musste. Stephan spürte intuitiv, dass es besser sei, mitzuspielen, und als sie bereits auf einer dunklen Ausfallstraße waren, gelang es ihm, mit della Rovere mitzuhalten. Ein Wort gab das andere und Stephan wunderte sich über sich selbst, dass er mit einem fremden Menschen ungeniert über Sex redete und ein stummes Video auf dem Handybildschirm hierfür die Vorlage war.

Unvermittelt bog della Rovere auf einen Feldweg ab. Der Wagen schaukelte stark, und Stephan konnte schon deshalb nicht länger auf das Handy schauen. Rechts und links des Weges konnte er in der Dunkelheit nur schemenhaft dichtes Buschwerk erkennen, bis vor ihnen ein kleines Haus auftauchte, dessen nur schwach erkennbare Umrisse eine größere Gartenlaube vermuten ließen. Aus einem Fenster fiel gelbliches Licht auf einen kleinen Vorplatz, auf dem della Rovere wendete. Das Auto kam knirschend zum Stehen.

»Wo sind wir hier?«, fragte Stephan.

Della Rovere stoppte das Video. »Emilia könnte längst bei ihrem Vater sein«, sagte er. »Alles wäre vergessen, und es gäbe keine Verfahren, die zu nichts führen oder nur unnütz Staub aufwirbeln. – Kommen Sie!«, della Rovere stieg aus.

Stephan folgte ihm unsicher. »Sind wir bei Ivelina?«, fragte er leise, als er die Beifahrertür schloss.

»Sie müssen nicht flüstern! Ja, wir sind bei Emilias Mutter.«

Della Rovere schob Stephan vor die hölzerne Haustür in der Seitenwand der Laube und trat einen Schritt zurück.

Stephan klingelte und sah sich unschlüssig nach della Rovere um, doch er sah ihn jetzt nicht. Seine Augen suchten in der Dunkelheit, doch schon hörte er aus dem Inneren der Laube Schritte zur Tür kommen. Er wandte sich wieder um, als die Tür geöffnet wurde.

»Frau Kubilski?«, fragte Stephan, obwohl er sie sofort von dem Foto wiedererkannte, das Pavel Kubilski auf seine Suchbriefe gesetzt hatte.

Die Frau blickte Stephan verwundert an und dann an ihm vorbei.

»Ivo…?«, rief sie in die Dunkelheit.

Es war ein schnappendes Geräusch, nicht lauter, als zöge jemand eine Tür vorsichtig ins Schloss.

Stephan drehte sich in die Richtung um, aus der das Geräusch kam, doch er sah nichts. »Herr della Rovere?«

Jetzt trat della Rovere aus dem Schatten. »Es ist vorbei!« Er deutete mit einer Kopfbewegung nach vorn.

Stephan wandte sich wieder der Frau zu, doch er sah sie nicht, sah sie nicht sofort, sondern spürte sie an seinen Beinen. Er schrie, als sie sich auf dem Boden mit einem Seufzen ausstreckte wie eine hingefallene Stoffpuppe.

»Schauen Sie ihr ins Gesicht!«, verlangte della Rovere kalt, und Stephan tat mechanisch, was er wollte. Er konnte den Blick nicht von ihren toten Augen nehmen.

»Schließen Sie sie!«, bat della Rovere von hinten. Stephan beugte sich benommen vor, doch er sperrte sich.

»Warum?« Er richtete sich auf.

Della Rovere ließ sein Handy sinken.

»Was machen Sie?«

»Ein Foto«, antwortete della Rovere. »Meine Versicherung sozusagen.« Er ging zum Auto. »Ich könnte beweisen, dass Sie hier waren«, sagte er, »aber ich habe nicht vor, von diesem Wissen Gebrauch zu machen. Es sollte immer bei der offiziellen Version bleiben, Herr Knobel. Und die lautet: Sie waren nicht hier. Sie sind jetzt bei Mara, verstehen Sie?«

Stephan zitterte am ganzen Körper.

»Einsteigen!«, befahl della Rovere. »Sie kommen hier nicht alleine weg. Oder wollen Sie Zeugen treffen, die später bestätigen, dass Sie hier waren?« Er zwängte Stephan in den Wagen.

Della Rovere schwang sich auf den Fahrersitz und legte sein Handy wieder auf die Mittelkonsole.

»Nein!«, brüllte Stephan.

»Schauen Sie mal!« Della Rovere deutete auf das Display. Es zeigte Stephan, wie er sich über die Tote beugte.

»Sie sind ein Teufel!«

Della Rovere speicherte das Foto ab und rief das Video aus dem Nachtclub auf.

»Warum?«, fragte Stephan wieder.

»Es war ein Dienst für Ihren Mandanten, Herr Knobel.« Della Rovere startete den Wagen und fuhr langsam zur Straße zurück. »Ich habe Ihnen mehrfach gesagt, dass er vor Gericht verlieren wird. Aber wenn die Mutter nicht vor Gericht erscheint und man später erfährt, dass sie tot ist, dann ist doch klar, wer Emilia bekommt: Pavel Kubilski! Das Rückführungsverfahren geht zu seinen Gunsten aus, und das Sorgerecht für Emilia wird automatisch ihm zufallen. Ihre Aufgabe ist allein, morgen mit Kubilski zum Gericht zu gehen und so zu tun, als sei nichts geschehen. Sie werden verwundert sein, wenn Ivelina nicht erscheint. Schaffen Sie das, Herr Knobel?«

Stephan würgte. Er kämpfte gegen den Reiz, erbrechen zu müssen.

»Sie schaffen das!«, sagte della Rovere ungerührt. Er schaute auf das Video.

»Man wird sofort Kubilski oder mich verdächtigen«, keuchte Stephan. Er senkte das Seitenfenster etwas ab. Der kalte Fahrtwind schnitt ihm ins Gesicht.

»Kubilski sitzt in der Hotellobby und wird vom Portier vollgequatscht und Sie sind bei Mara. Schon vergessen? Sie sind beide ganz legal in Sofia. Kubilski muss zur Gerichtsverhandlung und Sie als sein Anwalt stehen ihm bei. Wir beide sind uns schon bei Ihrem letzten Besuch begegnet. Wir waren damals in der Bar und sind heute in der Bar.«

»Und Marie?«

Della Rovere schnaufte. »Tja, die Frauen bringen immer alles durcheinander. Sie begleitet Sie und bleibt heute wegen Migräne im Hotel. Und Sie vergnügen sich derweil mit Mara. Das ist schon eine etwas verrückte Geschichte.«

Della Rovere lachte, sah auf das Video und tippte mit dem rechten Zeigefinger auf eine Taste.

»Ich würde ihr Sekt in den Bauchnabel träufeln und

dann genüsslich ausschlürfen. Was meinen Sie, Herr
Knobel?«

»Ich auch«, gluckste Stephan. Ihm liefen die Tränen
über die Wangen.

»Ihnen wird doch nicht etwa übel bei diesem Gedanken?«, frotzelte della Rovere.

»Sie sind aus Eis!«

»Eiswürfel sind nicht jedermanns Geschmack. Eine
Frau muss schon darauf stehen. Die meisten finden es
allerdings nur unangenehm ...« Della Rovere erging sich
nun in einem Schwall von Komplimenten über Mara,
und er konnte Stephan mit Gesten bewegen, ihm zuzustimmen oder knappe Sätze zu sagen. Stephan redete wie
ein Automat. Er sah die vorbeihuschenden Lichter der
Straßenlampen durch seine Tränen wie in allen Regen-
bogenfarben tanzende Punkte.

»Ich glaube, Sie haben ein ganz schlechtes Gewissen«,
meinte della Rovere am Ende. »Jetzt durften Sie eine
der schönsten Frauen Bulgariens genießen, und heim-
lich denken Sie nur an Ihre Marie.«

Della Rovere stellte die Aufnahme ab.

Wie gelähmt nahm Stephan sein Handy von dem
glatzköpfigen Türsteher entgegen. Dann fuhr ihn della
Rovere zum Hotel zurück.

»Sie müssen nur ahnungslos bleiben«, sagte della
Rovere zum Abschied. »Dann läuft alles glatt.«

28

Marie sah Stephan mit weit aufgerissenen Augen an, als er ihr mit brüchiger Stimme alles über den Mord und darüber erzählt hatte, was er von della Rovere wusste und wie die Begegnungen mit ihm verlaufen waren.

»Deshalb solltest du nach Sofia kommen, Stephan. Er hat dich hierhin gelockt und deshalb alles bezahlt. Della Rovere brauchte dich einzig für den Zweck, dich auf dem Foto mit der toten Ivelina abzulichten. Er will dich als Täter im Boot haben, wenn es nötig ist. Und er hatte von vornherein vor, Ivelina zu erschießen. Vielleicht steckt doch Pavel Kubilski dahinter. Es könnte ein geschickter Schachzug sein, della Rovere wie zufällig ins Spiel zu bringen und selbst den Antipoden zu spielen: Äußerlich grenzt er sich von della Rovere ab, während er in Wirklichkeit sein Handlanger ist. Denk daran, dass Ivelina mir schrieb, dass sie sich vor der Verhandlung vor dem Sofioter Stadtgericht fürchtete. Sie traute Pavel jeden Trick zu.«

Marie nahm Stephans Handy und spielte das neueste Video ab. Sie sah Mara an der Stange und im Vordergrund zwei gefüllte Sektgläser.

»Diese Beine sind eine Sünde«, sagte eine Stimme.

»Das ist della Rovere«, warf Stephan ein.

»Ja«, hörte er sich selber antworten, bevor er hüstelte.

Im Vordergrund griff eine männliche Hand zu einem der Sektgläser.

»Ich vermute mal, Ihre Freundin ist Mara ähnlich. Wie heißt sie doch gleich?«, fragte della Rovere.

Die Hand stellte das Sektglas ab.

Marie schüttelte den Kopf und stoppte das Abspielen.

»Es ist perfekt gemacht, Stephan! Das Handy dokumentiert vermeintlich deine eigene Aufnahme von dem Auftritt dieser Mara. Man hat deine Unterhaltung mit della Rovere über dieses Girl in die Aufnahme eingespeist und zwei Statisten halten ihre Arme her, um hin und wieder zum Sektglas zu greifen. Sie spielen euch, wie ihr genüsslich Sekt schlürft.«

»Und della Rovere kannte den Auftritt Maras auswendig, weil sie immer dieselbe Nummer abzieht. Deshalb konnte er wie ein Souffleur seine anzüglichen Kommentare sprechen, ohne ständig aufs Video schauen zu müssen«, vollendete Stephan.

»Wenn Kubilski nicht dahintersteckt«, überlegte Marie, »stellt sich die Frage, warum della Rovere ein so großes Interesse daran hat, dass Pavel seine Tochter Emilia wiederbekommt. Ein so großer Menschenfreund kann er nicht sein …«

»Was allein der Umstand beweist, dass er Ivelina kaltblütig erschießt. – Obwohl …«

»Was?«, fragte Marie.

»Ivelina sah genauso aus wie auf dem Foto, das Pavel auf seinen Suchbriefen veröffentlicht hatte.«

»Ja, und?«

»Dieses Foto ist über zwei Jahre alt und entstand, bevor Ivelina mit ihrer Tochter verschwand«, überlegte Stephan. »Auch auf dem Foto, dass Ivelina mit dem Baby auf dem Arm zeigt und das Pavel ins Internet gesetzt hat, sieht Ivelina exakt so aus wie auf dem Foto des Suchbriefs. Das Foto mit dem Baby entstand nach Pavels Aussage am 6.5.2016. Dagegen sah sie etwas anders aus, als ich sie erst vor wenigen Wochen bei der Berufungsverhandlung vor dem Dortmunder Landgericht sah. Zumindest war die Frisur eine andere. Warum wechselt Ivelina in so kurzer Zeit zu ihrem früheren Outfit zurück? Warum sah sie heute wieder so aus wie vor Jahren?«

»Ivelina hat mir geschrieben, dass sie gar nicht die Frau sei, die auf der Straße mit einem Baby auf dem Arm fotografiert wurde. Wenn das stimmt …«

»… stellt sich die Frage, warum della Rovere eine Frau erschießt, die womöglich gar nicht Ivelina ist, obwohl della Rovere offensichtlich glaubt, dass sie es ist«, meinte Stephan. »Da ist noch etwas: Die Frau vorhin hat mich gar nicht erkannt, obwohl sie – wäre sie Ivelina gewesen – mich hätte erkennen müssen, denn sie hatte mich bei der Verhandlung vor dem Dortmunder Landgericht mit Sicherheit bewusst wahrgenommen. Ich kam erst einige Zeit nach Verhandlungsbeginn in den Sitzungssaal und saß direkt bei ihrem Mann, der in ihren Augen ihr Erzfeind ist. Sie muss mich gesehen haben. Vorhin aber hat sie gar nicht auf mich reagiert. Sie hatte stattdessen jemand anderen erwartet: Einen Mann namens Ivo.«

»Du meinst: Della Rovere ist Ivo?«, fragte Marie. »Warum sollte sie ihren Mörder erwarten?«

»Della Rovere war mit ihr verabredet, Marie! Kein Zweifel!«

»Wie kommst du darauf?«

»Er war schon etwas ungehalten, weil ich noch so lange mit dir zusammen war. Als ich dann endlich bei ihm war, hat er es eilig gemacht. Er sagte, wir seien schon spät dran.«

29

Stephan und Marie hatten keine Minute geschlafen. Immer wieder standen Stephan die Bilder vor Augen, deren besondere Grausamkeit darin bestand, dass Stephan den Tod der Frau gar nicht mitbekommen hatte, obwohl er direkt bei ihr stand. Das schnappende Geräusch hämmerte in seinem Kopf, das sich so unbedeutend angehört und doch den Tod gebracht hatte. Stephan litt darunter, dass neben ihm eine Frau gestorben war, von der er nichts wusste, und fühlte sich schuldig, weil er es gewesen war, der an ihrer Tür geklingelt und sie veranlasst hatte zu öffnen. Stephan war eine Art Lockvogel gewesen, und dieser Umstand machte ihn mehr zum Tatbeteiligten, als es della Roveres Foto jemals tun konnte. Stephan stellte sich die Frage, ob er eine solche Tat nicht hätte ahnen müssen, und ihm schlugen moralisch alle Anzeichen um die Ohren, die ihn hätten wachsam sein lassen müssen: Wie naiv war er gewesen, als er bereitwillig mitmachte, im Zusammenspiel mit della Rovere eine Alibigeschichte zu inszenieren? Wie hatte er ignorieren können, dass della Rovere ihn in eine schwere Straftat verwickeln wollte, als er erkannte, wie geschickt und planvoll della Rovere das ganze Drumherum organisierte? Della Rovere, dem es nichts auszumachen schien, einen Menschen zu töten und sich auf dem Weg dorthin und von dort zurück mit leichten Worten über Sex zu unterhalten, hatte Stephan an die Grenze seiner Existenz getrieben und ihn mit der von ihm selbst zu beantwortenden Frage zurückgelassen, wo die Grenze zwischen unschuldiger Unwissenheit und verantwortlicher Schuld zu ziehen war.

Als Stephan mit Marie im Frühstücksraum des Hotels erschien, war Pavel gerade mit dem Frühstück fertig. Er war überrascht, als er Pavel und Marie sah und zugleich beruhigt, dass deren Anwesenheit keine Kosten für ihn auslöste. Pavel verhielt sich gerade so, wie della Rovere prophezeit hatte: Jetzt war er glücklich, nicht allein zu sein, und nachdem er davon erzählt hatte, dass er mit dem Portier des Hotels den gesamten gestrigen Abend verbracht und bei einer Flasche Wein über Gott und die Welt geredet habe, bemerkte er:

»Stephan, du siehst blass aus wie eine Leiche. Ich glaube, du hast mit deiner Freundin literweise polnisches Bier getrunken!«

Dann lachte er und freute sich über Stephans betroffenen Gesichtsausdruck, der ihn in der Annahme bestätigte, richtig vermutet zu haben. Pavel Kubilski verweilte bei Stephan und Marie, bis sie ihr Frühstück beendet hatten. Er hatte schon seinen grauen Anzug angezogen und die rote Krawatte umgebunden. Um zehn Uhr sei die Verhandlung vor dem Sofioter Stadtgericht und um 9.30 Uhr sei er mit seinem bulgarischen Kollegen, Dragomir Aleksev, vor dem Gerichtsgebäude verabredet. Also müsse man – wobei er wiederholt auf die Armbanduhr schaute – um spätestens 8.45 Uhr das Hotel verlassen. Es folgten die unvermeidlichen Angaben darüber, welche Straßenbahnlinien man nehmen und wo umgestiegen werden müsse. Allein dieses unschuldige Gerede, gepaart mit Pavels unerschütterlicher Zuversicht, dass heute der Tag gekommen sei, an dem das Gericht verfügen werde, dass Emilia an ihn zurückgegeben werde, trieb Stephan erneut die Tränen ins Gesicht.

»Du hast ganz viel polnisches Bier mit deiner Freundin getrunken«, freute er sich und bot bei dieser Gelegenheit auch Marie das Du an.

Vor ihrem gemeinsamen Aufbruch suchte Stephan noch einmal das Hotelzimmer auf und putzte sich dort minutenlang die Zähne. Er gurgelte und spülte, um den widerlichen Geschmack loszuwerden, als habe er erbrochen. Doch mehr als diesen glaubte er den Tod zu schmecken, und er ahnte, dass er diese Pest nicht durch Körperhygiene loswerden würde.

Auf dem Weg zum Sofioter Stadtgericht übernahm Marie die Kommunikation mit dem redseligen Pavel, der wie ein überzogenes Uhrwerk wirkte und nun Marie mit den Besonderheiten des Sofioter Straßenbahnnetzes vertraut machte, während sie mit der Straßenbahn zum Justizpalast fuhren. Stephan hielt sich abseits und kauerte auf einem ausgeleierten Schalensitz des alten Waggons, der sie zur nächsten Umsteigestation schaukelte, während Pavel mit Marie weiter vorn am Fenster stand und ihr zeigte, wo sich das Dreischienengleis in Normal- und Schmalspur teilte.

Stephan war sonnenklar: Pavel Kubilski hatte von den Geschehnissen des gestrigen Abends nicht die geringste Ahnung!

Gegen 9.15 Uhr erreichten sie das Sofioter Gerichtsgebäude, ein im monumentalen Architekturstil errichteter Justizpalast, an dessen Vorderfront wuchtige Säulen bis zum Gesims reichten.

Sie verweilten an einer Parkbank gegenüber dem Gerichtsgebäude. Pavel hielt nach allen Seiten Ausschau und drehte sich immer wieder um sich selbst, damit sein Anwalt ihn und insbesondere die rote Krawatte nicht übersehe, die Pavel wie ein Signal vor der Brust trug und als Erkennungszeichen verabredet war.

Gegen 9.20 Uhr strebte ein kleiner dickbauchiger Mann auf sie zu, dessen Jackett sich unter seiner Körperfülle nach außen wölbte. Er trug eine Hornbrille mit dicken Gläsern. Seine Glatze leuchtete rosa und thronte über einem schwarzen dünnen Haarkranz. Dieser Mann musste Dragomir Aleksev sein. Er strahlte, als er Pavel erblickte, verneigte sich untertänig vor ihm und sprudelte: »Bin Anwalt Dragomir Aleksev. Habe Ehre und Wetter schön gebracht. Gutes Wetter, gutes Recht!« Er lachte, und sein Lachen war echt. Dann klopfte er zuversichtlich auf seine dickbauchige Aktentasche. »Taschen-akte voll, Kubilski, habe alles studiert in Nachtschwarz bei hellem Mond.«

»Das kann ja was werden«, flüsterte Marie und kniff Stephan in den Arm, doch der reagierte nicht. »Hey, was hast du?«

Stephan starrte auf die andere Straßenseite. »Da ist Ivelina – so wie ich sie aus der Verhandlung vor dem Dortmunder Landgericht kenne. Mit anderen Worten: Die Tote ist nicht Ivelina!«

Pavel löste sich von seinem bulgarischen Anwalt. »Dahinten ist meine Noch-Frau«, sagte er. »Ich gehe jetzt mit Herrn Aleksev ins Gericht.«

»Toi, toi, toi!«, wünschte Marie und hob den Daumen.

»Kann nicht schiefgehen!« Pavel formte die Finger seiner rechten Hand zum Victoryzeichen.

Marie und Stephan sahen ihm nach, als er und sein Anwalt die breite Treppe zum Justizpalast emporstiegen, bis sie zwischen zwei Säulen ihren Blicken entschwanden.

30

Nach rund drei Stunden verließ Ivelina im Beisein ihres Anwalts das Gebäude des Sofioter Stadtgerichts.

Stephan beobachtete die beiden.

»Keine weiteren Fragen!«, kommentierte er. »So sehen Sieger aus!«

Ivelina verabschiedete sich lachend von ihrem Anwalt.

Es dauerte einige Minuten, dann verließen auch Pavel Kubilski und sein bulgarischer Anwalt das Justizgebäude. Der kleine dickbäuchige Mann mit dem Haarkranz gestikulierte mit beiden Händen, während seine am linken Arm hängende dickbauchige Aktentasche durch die Luft schaukelte. Pavel blieb still.

Stephan ging auf Pavel zu und umarmte ihn.

»Abgelehnt«, stammelte er.

Dragomir Aleksev eilte hinzu. »Übersetzung in Gericht war gut«, sagte er. »Aber Gott heute nicht auf gute Seite. Deutschland will lernen, Bulgarien ist anders.«

Er zuckte mit den Schultern, und Stephan glaubte ihm, dass er dies ehrlich meinte. Der Anwalt huschte mit seiner dickbauchigen Aktentasche davon.

»Und jetzt?«, fragte Pavel.

»Jetzt warten wir das Urteil mit seiner schriftlichen Begründung ab«, antwortete Stephan. »Und dann sehen wir, ob es Sinn macht, dagegen Berufung einzulegen.«

»Und was sagst du als Freund?«, fragte Pavel.

»Als Freund sage ich, dass du in diesem Land verraten und verkauft bist. Dass das Recht hier mit Füßen getreten wird und es egal ist, ob wir uns in Europa oder in einer Bananenrepublik befinden. Und es ist egal, ob wir uns an die normalen Institutionen oder an Petitionsausschüsse wenden. Alles ist fff.«

»fff?«

»Das lernen Juristen schon im Studium«, antwortete Stephan. »Wenn kein förmlicher Rechtsbehelf mehr hilft, helfen die Bittstellerwege. Da sitzen dann Gestalten, die mit Gesinnungslyrik Verständnis zeigen, ohne etwas bewirken zu können.«

Pavel blickte fragend.

»Zum Beispiel die Petitionsausschüsse«, antwortete Stephan. »Aber für sie gelten die drei ›f‹ in besonderer Weise: Sie sind formlos, fristlos und vor allem fruchtlos.«

»Ich schmeiße eine Bombe!« Pavel standen die Tränen in den Augen. »Ich will mit della Rovere reden! Sofort!«

Sie gingen den Weg zu Fuß zurück. Unterwegs überholte sie auf dem Mittelstreifen einer breiten Straße bimmelnd eine Straßenbahn aus Bonn. Pavel beachtete sie nicht. Seine rote Krawatte pendelte träge im Wind.

31

Am 27.2. fand im Gebäude des Oberlandesgerichts Hamm das Gespräch in Sachen Klemens Strauß statt. Stephan erschien provokant in Jeanshose und Strickpullover zur Besprechung und reizte eingangs mit einer kalkulierten Verspätung, die er mit einer Abortverstopfung im Zug entschuldigte.

Herr van Daalen übernahm die Moderation und die Protokollführung. Dann informierte er über das Prozedere, das er sich für den Ablauf des heutigen Gesprächs überlegt hatte.

Als er geendet und alle Regularien vorgegeben hatte, stand Stephan auf und trat an das großflächige Fenster des Besprechungsraums des Oberlandesgerichts Hamm, aus dem man weit in die Landschaft und in der Ferne die Zementwerke in der Soester Börde erkennen konnte.

»Ich werde es abkürzen, meine Herren!«, sagte er in Richtung Fenster und sah die Teilnehmer der illustren Runde im Glas gespiegelt. »Wir reden heute über ›könnte‹ und ›ist‹. Das sind die Begriffe, zwischen denen sich die Juristerei bewegt. Wir werden heute die Welten, die sich um diese Begriffe ranken, nicht neu definieren, und ich werde nicht behilflich sein, Ihnen in diesem verquasten Fall zu dem Boden zu verhelfen, von dem aus Sie Ihren Theorien und Schlussfolgerungen vermeintlich zu neuen Erkenntnissen verhelfen. In fünf Minuten, meine

Herren, werde ich diesen Raum verlassen und Sie mit der Not zurücklassen, Entscheidungen auf sumpfiger Grundlage fällen zu müssen. Wir Juristen sind Meister darin, zwischen dem ›Ist‹ und ›Könnte‹ zu pendeln. Die Grenzen zwischen Wirklichkeit und Fiktion verwischen, und in der oft unheilvollen Melange zwischen beiden Bereichen siedeln wir unsere Gerechtigkeitsmaßstäbe an. Wer Opfer und wer Täter ist, erscheint angesichts dieser Beliebigkeit manchmal zufällig. Justiz, das wissen Sie, ist nicht so unabhängig, wie es unsere Gewaltenteilung verlangt. Gefälligkeit ist ein wesentliches Zahnrad im Getriebe. Vor diesem Hintergrund nenne ich mein erstes Faktum: Ich werde mich Ihrem System nicht beugen und auch nicht dem Ansinnen, einen Vorgang aufzuklären, der nicht nur nicht von mir inszeniert ist, sondern mich auch nichts angeht. – Ja, Herr Strauß war mein Referendar, und der einzige Umstand, dessen ich mich schäme, ist die Tatsache, einen Menschen durchgewunken zu haben, der nach meiner festen Überzeugung nicht im Ansatz die Gewähr dafür bietet, sich für die Menschen einzusetzen, denen er als Anwalt dienen möchte. Nehmen Sie bitte meine Überzeugung zu Protokoll: Herr Strauß ist fachlich und persönlich für den Beruf unfähig, den er mit dem Examen anstrebt.«

Stephan sah angestrengt in die Scheibe.

»Warum protokollieren Sie nicht?«, fragte er gegen das Fenster.

»Wir wollen keine Kriege«, antwortete van Daalen.

»Da haben wir ein gleiches Interesse«, stimmte Stephan zu. »Sie übersehen nur einen wesentlichen Umstand, und ich nenne Ihnen mein zweites Faktum:

Die Justiz ist unabhängig, aber Anwälte sind noch viel unabhängiger. Sie alle schwimmen in Ihren Karrierekanälen, ich tue es nicht. Während ich morgens unbefangen die Sonne begrüße, tun Sie es mit der Frage, wem Sie auf dem Weg nach oben noch die Hand reichen müssen. Das unterscheidet uns. Ein Anwalt ist, wenn er seinen Beruf ergriffen hat, sofort am Ziel. Die Justizjuristen sind immer auf dem Weg, und wenn sie ihr Ziel einmal erreicht haben, gibt es immer jemanden, der an ihrem Stuhl sägt. – Was will ich damit sagen?«

Stephan wandte sich um.

»Für Justizjuristen geht es das ganze berufliche Leben lang um die Entscheidung zwischen ›Ist‹ und ›Könnte‹: Bin ich ausgewählt oder könnte ich noch scheitern? Es geht aber auch um die Frage: Verhalte ich mich richtig oder zerstöre ich meine Karriere? Vor diesem Hintergrund, meine Herren, beraten Sie sich bitte mit Herrn Strauß! Ich garantiere Ihnen, mit Ihnen in der Öffentlichkeit jeden Disput auszufechten, der seinen Anlass darin hat, dass Ihr Haus Theorien nachhängt, wonach ich in irgendeiner Weise mit der sogenannten Causa Strauß verwoben bin.«

»Jetzt sagt er noch: *Ich habe fertig*«, raunte Schmechler. Doch niemand lachte.

32

Drei Wochen später übermittelte das Bundesamt für Justiz die schriftliche Ausfertigung des Urteis des Stadtgerichts Sofia vom 22.2.2018 in bulgarischer Sprache und in deutscher Übersetzung. Stephan überflog die jeweils elf Seiten umfassenden Dokumente, die eng einzeilig bedruckt waren. Dann las er die deutsche Übersetzung:

ENTSCHEIDUNG
Vom 22.2.2018,   *Stadt Sofia*

IM NAMEN DES VOLKES
Das Sofioter Stadtgericht, Zivilabteilung, 5. Familiengericht, hat in der öffentlichen Sitzung am 22.2. des Jahres 2018, in Zusammensetzung:
Vorsitzende: Jorjeta Hudova

Sekretärin Rumyana Lazorova
unter Teilnahme des Staatsanwaltes Vladimir Pruschev von der Staatsanwaltschaft der Stadt Sofia und nach der Verhandlung der berichteten Zivilsache Nr. 5841 zu seinem Urteilsspruch Folgendes berücksichtigt:

Es folgten langatmige und verworrene Ausführungen über seinen Mandanten Pavel Kubilski, seine Frau Ivelina

Kubilski und über den bisherigen Verfahrensgang. Stephan fiel auf, dass das Gericht die Äußerungen Pavels zumeist als Vermutung, die Behauptungen Ivelinas hingegen überwiegend als bewiesen erachtete, indem es sich maßgeblich auf die zeugenschaftliche Vernehmung der vom Gericht angehörten Großmutter Emilias stützte. Über viele Seiten führte das Gericht aus, dass es Emilia in Sofia gut gehe und seitens der Großmutter und der Mutter, die zwischenzeitlich immer wieder im Ausland als Ärztin arbeite, bestens versorgt sei. Schließlich unterstellte das Gericht auch, dass der sexuelle Missbrauch Emilias durch den Vater stattgefunden habe, wobei Stephan nicht beurteilen konnte, ob die verquasten Formulierungen des Urteils nur einer unzureichenden Übersetzung geschuldet waren:

Unter ungünstiger Situation ist eine ungünstigere Situation im Vergleich zu dieser, in der die Kinder infolge der Entführung schon sind, zu verstehen. In der Verfahrenshypothese sind überzeugende Angaben über verwirklichten sexuellen Missbrauch seitens des Vaters gegen das Kind Emilia Kubilski, wobei im Lande ein vorgerichtliches Verfahren eingeleitet und geführt wird, soweit diese Handlungen des Antragstellers den Tatbestand einer Straftat allgemeinen Charakters erfüllen.

Entgegen deutscher Gepflogenheiten befand sich der Urteilstenor am Ende der Entscheidung:

Unter dieser Begründung hat der Gerichtshof BESCHLOSSEN:

ER LEHNT AB den Antrag mit Rechtsgrund Art. 8 ff. des Haager Übereinkommens in Verbindung mit Art. 22a des Kinder- und Jugendfürsorgegesetzes von Pavel Kubilski, deutscher Staatsangehöriger, mit ständigem Aufenthalt in Bundesrepublik Deutschland, Adresse: Melanchthonstraße 73 in Stadt Dortmund, durch das Justizministerium der Republik Bulgarien in seiner Eigenschaft als Zentralbehörde im Sinne des Art. 6 des Haager Übereinkommens vertreten, über die minderjährige Emilia Kubilski, bulgarische Staatsangehörige, PKZ 046375003, dem Antragstellen in Deutschland, als UNBEGRÜNDET.

Abschließend verurteilte das Gericht Pavel Kubilski, die Anwaltskosten Ivelinas in Höhe von 516 Leva und Gerichtskosten in Höhe von 100 Leva zu zahlen.

Danach las Stephan das Begleitschreiben des Bundesamtes für Justiz:

Sehr geehrter Herr Rechtsanwalt Knobel,

in obiger Kindschaftssache übersende ich Ihnen das Schreiben der Zentralen Behörde Bulgariens vom 22.2.2018 zu Ihrer Kenntnisnahme.

Die Zentrale Behörde Bulgariens übermittelt damit die Gerichtsentscheidung vom 22.2.2018 mit der Übersetzung in die deutsche Sprache.

Für Rückfragen stehe ich Ihnen gerne – auch telefonisch – zur Verfügung.

Mit freundlichen Grüßen
Im Auftrag

Winkelmann
Beglaubigt
Burlo
Tarifangestellter

Daneben befand sich der Aufdruck des Dienststempels des Bundesamtes für Justiz mit der Nummer 103.

Stephan warf die Unterlagen auf den Tisch und wählte die auf dem Schreiben angegebene Durchwahl.

»Ich mache von Ihrem Angebot Gebrauch!«, rief er erregt. »Sie haben es so oft wiederholt, dass ich gar nicht anders kann, als es endlich anzunehmen.«

»Welches Angebot?«, fragte Winkelmann.

Marie war hinter Stephan getreten.

»Ich nehme Rücksprache!«, dröhnte Stephan. »Haben Sie diesen Unsinn gelesen? Pavel Kubilski ist verraten und verkauft worden. So ein Urteil hat mit unserem Verständnis von Rechtsstaatlichkeit nichts zu tun! Das Urteil geht darüber hinweg, dass Ivelina in Deutschland rechtskräftig als Kindesentführerin verurteilt worden ist. Widerrechtlicher kann eine Entführung doch nicht sein! Aber das interessiert in Bulgarien nicht! Stattdessen wird ohne Weiteres unterstellt, dass Herr Kubilski seine Tochter missbraucht habe. Und Deutschland – damit meine ich Ihre Behörde – nimmt dies nur kommentarlos zur Kenntnis.«

»Soll Deutschland Bulgarien den Krieg erklären?«, fragte Winkelmann. »Bulgarien ist ein souveräner Staat mit einer eigenen Justiz. Darauf haben wir keinen Einfluss, Herr Knobel.«

»Das ganze Rückführungsverfahren ist eine Farce, Herr Winkelmann!«

»Sie können gegen die Entscheidung Einspruch einlegen lassen, Herr Knobel. Haben Sie das nicht gelesen? Unter dem Urteil steht eine Rechtsmittelbelehrung.«

»Ja, klar!« Stephan lachte bitter. »Über die Erfolgsaussichten dieses möglichen sogenannten Einspruchs müssen wir nicht ernsthaft diskutieren. Außerdem ist Herr Kubilski nervlich und finanziell am Ende. Schon deshalb wird er keinen Einspruch einlegen, Herr Winkelmann! Ich werde ihm auch nicht dazu raten! Einem solchen Justizschauspiel werde ich ihn nicht aussetzen.«

»Bulgarien ist nicht Deutschland«, wusste Winkelmann.

»Offensichtlich hat Emilia auch nicht mehr die deutsche Staatsangehörigkeit, sondern nur noch die bulgarische. Jedenfalls liest sich das so«, erregte sich Stephan weiter. »Davon wusste ich nichts. Auch dazu ist Pavel Kubilski nicht angehört worden.«

»Auch darauf haben wir keinen Einfluss, Herr Knobel.«

Stephan beendete kopfschüttelnd das Gespräch.

»Im Grunde wissen wir gar nichts«, meinte Marie. »Wir wissen nicht, ob der sexuelle Missbrauch stattgefunden hat oder auf einer boshaften Erfindung der Kindesmutter beruht, die sie Emilia als vermeintlich echtes Erlebnis in ihr Gedächtnis eingepflanzt hat. Wir wissen nicht, ob die bulgarische Justiz Erkenntnisse hat, die wir nicht haben. Wir wissen auch nicht, ob diese Witzfigur, die Pavel vor dem Gericht in Sofia vertreten hat, ein unabhängiger Anwalt oder eine Marionette war. Und wir wissen nicht, wer della Rovere ist, warum er eine Frau ermordet hat, die wie Ivelina aussieht, und welchen Bezug all dies zur wirklichen Ivelina und der Entführung Emilias nach Bulgarien hat.«

»Und wir haben ein Haager Abkommen über die Rückführung ins Ausland entführter Kinder, das nichts wert ist, wenn sich der Staat, in den das Kind verbracht worden ist, nicht an die Regeln hält und die rechtskräftige Entscheidung eines anderen Staates ignoriert. Wir haben nichts – und ja, du hast recht: Wir wissen nichts!«

33

Stephan hatte seinen schwarzen Anzug gewählt. Seine dazu passenden Lackschuhe glänzten und schmerzten gleichermaßen. Er ging auf dem Flur der dritten Etage des Altersheimes auf und ab. Dann ging er beherzt zur Braut. Hermine Schäfer hatte sich in ein blaugeblümtes Kostüm gewandet. Ihre Haare waren toupiert. Sie duftete, als hätte sie in Kölnisch Wasser gebadet.

»Wie schön, dass Sie sich für mich entschieden haben«, freute sie sich. »Es ging ja sehr schnell mit dem Termin.«

»Ich habe Kontakte und mich wie versprochen um alle Formalitäten gekümmert«, blieb Stephan unbestimmt. »Es ging so schnell, dass ich nicht einmal Ringe besorgen konnte. Aber das holen wir nach. So was ist bloße Formalität.«

Hermine Schäfer erhob sich schwerfällig von dem Stuhl, auf dem sie gewartet hatte. »Ich gehe auf eigenen Füßen zur Zeremonie.«

Stephan nickte. »Soll ich Ihre Hand halten oder Sie eher stützen?«

»Wir sollten zum Du übergehen«, keuchte Frau Schäfer. Sie schlurfte langsam vorwärts.

»Hand halten oder Stützgriff?«, fragte Stephan wieder.

»Beides!«

»Es geht nur eines, Hermine!«

»Wie fühlst du dich?«, fragte sie.

»Wenn ich ehrlich bin, so wie beim Erste-Hilfe-Kurs vor der Führerscheinprüfung.«

»Du wirst mich nicht in die stabile Seitenlage bringen müssen, Jungchen!«, keifte Hermine. »Los jetzt, zum Speisesaal! Wann kommt die Standesbeamtin?«

»In fünf Minuten, mein ehernes Herz!«

»Lass die dummen Sprüche, Jungchen! Ich weiß schon, dass du nur ein Auge auf die Erbschaft geworfen hast. Musst aber noch ein paar Jährchen warten.«

»Ehrlich gesagt möchte ich lieber die Dokumente, von denen du sprachst«, erwiderte Stephan.

»Kriegst du«, nickte Frau Schäfer. »Nach der Trauung.«

Stephan bewegte sich Schritt für Schritt mit ihr über den Flur. Er hatte seinen linken Arm um Hermines Hüfte geschlungen. So kamen sie in den Speisesaal. Dort hatte man bereits die Trauzeugen in ihren Rollstühlen in Position gebracht. Sie saßen seitwärts rechts und links des Tisches, auf dem sonst ein Obstkorb zur Selbstbedienung stand. Der Heimleiter hatte den Tisch in den Raum vorgezogen. Zwischen den Rollstühlen der Trauzeugen standen zwei Stühle. Auf der anderen Seite des Tisches saß die Standesbeamtin. Stephan führte Hermine zu ihrem Platz. Seufzend sackte sie in ihren Stuhl. Stephan lächelte entschuldigend und setzte sich neben sie.

Die Standesbeamtin schlug huldvoll mit den Augenlidern und zog die Ärmel ihres schwarzen Hosenanzuges glatt.

»Wenn sich Liebende das Ja-Wort geben, soll die Welt den Atem anhalten und ihnen lauschen«, begann sie. »Die Liebenden sind ein Atom ihrer selbst, das sich vervielfältigt und einen Schweif im Universum hinterlässt. Nichts auf der Welt soll eingreifen, wenn sich zwei Menschen gefunden haben, die füreinander bestimmt sind.«

Die Standesbeamtin bat die beiden, einander die Hand zu geben. »Wenn ich Herrn Jasper bitten dürfte«, hüstelte sie und deutete auf den betagten Trauzeugen. »Er scheint eingeschlafen zu sein.«

Hermine Schäfer lehnte sich etwas zur Seite und gab ihm einen sanften Stoß auf die Schulter. »Kalle!«

»Bevor ich zu den Formalitäten schreite, soll – wie ich hörte – noch ein Versprechen eingelöst werden«, sagte die Standesbeamtin. »Herr Knobel sprach von Dokumenten, die Sie, Frau Schäfer ihm übergeben wollen.«

Karl Jasper schnarchte.

»Wie schön und unaufgeregt«, fand die Standesbeamtin und ließ ihn schlafen. »Herr Knobel hat mir gesagt, dass die Übergabe dieser Dokumente eine wesentliche Bedingung ist, ohne deren Erfüllung er nicht die Ehe mit Ihnen eingehen wird.«

Hermine sah Stephan an.

»Du hast es gehört«, sagte er. »Dies ist eine wesentliche Bedingung.«

»In meinem Zimmerschrank unten links«, sagte sie und blinzelte Stephan an. »Es ist ein brauner Umschlag.«

»Wenn Sie so freundlich wären«, bat Stephan die Standesbeamtin. »Ich möchte derweil bei Frau Schäfer bleiben. Sie bedarf meiner Fürsorge.«

Die Standesbeamtin erhob sich.

»Zimmer 307«, rief ihr Stephan nach.

Hermine Schäfer ließ ihren Blick auf Stephan geheftet.

»Diese Frau ist doch keine Standesbeamtin. Habe ich recht, Stephan?«

Stephan nickte. »Diese Frau ist Marie Schwarz, meine Freundin.«

»Du bist ein Betrüger, Stephan Knobel!«

Karl Jasper verschluckte sich im Schlaf, schnappte nach Luft und öffnete träge die Augen.

»Lass uns über deine Motive besser nicht reden, Hermine!«, erwiderte Stephan kalt.

»Du hast mir die Ehe versprochen, Anwalt!«

»Ich habe immer gesagt, dass die Übergabe der Dokumente eine Bedingung ist, unter der ich die Ehe mit dir schließe. Wohlgemerkt: *eine* Bedingung, aber nicht die einzige. Die wesentliche Bedingung ist die Liebe. Und da ist nun mal nichts!«

Stephan schwieg und sah aus dem Fenster, bis Marie mit einem braunen Umschlag im Türrahmen erschien. Stephan stand auf und gab Hermine die Hand.

»Ich biete dir etwas an«, sagte er. »Ich werde dich kostenfrei in der Angelegenheit gegen deine Tochter vertreten und versuchen, sie aufzufinden, damit du Unterhaltsansprüche gegen sie geltend machen kannst. Und wenn du es willst, kannst du mir und Marie eine Vorsorgevollmacht erteilen. Du kannst dir sicher sein, dass wir nur zu deinem Besten handeln werden. – Weißt du …« Er sah auf den Umschlag in Maries Händen. »Ich weiß nicht einmal, ob ich mir mit diesen Unterlagen etwas Gutes tue. Manchmal wünsche ich mir, ich hätte nie davon erfahren. Aber ich werde den Weg gehen, wenn die Dokumente einen Weg für mich eröffnen. Nicht jetzt, aber bald.«

34

Ende Mai fand vor dem Amtsgericht Dortmund der Scheidungstermin in Sachen Kubilski gegen Kubilski statt.

Ivelina hatte zuvor über einen von ihr beauftragten Anwalt mitteilen lassen, dass sie ihren Wohnsitz in Dortmund aufgegeben und nach Konstanz am Bodensee verzogen sei. Eine von ihrem Anwalt vorgelegte Meldebescheinigung bestätigte die formale Richtigkeit dieser Behauptung, obwohl Pavel und Stephan wussten, dass sie dort ebenso wenig und wenn, nur sporadisch anwesend sein würde. Es blieb unklar, wo sie sich hauptsächlich aufhielt und wo sie arbeitete. Das Familiengericht in Konstanz hatte Ivelina im Wege der Rechtshilfe für das Dortmunder Gericht zur Scheidung angehört. Auch Ivelina wollte geschieden werden. Dem von Pavel gestellten Sorgerechtsantrag für Emilia hatte sie sich widersetzt und ihrerseits beantragt, endgültig das alleinige Sorgerecht für Emilia zu erhalten.

Der Dortmunder Familienrichter referierte das Ergebnis der Anhörung Ivelinas vor dem Konstanzer Familiengericht. Dann nahm er den Scheidungswunsch Pavels entgegen, bevor er das wichtigste Thema aufrief: Wer bekam das Sorgerecht für Emilia?

Stephan hatte sich gut vorbereitet. Er bot alle Argumente auf, denen sich der gesunde Menschenverstand nicht verschließen konnte: Wie konnte einer Mutter das

Sorgerecht für ein Kind zugesprochen werden, das die Mutter entführt und dem Vater entzogen hatte? Stephan berief sich auf das im Grundgesetz geschützte Elterngrundrecht, und er malte aus, was die Mutter dem Kind angetan hatte, indem es ihm den Vater genommen hatte.

»Es stimmt«, schloss er sein Plädoyer, »dass das Glaubhaftigkeitsgutachten kein klares Ergebnis gebracht hat. Nach dem Ergebnis des Gutachtens können die von Emilia geschilderten Vorfälle auf tatsächlichem Erleben oder auf einer von der Mutter in Emilia erzeugten Erfindung beruhen. Ich persönlich bin von der Unschuld von Herrn Kubilski überzeugt. Wer ihn wie ich näher kennt und weiß, wie sehr er darum kämpft, seine geliebte Tochter zurückzuerhalten, der weiß auch, dass dieser Vater nicht die Bestie sein kann, als den ihn Frau Kubilski beschreibt, weil sie eigensüchtig Emilia für sich haben und ihren Vater aus ihrem Leben verbannen will. Es gibt keinen einzigen Beweis für die Behauptung, dass Herr Kubilski seine Tochter missbraucht hat. Wenn es der Kindesmutter, wovon ich überzeugt bin, allein darum geht, Emilia für sich zu haben, dann ist der falsche Vorwurf, Herr Kubilski habe seine Tochter missbraucht, nicht mehr als ein schäbiger Schachzug, um eine ohnehin rechtswidrige Kindesentführung moralisch zu rechtfertigen. Klipp und klar: Ivelina hat die Missbrauchskarte gespielt. Auch aus diesem Grund darf das Sorgerecht für Emilia nicht der Mutter zugesprochen werden, denn sie hat durch ihr schändliches Tun unter Beweis gestellt, dass ihr jede Bindungstoleranz gegenüber dem Kindesvater fehlt. Eine Mutter, die dem Kind den Vater nimmt, handelt nicht im Sinne des Kindeswohls.«

Der Familienrichter kündigte an, nicht heute über die Sache entscheiden zu wollen, und beraumte einen Verkündungstermin an.

Zwei Wochen später lag Stephan der Beschluss des Gerichts vor. Das Familiengericht hatte die Ehe der Kubilskis geschieden. Zum Sorgerecht erging folgende Entscheidung:

Das Sorgerecht für die am 5.1.2013 geborene Tochter Emilia der Beteiligten wird der Antragsgegnerin (Mutter) zur alleinigen Ausübung übertragen.

Stephan lief es kalt den Rücken herunter. Er blätterte weiter und las die entscheidenden Sätze in den Gründen des Beschlusses:

Es kann dahinstehen, ob der dem Kindesvater zur Last gelegte Missbrauch Emilias stattgefunden hat oder nicht. Maßgeblich für die getroffene Entscheidung ist, dass Emilia längst in ihrem Lebensumfeld in Sofia verwurzelt ist. Sie hat feste soziale Bindungen aufgebaut und spricht nach dem unwidersprochen gebliebenen Vortrag der Kindesmutter nur noch die bulgarische Sprache. Den Kindesvater hat sie seit Jahren nicht mehr gesehen. Er ist für sie eine fremde Person. Es ist deshalb nicht im Sinne des Kindeswohls, unter diesen Umständen das Kind dem Vater zuzusprechen. Insoweit ist auch ohne Belang, dass die Trennung des Kindes vom Vater auf einer rechtswidrigen Entführung des Kindes durch die Mutter beruht. Dieser rechtliche Aspekt spielt für die ausschließlich auf Grundlage des Kindeswohls zu treffende Sorgerechtsent-

scheidung keine Rolle. Insoweit ist auch nicht entschei-
dend, dass Emilia teilweise oder gar überwiegend von
ihrer Großmutter betreut wird.

Stephan leitete den Beschluss an Pavel Kubilski weiter
und belehrte pflichtschuldig darüber, dass gegen diese
Entscheidung das Rechtsmittel der Beschwerde gegeben
sei, doch Pavel Kubilski meldete sich nicht.

35

Mitte Juni erhielt Stephan eine SMS von einem unbekannten Absender: *Mara, Lena und Lara gehen morgen*
am morgigen Samstag ins Sealife in Oberhausen. Kommt
ihr auch dorthin? Wir treffen uns dann um 15 Uhr unter
dem Becken mit den Haien. Liebe Grüße, Luca.

»Endlich hat er sich gemeldet«, meinte Marie. »Ort
und Zeit sind nicht ungünstig gewählt«, fand sie, als
Stephan das Auto in einem der Parkdecks des großen

Einkaufszentrums CentrO abstellte, auf dessen Areal sich auch der attraktive Aqua-Zoo Sealife befand. »Es herrscht der übliche Wochenendhochbetrieb. Auch durch das Sealife strömen die Besucher. Und in dem Glastunnel, der durch das Haibecken führt, ist es dämmrig«, wusste sie von einem Besuch der Anlage mit einer Schulklasse. »Della Rovere will Anonymität, aber er hat keine Angst.«

»Wovor auch?«, fragte Stephan. »Wir haben nichts gegen ihn in der Hand. Umgekehrt sieht es leider ganz anders aus.«

Sie folgten dem empfohlenen Besucherrundweg, der von der Kasse aus durch den komplett inhäusig angelegten Aqua-Zoo führte und überwiegend aus dunklen Gängen bestand, um die sensiblen Tiere zu schützen, in deren geheimnisvolle Unterwasserwelt die Besucher durch dicke Glasscheiben sehen konnten. Der gläserne Tunnel am Boden des großen Seewasserbeckens, in dem kleine Haie über die Köpfe der Besucher hinwegglitten und Rochen durch das Wasser zu schweben schienen, war ohne Zweifel einer der größten Attraktionen der Anlage, doch der Blick durch die gewölbten dicken Scheiben machte auch schwindelig. Es war ein Ort, an dem sich ständig Besucher aufhielten, ohne dort lange zu verweilen.

Della Rovere saß in einem Anzug mitten auf der kleinen Bank im Tunnel. Er trug einen Strohhut und trotz des dämmrigen Lichts eine Sonnenbrille. Als er Stephan und Marie erblickte, rückte er zur Seite und machte Platz.

»Jetzt ist es so gekommen, wie ich es vorhergesagt habe, nicht wahr?«, eröffnete er. »Nun haben die

Gerichte geurteilt, und das Kind ist weg. Sie müssen mir keine Details nennen, Herr Knobel. Es ist eine sich hundertfach wiederholende Geschichte, und dennoch gibt es keinen öffentlichen Aufschrei. Ich habe Ihnen die Gründe genannt. Erinnern Sie sich?« Er hielt inne und wartete, bis eine Kinderschar sich an den Glasscheiben die Nasen plattgedrückt und den Tunnel danach wieder verlassen hatte. »Erinnern Sie sich, wie ich Sie und Ihren Mandanten inständig gebeten habe, sich auf die Suche nach Emilia und nicht auf die Mutter zu konzentrieren? Sie könnte noch am Leben sein.«

»Sie lebt«, antwortete Marie. »Das wissen Sie.«

»Ja, das war mein tragischer Irrtum. Auch wenn er letztlich von der falschen Ivelina zu verantworten ist. Ich war in der Tat der Auffassung, dass sie die Mutter von Emilia ist. Ich habe sie nur in dieser Rolle kennengelernt.«

»Es ist eine Frau, der irgendwann einer der Suchzettel in die Hände gefallen ist, mit denen Pavel anfänglich nach Emilia gefahndet hat«, vermutete Marie. »Auf dem Zettel befinden sich ein Foto von Ivelina und genug Informationen über die Entführung Emilias und die Person der Mutter. Diese Frau hat Ivelina kopiert. Wahrscheinlich war es gar nicht schwer. Ivelina ist ein Durchschnittstyp. Etwas Schminke und die passende Frisur. Wer darin geübt ist, schafft das schnell.«

»Und dann hat sich diese Frau bei Ihrer Organisation beworben. Irgendwie hat sie zu Ihnen gefunden«, fuhr Stephan fort. »Eine Person, die ein Kind entführt und ihre Kaltblütigkeit unter Beweis gestellt hat, ist genau die Richtige für eine Gruppe, die planmäßig Kinder entführt. Sie sind in einem Bereich unterwegs, der stark nachgefragt wird und dabei viel Geld verdient. Kinder werden zwischen den Staaten hin und her entführt. Die Öffentlichkeit nimmt davon kaum Notiz, gleich, ob diese Entführungen juristisch behandelt werden oder im Verborgenen laufen. Stets geht es darum, dass Väter oder Mütter ihre Kinder in ein anderes Land entführen oder von dort zurückholen wollen.«

»Und die falsche Ivelina prahlte sogar damit, Ärztin zu sein«, ergänzte Marie. So etwas kann für Sie nur von Vorteil sein«, ergänzte Marie.

Della Rovere lauschte interessiert.

»Also stellt sich die Frage, warum Sie diese Person töten, die für Sie doch nur Gewinn bedeuten kann«, sagte Marie. »Erzählen Sie uns nicht, Sie wollten Pavel damit einen Gefallen tun. Selbst wenn Sie glaubten, dass Ihre – sagen wir: Mitarbeiterin – tatsächlich Ivelina Kubilski war, würde das keinen Mord rechtfertigen. Der Haken liegt ganz woanders, Herr della Rovere: Es geht um das Bild, das Pavel Kubilski auf seiner Facebookseite veröffentlicht hat. Wir haben uns gefragt, warum dieses Bild für Sie gefährlich sein könnte. Es zeigt doch nur eine Frau – vermeintlich ist es die echte Ivelina Kubilski – mit einem Baby auf dem Arm. Eine Alltagssituation, die man harmlos erklären kann. Es ist nichts Böses daran. Natürlich wissen wir heute, dass diese Frau Ihre Mitarbeiterin war, aber was ist daran schlimm? Selbst wenn man die echte Ivelina in einem der Gerichtsverfahren nach diesem Foto gefragt hätte, wäre nichts passiert. Sie hätte gesagt, dass sie die Person nicht sei. Vielleicht hätte man ihr nicht geglaubt. Aber was wäre die weitere Konsequenz gewesen? Keine!«

»Heute wissen wir«, übernahm Stephan, »dass es nicht das Fotomotiv für sich ist, das für Sie gefährlich ist, sondern die Kombination des Fotos mit dem Aufnahmedatum. Pavel hatte auch dieses ins Internet gesetzt: Es war der 6.5.2016. Wir haben nachgeforscht und die noch zugänglichen Zeitungsartikel der Sofioter Zeitung überprüft, die seinerzeit in den Tagen nach dem 6. Mai erschienen sind. Und wir sind fündig geworden! Obwohl wir nicht die kyrillische Schrift beherrschen, konnten wir einen am Montag, 9. Mai, erschienenen Artikel allein aufgrund des beigefügten Pressefotos, das einen Polizeiwagen zeigte, als einen Artikel identifizieren, der sich über ein Verbrechen verhielt. Wir haben diesen Artikel übersetzen lassen und erfahren, dass am 6.5.2016 einer Mutter ein Kind gewaltsam weggenommen und die Mutter hierbei getötet wurde. Das Foto, das Pavel Kubilski schoss, zeigt die falsche Ivelina mit dem geraubten Kind. Sie erinnern sich, dass ich mit Pavel alle Türschilder in der Nähe des Aufnahmeortes fotografiert habe. Und siehe da: Der Name der Getöteten, der auch in der Zeitung erwähnt wurde, findet sich auf unserer Namensliste. Die ermordete Frau wohnte dort mit ihrem Bruder, der denselben Nachnamen hat und noch heute dort wohnt. Wie es aussieht, hat sich die Entführerin als Bezirkskinderärztin vorgestellt und behauptet, das Kind untersuchen zu müssen. Doch das hat die Kindesmutter nicht geglaubt. Sie hat sich gewehrt, und ›Ihre‹ Ivelina hat sie in dem nachfolgenden Kampf erstochen. Die Mutter war misstrauisch geworden, weil sie befürchtete, dass der in Italien wohnhafte Kindesvater das Kind gewaltsam zu sich holen wollte. So steht es jedenfalls in dem Zeitungsartikel, der sich auf entsprechende Angaben des Bruders der Frau beruft. ›Ihre‹ Ivelina hatte offensichtlich ursprünglich vorgehabt, die Mutter zu betäuben und ihr dann das Kind wegzunehmen. Darauf deutet ein Fläschchen mit Äther hin, der bei dem Kampf zwischen den Frauen zu Bruch gegangen und auf den Boden gefallen ist. Und knapp zwei Jahre später veröffentlicht Pavel Kubilski im Internet ein Foto, das die Entführerin mit dem Baby auf der Flucht nach dem Mord am 6.5.2016 zeigt.«

»Also macht alles Sinn«, schloss Marie. »Ihre Furcht war, dass Ivelina, von der Sie ja meinten, dass sie ›Ihre‹ Ivelina war, in dem Gerichtsverfahren mit diesem Foto konfrontiert und der Mordkomplott aufgedeckt wird. Sie wollten Pavel nur deshalb zu seiner Tochter verhelfen, damit die Suche nach der Mutter aufhört und endlich das Bild von Kubilskis Facebookseite verschwindet, bevor die Ermittlungsbehörden darauf stoßen. Das Internetfoto ist nach wie vor eine Gefahr für Sie, Herr della Rovere. Sie haben eine Frau getötet, deren wahre Identität Sie gar nicht kennen. Sie wissen auch nicht, wo Sie wirklich gewohnt hat, denn die Laube, zu der Sie mit Stephan gefahren sind, wird nicht ihr Wohnsitz gewesen sein. Ihre Sorge ist, dass man bei der Frau irgendwelche Hinweise auf Ihre Identität findet, Herr della Rovere. Die Frau nannte Sie ›Ivo‹, und wir vermuten, dass sie im Rang Ihrer Organisation weit oben stand. Sie, Herr della Rovere, sind wahrscheinlich deren Kopf. Sie sprechen, wie Stephan von dem Clubbesuch erzählte, perfekt Bulgarisch. Wenn die Polizei das Foto aus dem Chat in die Hände bekommt, werden sich Zusammenhänge ergeben, deren Bekanntwerden Sie in Gefahr bringt.«

»Und deshalb sind Sie heute hier, Herr della Rovere«, vollendete Stephan. »Kubilski soll bewegt werden, das Foto zu löschen. Aber er wird das wohl nicht tun. Er ist von der Justiz und den Institutionen bitter enttäuscht. Oder wollen Sie ihm erneut anbieten, Emilia auf Ihre spezielle Weise zurückzuholen?«

»Er will, dass ich Emilia hole!«, erwiderte della Rovere.

»Wie das?«, fragte Stephan überrascht.

»Er hatte sich bereits zu dem Zeitpunkt einer Vätergruppe angeschlossen, als Emilia entführt worden war. Es gibt viele solcher Gruppen, in denen sich Väter zusammenschließen, denen in welcher Weise auch immer ihre Kinder vorenthalten werden. Zu solchen Gruppen haben wir Verbindungen. Wir generieren nicht selten Aufträge aus der Gruppe der Verzweifelten. All diejenigen, die Beiträge auf seine Facebookseite geschrieben haben, sind in irgendeiner Weise Betroffene. Pavel Kubilski hat die Internetadressen von ganz vielen Selbsthilfegruppen. Und wir sind diskret mit ihnen vernetzt.«

»Verstehe!«, sagte Marie. »Deshalb wussten Sie auch so schnell von seiner Facebookseite. Nur so ist erklärlich, dass Sie prompt und nur Stunden nach der entsprechenden Ankündigung Pavels in Sofia auftauchten.«

Della Rovere erhob sich. »Sie sind klug!« Er lächelte. »Über meine Verbindungen weiß ich, dass Pavel Kubilski jetzt den sogenannten anderen Weg will, den ich bereits angeboten habe. Er sucht nach mir, aber er weiß natürlich nicht, wo und wie er mich erreichen kann. Sagen Sie ihm also, dass ich bereit bin, Emilia zu holen. Es kostet ihn nichts und er soll das Bild löschen. Aber ich habe eine Bedingung!«

Stephan sah ihn fragend an.

»Das Kind muss zu ihm wollen. Klären Sie das vor Ort! Von dem Geld, das ich Ihnen gegeben habe, wird ja noch was übrig sein. Fliegen Sie mit ihm ein letztes Mal nach Sofia! Wenn ein Kind zurückgeholt wird, dann muss es schnell gehen. Es ist immer ein Wettlauf gegen die Zeit. Wenn es bis zur Rückführung Jahre dauert, dann ist es für ein kleines Kind so, als hätte es den Vater nie gegeben.« Della Rovere blickte sich um. »Schauen Sie sich bitte noch zehn Minuten die Haie an«, bat er. »Es sind so interessante Tiere!« Dann zückte er seinen Hut zum Gruß und ging.

36

Marie hielt Stephan am Arm fest. »Lass Pavel diesen Weg allein gehen!«, sagte sie.

Der Clown ging unbeholfen ein paar Meter, dann wandte er sich um und zupfte an seinem Kostüm.

»Und wenn es nun doch der falsche Kindergarten ist?«, fragte er. »Ich war damals schon einmal hier und habe der Leiterin meinen Suchbrief gezeigt. Sie hatte nur den Kopf geschüttelt.«

»Natürlich!«, erwiderte Marie. »Umso mehr glaube ich, dass es der richtige Kindergarten ist.«

»Ihr habt mir nicht gesagt, wie ihr auf diesen Kindergarten gekommen seid.«

»Marie hat eine Spur entdeckt. Wir können nur hoffen, dass sie richtig ist«, relativierte Stephan. »Nun geh bitte!«

Der Clown drehte sich um und tänzelte über den Rasen zum Gebäude des Kindergartens. Die Zimmer im Erdgeschoss waren hell erleuchtet. Das Licht fiel durch die bodentiefen Scheiben auf das feuchte Grün. Es war ein trüber Vormittag in Sofia.

»Ich möchte nicht in seiner Haut stecken«, gestand Stephan und vergrub seine Hände in den Hosentaschen.

»Nein, ich auch nicht! Komm, wir folgen ihm mit etwas Abstand.«

Der Clown schlingerte über das feuchte Gras. Langsam näherte er sich dem Fenster, hinter dem die Kinder im Gruppenraum Fangen spielten. Der Clown blieb stehen und drehte sich um.

Marie winkte ihm zu und hob den Daumen ihrer rechten Hand.

»Wir hätten viel schneller wissen können, dass hier Emilias Kindergarten ist«, meinte sie. »Kubilski hatte doch selbst einmal gesagt, dass die Großmutter in der Nähe der Löwenbrücke gewohnt hat. Ivelina hatte in ihrer Mail praktisch bestätigt, dass sie heute noch immer in der Nähe wohnt. Wahrscheinlich ist die Großmutter nur innerhalb des Bezirks umgezogen. Ich hatte dies nur nicht richtig erkannt, sondern gedacht, dass sie sich verschrieben habe. Sie schrieb: *Emilia ist stark wie eine Löwin. Wenn ich in Sofia bin und mit ihr zum Kindergarten gehe, sehe ich immer die Löwen vor mir.* Ich habe das korrigiert und gemeint, sie meine Emilia, also die Löwin, vor sich. Aber das ist Quatsch. Ivelina meinte die Löwenfiguren auf der Brücke. Sie geht über die Brücke, wenn sie zum Kindergarten geht. Und dies ist der einzige Kindergarten in der Nähe der Löwenbrücke.«

Der Clown stand vor der Scheibe und zog den Hut. Die Kinder kreischten und rannten zum Fenster.

»Komm, wir gehen hin und machen ein Foto!«, sagte Stephan und nahm Marie an die Hand. Langsam näherten sie sich dem Geschehen.

Der Clown versuchte, sich den Hut aufzusetzen, doch er fand seinen Kopf nicht. Die Kinder juchzten. Eine dunkelhaarige Erzieherin trat hinter sie und lachte.

»Ganz vorne links steht Emilia«, flüsterte Stephan.

»Wirklich? Woher weißt du das?«

»Ich sehe das Kinngrübchen und das kleine Muttermal«, antwortete Stephan. »Pavel hat mir davon erzählt.«

Der Clown machte zwei Schritte nach links.

»Er hat sie erkannt«, murmelte Stephan und griff zu seinem Handy.

Der Clown klopfte an die Scheibe, wo das Mädchen stand. Er lachte das Kind an. Das Kind staunte und schaute den Clown mit großen Augen an. Es strahlte über das ganze Gesicht.

Stephan fotografierte.

Der Clown schaute verwundert seine rechte Hand an und kratzte sich am Kopf.

Die Kinder lachten über den tollpatschigen Clown.

Dann besann er sich und legte seine Hand auf die Scheibe. Das Mädchen schaute ihn neugierig an und hielt seine Hand auf der anderen Seite der Scheibe dagegen. Hand lag auf Hand, Sekunden nur, doch als sei es eine Ewigkeit. Nur die Scheibe war dazwischen.

Stephan fotografierte.

Der Clown zitterte am ganzen Körper. Die Finger seiner linken Hand fassten an den Saum seiner Clownmaske. Behutsam zog der Clown seine Maske über den Kopf. Seine Augen waren voller Tränen, die Lippen bebten.

Da nahm das Mädchen die Hand vom Glas.

Kubilski schlug an die Scheibe.

»Ich bin es«, rief er kehlig. »Papa!«

Das Kind wich zurück. Die Erzieherin schaute verwirrt zu. Dann klatschte sie in die Hände, rief etwas, und alle Kinder begannen, im Kreis zu laufen. Das Mädchen schaute sich nicht mehr um.

Kubilski stand versteinert da.

»Komm!«, bat Stephan leise. Er legte seinen Arm um Pavels Schulter.

Marie und Stephan nahmen Pavel in ihre Mitte. Schweigend gingen sie zurück.

Am Abend rief della Rovere an.

»Nein«, beantwortete Stephan dessen einzige Frage.

»Nur Verlierer«, schloss della Rovere.

37

Schmechlers Stimme überschlug sich am Telefon.

»Strauß hat sich erhängt, haben Sie das gehört?«

»Nein«, antwortete Stephan.

»Er ist zum zweiten Mal durch die Klausuren gefallen. Also keine Perspektive mehr für diese Null.«

»Auch wenn ich Strauß nicht mochte: Sein Tod tut mir leid«, meinte Stephan.

»Er hat einen Abschiedsbrief hinterlassen«, wusste Schmechler. »Darin macht er unser System für sein Scheitern verantwortlich. Gleichzeitig entschuldigt er sich bei Ihnen. Da sieht man doch, dass er eine Meise hatte.«

»Warum?«

»Ja, Herr Knobel«, hechelte Schmechler, »Sie sind doch Teil des Systems! Wir sind doch alle Teil des Ganzen. Schmechler hätte sich bei allen entschuldigen müssen. Das wäre anständig gewesen. Aber er war nicht anständig. Jedenfalls ist die Causa jetzt ad acta gelegt. Es war ja alles unschön. Wir sollten unsere Dissonanzen beilegen, Herr Knobel. Wir vergessen das alles. Ein Gehampel auf dem Lokus ist doch mehr als unwürdig.« Er räusperte sich und wechselte das Thema. »Das Schwurgericht hat heute den Schlächter von Dortmund verurteilt: Lebenslang mit anschließender Sicherungsverwahrung. Haben Sie wenigstens das gehört?«

»Nein, auch nicht.«

»So hinter dem Mond dürfen auch nur Anwälte leben.« Er lachte wiehernd. »Das war ein Scherz, Herr Knobel! Verstehen Sie mich bloß nicht falsch! Wir kennen das ja: Eine Mücke furzt – und schon gibt es einen Skandal! – Nichts für ungut, Herr Kollege! Auf Wiederhören!«

Stephan drückte das Gespräch weg.

Marie hatte die Unterlagen gesichtet, die in Hermine Schäfers Umschlag waren. Sie steckte sie in den Umschlag zurück.

»So schlimm?«, fragte Stephan.

»Schlimmer«, erwiderte Marie. »Es gibt Aktenvermerke, in denen festgehalten wird, dass Malin erzählt habe, dass du sie für Stunden in den dunklen Keller gesperrt hast. Und dass sie zur Strafe brennende Kerzen auf deine Weisung mit den bloßen Fingern auslöschen musste.«

»Wer schreibt das?«

»Hermann Schäfer. Er schreibt es wie eine Art Protokoll. Malin soll das bei einem Spieleabend gesagt haben, der unter Leitung deines früheren Schwiegervaters stattfand. Mensch-ärgere-dich-nicht mit einem zwanglosen Plausch über brutale Gewalt gegen ein Kind. Es gibt auch noch andere Protokolle. Alles zum Kotzen!«

»Darin steht was?«, fragte er matt.

»Zungenküsse und so. Tu dir das jetzt nicht an! Es ist pervers!«

»Nein!« Er schlug mit der Faust auf den Tisch. »Nein, nein, nein!! Es sind Lügen!«

»Du musst dich wehren, Stephan! Nicht heute, aber bald! Es wird dein wichtigster Fall werden!«

»Ich werde keine Chance haben, Marie. Ich kann nichts beweisen. Hätte sich Herr Schäfer bloß zu Lebzeiten gemeldet! Aber das Schwein ist zu feige gewesen. Ich kann mir vorstellen, wie er hinter meinem früheren Schwiegervater hergedackelt ist. – *Jawohl, Herr Doktor! Ganz Ihrer Meinung, Herr Doktor!* – Ich weiß doch, wie gut das Arschloch reden und einen umgarnen kann. Wenn du Lisas Vater zugehört hast, hättest du auch geglaubt, die Erde sei ein Würfel. Er ist ein Menschenfänger, dieses Arschloch! Menschenfänger sind Teufel! Ich habe nichts in der Hand!«

»Doch!« Sie nahm ihn lange in den Arm. »Du hast mich. Ich glaube dir! Aber wir haben einen langen Weg vor uns!«

38

Anfang Juli erhielt Pavel Kubilski ein Einschreiben des Bundesamtes für Justiz – Referat für die Geltendmachung von Unterhaltsansprüchen im Verkehr mit ausländischen Staaten:

Betreff: Verordnung (EG) Nr. 4/2009 vom 18. Dezember 2008 (EG-UntVO) i. V. m. dem Auslandsunterhaltsgesetz (AUG) vom 23. Mai 2011

Sehr geehrter Herr Kubilski,
aufgrund des oben genannten Auslandsunterhaltsgesetzes bin ich bevollmächtigt, die Unterhaltsansprüche für Ihr in Bulgarien lebenden Kindes Emilia Kubilski, geboren am 5.1.2013, geltend zu machen.
Sie haben unter dem 12. Januar 2016 vor dem Jugendamt Dortmund zum Aktenzeichen 50-7/16. eine Unterhaltsverpflichtungsurkunde errichten lassen, kraft derer Sie sich zur Zahlung eines Kindesunterhaltsbetrages in Höhe von monatlich 365 Euro für Emilia verpflichtet haben. Seit März 2016 haben Sie jedoch keine Zahlungen mehr erbracht. Bis einschließlich Juli 2018 sind Rückstände in Höhe von 10.585 Euro aufgelaufen. Ich fordere Sie auf, diesen Betrag bis zum 31. Juli 2018 auf das untenstehende Konto unter Angabe des obigen Aktenzeichens zu überweisen und mit Wirkung ab August 2018 –

jeweils monatlich im Voraus – die laufenden Zahlungen in Höhe von jeweils 365 Euro dorthin zu bewirken.

Ich gehe davon aus, dass Sie Ihren Verpflichtungen freiwillig nachkommen.

Widrigenfalls werde ich gerichtliche Hilfe in Anspruch nehmen.

Mit freundlichen Grüßen
Im Auftrag
Jäger
Beglaubigt
Teichmann
Tarifangestellte

Daneben befand sich der Aufdruck des Dienststempels des Bundesamtes für Justiz mit der Nummer 108.

ENDE

*Weitere Krimis finden Sie auf den
folgenden Seiten und im Internet:*

WWW.GMEINER-SPANNUNG.DE

KLAUS ERFMEYER
Gutachterland
....
978-3-8392-1771-9 (Paperback)
978-3-8392-4805-8 (pdf)
978-3-8392-4804-1 (epub)

TRIEBTÄTER Ehrgeiz und Können haben den arroganten Dortmunder Patrick Budde zu einem anerkannten Psychologen und Sachverständigen gemacht. Als sich seine Frau Miriam von ihm trennt, bittet er Rechtsanwalt Stephan Knobel darum, seine Ehe abzuwickeln. Doch der Routineauftrag nimmt schnell eine überraschende Wendung: Miriam verschwindet mit einem Mann, der nach einem früheren Gutachten Buddes ein gefährlicher Triebtäter ist.

WWW.GMEINER-VERLAG.DE
Wir machen's spannend

KLAUS ERFMEYER
Rasterfrau
. . . .
978-3-8392-1420-6 (Paperback)
978-3-8392-4153-0 (pdf)
978-3-8392-4152-3 (epub)

STIGMA Mit gemischten Gefühlen übernimmt Rechtsanwalt Stephan Knobel die Vertretung von Maxim Wendel. Dieser wurde wegen Mordes zu lebenslanger Haft verurteilt und strebt eine Wiederaufnahme des Prozesses an. Doch er hat nicht nur die Tatwaffe zweifelsfrei berührt, sondern auch ein Motiv: Der ehemalige Lehrer, der zu Schulzeiten jungen Schülerinnen nachstellte, hat angeblich eine Studentin vergewaltigt, wobei das Mordopfer ihn beobachtet haben soll …

KLAUS ERFMEYER
Drahtzieher
....
978-3-8392-1245-5 (Paperback)
978-3-8392-3821-9 (pdf)
978-3-8392-3820-2 (epub)

GIER NACH MACHT Für die Staatsanwaltschaft ist die Unfallakte »Lieke van Eyck« schnell geschlossen, doch ihre Schwester glaubt nicht an ein Eigenverschulden der als zuverlässig und diszipliniert geltenden Vorstandssekretärin. Der Dortmunder Rechtsanwalt Stephan Knobel soll die Umstände des Todes untersuchen und trifft dabei auf den Journalisten Gisbert Wanninger, der hier die ganz große Story wittert: Der Konzern ThyssenKrupp, für den Lieke gearbeitet hat, soll einem geheimen Kartell zur Beschaffung Seltener Erden angehören. Stand Lieke als Mitwisserin im Weg?

GMEINER SPANNUNG

WWW.GMEINER-VERLAG.DE
Wir machen's spannend

LIEBLINGSPLÄTZE AUS DER REGION

SONJA BEGETT
Ruhrindustrie
....
978-3-8392-1998-0 (Buch)
978-3-8392-5245-1 (pdf)
978-3-8392-5244-4 (epub)

ORTE DER FASZINATION Das Ruhrgebiet ist ein Standort der Superlative – aus historischer wie aus moderner Sicht. Das erste Industriedenkmal in Nordrhein-Westfalen, der führende Stahlproduzent der Republik, das einzige Weichenwerk der Deutschen Bahn, die einst größte und modernste Kokerei Europas, die umfangreichste Ausstellung zeitgenössischen Designs international und der Hersteller der schnellsten Sportwagen weltweit – sie alle haben eines gemeinsam: Sie prägen das Revier und gewähren in diesem Buch einen seltenen Blick hinter einzigartige Industriekulissen.

Mit über 40 zusätzlichen Freizeittipps im Anhang!

GMEINER KULTUR

WWW.GMEINER-VERLAG.DE
Mensch, Kultur, Region